천손성天損星 낭리백조浪里白條 장순張順

지살성地煞星 진삼산鎭三山 황신黃信

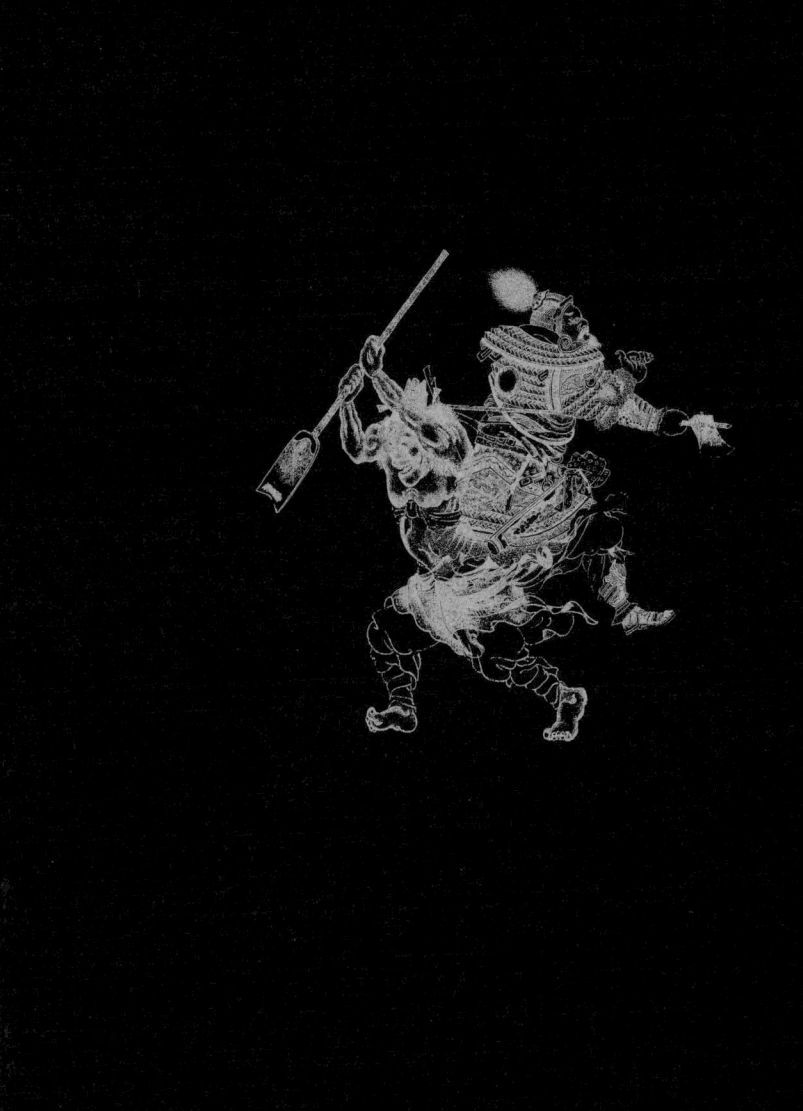

천맹성天猛星 벽력화霹靂火 진명秦明

천영성天英星 소이광小李廣 화영花榮

천상성天傷星 행자行者 무송武松

천첩성天捷星 몰우전沒羽箭 장청張淸

지강성地强星 금모호錦毛虎 연순燕順

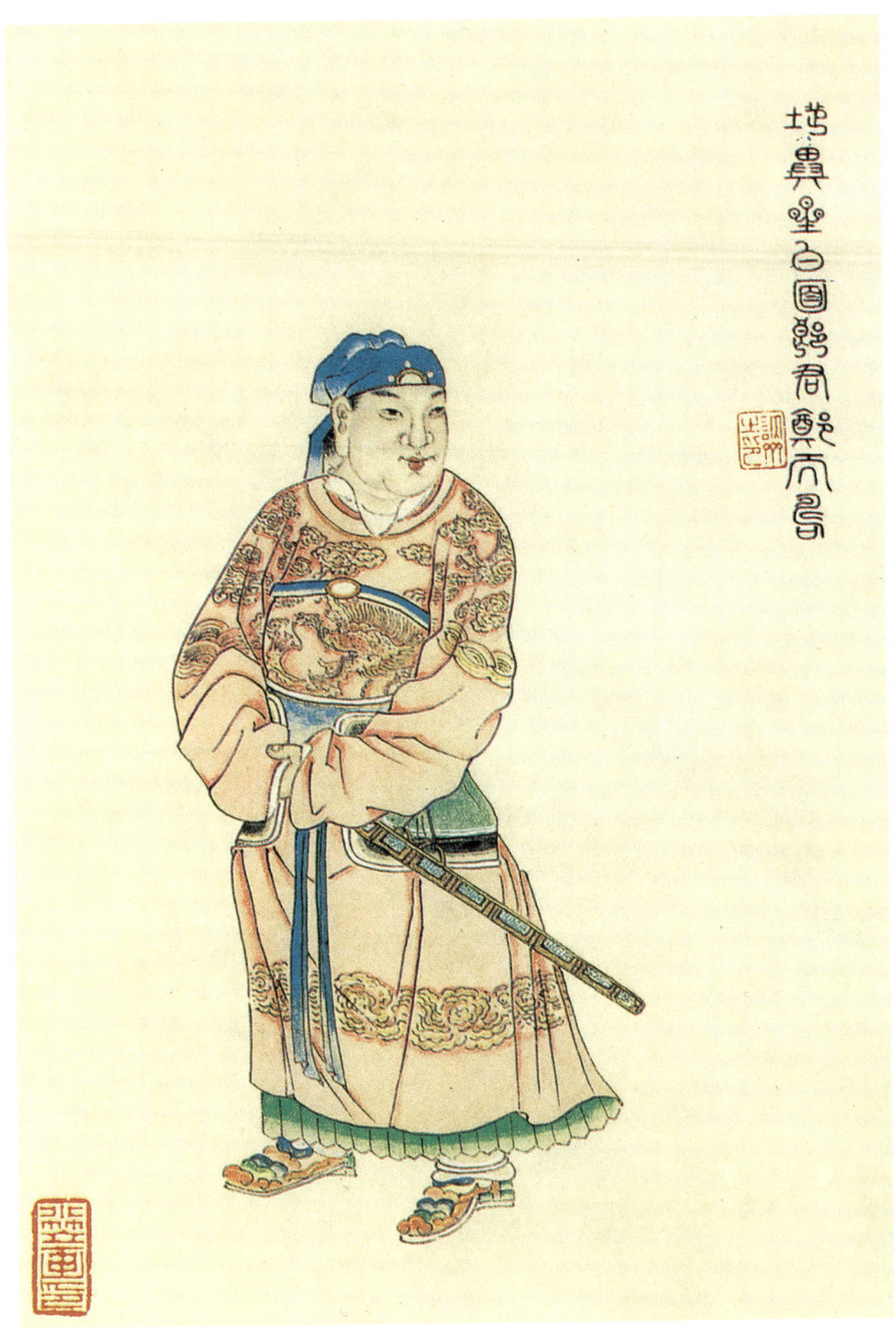

지이성地異星 백면낭군白面郎君 정천수鄭天壽

지장성地藏星 소면호笑面虎 주부朱富

지복성地伏星 금안표金眼彪 시은施恩

지모성地耗星 백일서白日鼠 백승白勝

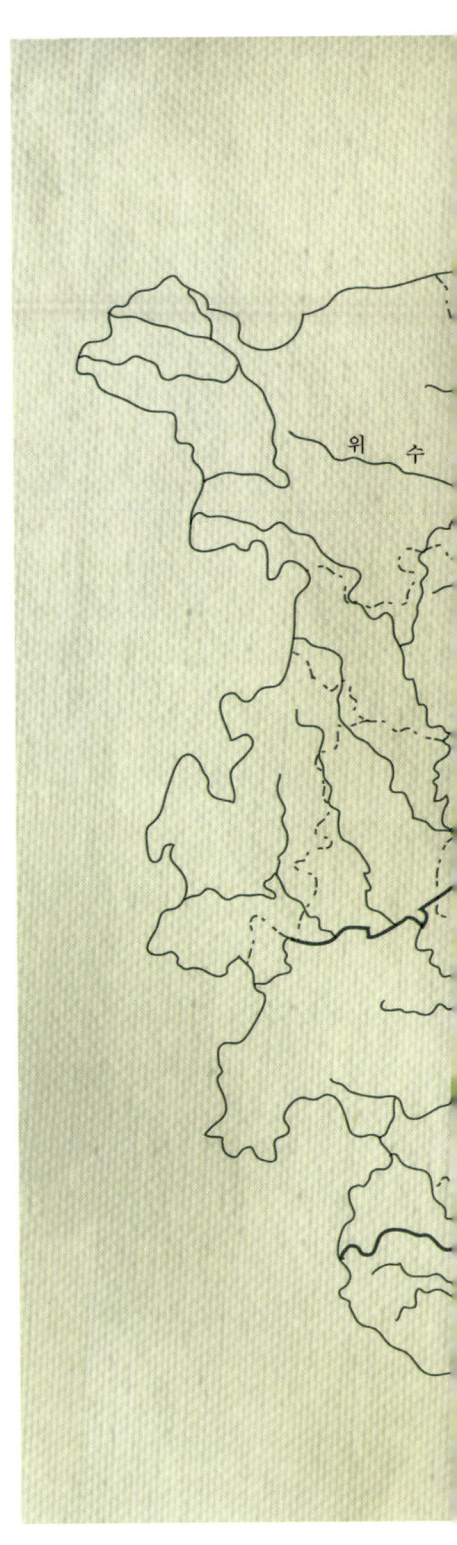

『수호전』의 배경이 된 북송시대의 중국 지도.
빨갛게 표시된 곳이 소설의 주무대다.

인간 본성의 모든 것이 펼쳐진다

수호전 3

시내암 지음
방영학·송도진 옮김

글항아리

차례

五. 무송전
제22회 호랑이와의 사투 _027
제23회 반금련 _049
제24회 독살 _105
제25회 복수 _125
제26회 십자파에서의 대결 _155
제27회 뜻밖의 인연 _173
제28회 맹주도孟州道를 제패하다 _189
제29회 비운포飛雲浦 _205
제30회 피로 물든 원앙루 _228
제31회 용두사미龍頭蛇尾 _251

六. 화영·진명전
제32회 청풍채 _283
제33회 화영과 진명 _303

七. 효웅梟雄
제34회 양산박으로 _331

1권

황석영 추천 서문: 『수호전』에서 만나는 사람들은 누구인가 _001
옮긴이 서문 _027
김성탄 서문 _037
송사강宋史綱 _041
송사목宋史目 _047
『수호전』을 읽는 법讀第五才子書法 _053
관화당 소장 고본 『수호전』 서貫華堂所藏古本『水滸傳』序 _071

설자楔子 _079

一 노지심전

제1회 불량태위 고구 _103
제2회 자비의 손길 _145
제3회 오대산 _170
제4회 도화산 _204
제5회 사진과 노지심 _227

二 임충전

제6회 뜻밖의 불행 _249
제7회 다가오는 음모 _273
제8회 필부匹夫 _289

2권

제9회 눈꽃과 불꽃 _033
제10회 투명장投命狀 _050

三 양지전
제11회 유배 _073
제12회 대결 _091
제13회 탁탑천왕 조개 _108
제14회 7명의 도적 _126
제15회 생신강 _147
제16회 이룡산 보주사 _172

四 송강전
제17회 지치는 사람 없는 무법천지 _199
제18회 양산박 _220
제19회 위험한 방문 _244
제20회 염파석 _268
제21회 도망 _292

4권

제35회 강호를 떠돌다 _042
제36회 심양강 _064
제37회 말썽꾸러기 _089
제38회 다가오는 위험 _119
제39회 급습 _155
제40회 누가 두령인가? _175
제41회 천서天書 _201
제42회 호랑이 네 마리를 잡다 _226

八 양웅·석수전

제43회 양웅과 석수가 만나다 _259
제44회 절세미녀 반교운 _287
제45회 양산박 가는 길 _319

5권

九 축가장
제46회 축가장으로 진군 _035
제47회 축가장을 다시 공격하다 _061
제48회 등주에서 온 원군 _077
제49회 축가장, 드디어 함락되다 _104

十 고당주
제50회 뇌횡과 주동 _129
제51회 시진이 수렁에 빠지다 _156
제52회 이규가 나진인을 공격하다 _179
제53회 고당주를 격파하고 시진을 구하다 _209

十一 호연작전
제54회 연환마 _235
제55회 구겸창 _256
제56회 도망간 호연작 _280

十二 풍운 양산박
제57회 영웅들이 양산박으로 모이다 _305

6권

제58회 노지심과 사진 _034
제59회 조개의 최후 _055

十三 북경성

제60회 북경 옥기린 _081
제61회 사지에 빠진 노준의 _110
제62회 북경을 공격하다 _142
제63회 다시 북경으로 _163
제64회 송강이 등창에 걸리다 _184
제65회 북경 대명부, 드디어 함락되다 _204

十四 양산박 108두령

제66회 능주의 성수장군, 신화장군 _225
제67회 조개의 원수를 갚다 _250
제68회 양산박의 주인 _274
제69회 송강, 두령 자리에 오르다 _292
제70회 천강성天罡星 지살성地煞星 _309

五 무송전

―

제 2 2 회

호랑이와의 사투[1]

송강이 술자리를 피하려고 측간에 간 뒤 복도를 돌다 그만 불삽을 차고 말았다. 사내가 화를 내며 벌떡 일어나 송강을 치려 했다. 시진이 서둘러 달려오면서 공교롭게도 '송 압사'라고 불렀다가 이름이 드러나고 말았다. 송강이라는 말을 듣자 그 사내는 땅바닥에 엎드려 감히 일어나지 못했다.

"소인이 눈을 달고도 태산을 알아보지 못했습니다. 잠시나마 형장을 욕보였으니 용서하여주시기 바랍니다!"

송강이 사내를 부축하며 물었다.

"그대는 누구시오? 성함이 어떻게 되십니까?"

---

[1] 22장 횡해군 시진이 식객을 모아 대접하다橫海郡柴進留客. 무송이 경양강에서 호랑이를 때려잡다景陽崗武松打虎.

시진이 사내를 가리키며 대신 대답했다.

"이 사람은 청하현淸河縣2 사람이오. 이름은 무송武松이며 항렬은 두 번째입니다. 여기에 머문 지는 이미 1년이 지났습니다."

"강호에서 그 유명한 무송을 오늘 여기서 만나리라고는 생각도 못했습니다. 정말 행운이고 영광입니다!"

시진이 말했다.

"이렇게 우연히 호걸들을 만나기는 아주 어려운 일이니 이리 와 함께 이야기라도 나눕시다."

송강이 크게 기뻐하며 무송의 손을 잡아끌고 함께 후당 술자리에 돌아가서 송청을 불러 무송과 인사를 시켰다. 시진이 무송을 자리에 앉도록 하니, 송강이 서둘러 무송을 윗자리에 함께 앉도록 했다. 어떻게 무송이 그럴 수 있겠는가? 한참을 사양하다가 셋째 자리에 앉았다. 시진이 다시 잔과 음식을 내오게 하고 세 사람에게 실컷 마시도록 했다.

송강이 등불 아래에서 무송의 늠름한 모습을 살펴보고 속으로 좋아했다.

"이랑은 여기에 무슨 일로 오셨는가?"

"제가 청하현에서 술에 취해 현 기밀機密3과 다투다가 한순간의 분노를 참지 못하고 한 주먹에 그놈을 때려 기절시켰습니다. 죽은 줄 알고

2_ 청하현淸河縣: 지금의 허베이성河北省 동남부 지역 싱타이邢台에 속함.

3_ 기밀機密: 송대 현 관아에서 기밀방을 관리하는 사람.

일단 화를 피하기 위해 그 자리에서 달아나 대관인의 거처로 피난왔습니다. 지금 이미 1년이 넘었습니다. 나중에 그놈이 죽지 않고 살아났다는 얘기를 들었습니다. 오늘 고향으로 돌아가 친형을 찾으려 했는데 갑자기 학질에 걸려 몸을 마음대로 거동할 수가 없었습니다. 공교롭게 한기가 심하여 복도에서 불을 쬐려고 했는데 형님이 삽을 건드린 것입니다. 깜짝 놀라 식은땀을 흘렸더니 병이 모두 나은 것 같습니다."

　송강이 듣고 크게 기뻐했다. 그날 밤 삼경까지 술을 마셨다. 술자리를 마치고 송강이 무송을 붙잡아 서헌西軒 자신의 거처 부근에서 머물도록 했다. 다음 날 아침에 일어나자 시진이 양과 돼지를 잡아 연회를 열어 송강을 대접했다.

　며칠이 지나 송강이 은자를 꺼내 무송에게 주며 옷을 만들어 입히려 했다. 시진이 그것을 알고 어떻게 송강에게 돈을 쓰도록 내버려두겠는가? 직접 각종 비단 한 상자를 내놓았다. 그리고 장원의 재봉사를 시켜 세 사람의 몸에 맞게 옷을 짓도록 했다. 이야기가 잠시 샛길로 빠지는데, 그렇다면 시진은 어째서 무송을 좋아하지 않았을까? 원래 무송이 처음 시진에게 왔을 때는 그도 받아주고 잘 접대했다. 이후 무송은 장원에서 술만 마시면 주사를 부려 장객들이 그를 보살핌에 소홀하게 되었고 무송 역시 장객들에게 주먹질을 하기도 했다. 그래서 장객들은 아무도 그를 좋아하지 않았다. 장객들이 싫어하게 되자 시진 앞에만 가면 무송에 대해 좋지 않은 소리를 늘어놓았다. 시진이 비록 쫓아내지는 않았지만 자연히 대접은 소홀해지고 말았던 것이다. 그러나 송강이 온 뒤 매일 무송을 데리고 다니며 술을 마시자 무송의 섭섭함도 모두 사라졌다. 송강과 함께 10여 일을 지내자 무송은 문득 고향 생각이 들어 청하현에 가서 형님을 찾으려 했다. 시진과 송강이 좀더 머물도록 말렸다.

"제가 형에게 오랫동안 연락을 못해서 찾아가 만나보고 싶습니다."

송강이 말했다.

"무송이 정말로 가고자 한다면 억지로 잡을 수는 없겠지. 만일 시간이 나거든 다시 모이세."

무송이 송강에게 감사를 표했다. 시진이 은자를 꺼내 무송에게 주자 감사하며 말했다.

"정말 대관인께 많은 신세를 졌습니다!"

무송이 다 싼 짐에 초봉哨棒[4]을 묶어 매달아 길 떠날 준비를 했고, 시진은 술과 음식을 준비하여 전별연을 열었다. 무송은 새로 만든 붉은 비단 저고리에 흰색 범양 삿갓을 쓰고 등에는 짐을 진 채 손에는 초봉을 들고 인사한 다음 길을 나섰다. 송강이 말했다.

"동생, 잠깐만 기다리게."

자기 방으로 돌아와서 은자를 가지고 장원 앞으로 뛰쳐나와 말했다.

"내가 조금 바래다주겠네."

송강과 송청 형제는 무송과 함께 시진에게 작별하며 말했다.

"대관인, 잠시 배웅하고 금방 돌아오겠습니다."

4_ 초봉哨棒: 길 떠날 때 호신용으로 사용하는 긴 나무 곤봉.

세 사람이 시진의 동장을 나와 5~7리 길을 배웅했다. 무송이 작별하며 말했다.

"형님, 아주 멀리 나오셨습니다. 들어가십시오. 시 대관인이 분명 기다리고 계실 겁니다."

"조금 더 가는 거야 상관없지 않겠나."

이런저런 이야기를 하다가 2~3리 길을 더 왔다. 무송이 송강의 손을 잡고 만류하며 말했다.

"형님, 멀리까지 배웅할 것 없습니다. 속담에 '천 리를 배웅해도 결국은 이별해야 한다'고 했습니다."

송강이 손가락으로 가리키며 말했다.

"몇 걸음만 더 가세. 저기 관도官道5에 주점이 있으니 한잔 마시고 헤어지세."

세 사람이 주점 안에 들어와 송강은 상좌에 앉고 무송은 초봉을 기대어 세워놓고 말석에 앉았다. 송청은 맞은편에 앉았다. 주보에게 술을 시키고 또 안주, 과일, 야채를 사서 탁자 위에 올려놓았다. 몇 잔을 마시니 붉은 해가 반쯤 서쪽으로 기울었다.

"날이 저물고 있습니다. 형님이 저 무송을 버리지 않는다면 여기서 사배를 하고 의형으로 모시고 싶습니다."

송강이 크게 기뻐했고 무송은 절을 올렸다. 송강이 송청을 불러 은

5_ 관도官道: 국가가 건설한 큰길. 오늘날의 고속도로다.

자 10냥을 꺼내오게 하여 무송에게 주었다. 무송이 사양하며 말했다.

"형님 저도 도중에 사용할 여비는 있습니다."

"동생, 아무 걱정 말고 받게. 만일 사양한다면 동생으로 보지 않겠네."

무송이 할 수 없이 받아 요대 안에 넣었다. 송강이 술값을 지불하고, 무송은 초봉을 들고 주점을 나와 작별했다. 무송이 눈물을 흘리며 인사하고 떠났다. 송강과 송청이 주점 앞에 서서 떠나는 무송을 바라보았다. 이윽고 보이지 않게 되자 몸을 돌려 돌아왔다. 5리도 채 못 왔는데 시 대관인이 말을 타고 빈 말 두 필을 끌고 마중을 나왔다. 송강이 보고 기뻐하며 함께 타고 장원으로 돌아왔다. 말에서 내린 뒤에는 후당에서 또 술자리가 벌어졌다. 송강 형제는 이때부터 시 대관인 장원에 머물렀다.

한편 송강과 헤어진 무송은 그날 밤 객점에 투숙했다. 다음 날 아침 일찍 일어나 불을 피워 밥을 지어먹고 방값을 지불하였다. 짐을 챙겨 초봉을 들고 길을 나서며 생각했다.

'강호에서 급시우 송강의 이름이 높더니 과연 명불허전이로구나! 이런 사람과 결의형제를 맺었으니 보람이 있었구나.'

무송이 여러 날을 걸어 양곡현陽谷縣에 들어왔는데[6] 현 관아와는 아직 한참 멀었다. 이날 아침 일찍 길을 나서서 정오에 배가 고프고 갈증도 심할 때 마침 앞쪽 멀리 주점 하나가 눈에 들어왔다. 주점에 다다르니 문 앞 깃발에 다섯 글자가 쓰여 있었다.

"석 잔을 마시고 고개를 넘지 말라三碗不過岡."[7]

안으로 들어가 앉아 초봉을 기대 세우고 소리를 질렀다.

"주인장, 빨리 술 내오시오."

객점 주인이 술잔 세 개와 젓가락 한 쌍 그리고 데운 요리 한 접시를 무송 앞에 놓고 잔에 술을 가득 채웠다. 무송이 술 한 잔을 단숨에 들이키며 말했다.

"이 술은 정말 진해서 기운이 넘치는군. 주인장, 배를 채울 것이 있으면 안주로 내오시오."

"삶은 소고기밖에 없습니다."

"안주로 먹게 좋은 부위로 2~3근 잘라오시오."

주인이 안에서 잘 익은 소고기 두 근을 잘라 접시에 담아 무송 앞에 내왔고 술 한 잔을 더 따라주었다. 무송이 술을 마시고 말했다.

"카! 좋다."

다시 한 잔을 따랐다. 세 번째 잔을 따르고 다시 술을 따르지 않았다. 무송이 탁자를 두드리며 소리질렀다.

6_ 무송은 하북河北 청하淸河 사람이다. 청하는 창주의 남쪽 방향 서쪽으로 치우친 곳으로 400여 리 떨어진 거리에 있다. 양곡현은 청하의 남쪽에 있고 200여 리 떨어져 있다. 창주에서 양곡현까지의 거리는 600여 리로 청하보다는 훨씬 먼 거리에 있다. 무송이 양곡현 사람이어야 창주로부터 돌아오다가 청하현을 지나는 것이 정상이다. 그러나 창주에서 청하현으로 가는 데 200여 리 더 떨어진 양곡현을 지나는 것은 불가능한 일이다.

7_ 증류주는 원나라 이후에 중원에 전래되었다. 이때 술은 도수가 20도 이하인 황주黃酒의 일종이다. 조강을 거르지 않은 술이라 마시기도 하지만 숟가락으로 떠먹기도 했으므로 '마시는喝酒' 것이 아니라 '먹었다吃酒'고 썼다. 황주의 도수는 독한 맥주나 우리나라 막걸리 정도라고 하면 적당하다.

"주인장, 왜 술을 따르지 않으시오?"

"손님, 고기라면 더 드리겠습니다."

"내가 바라는 것은 술이오. 고기도 더 썰어주시오."

"고기는 잘라서 더 드리겠습니다만 술은 안 됩니다."

"무슨 말도 안 되는 소리를 하시오?"

다시 주인에게 물었다.

"왜 내게 술을 팔지 않는 것이오?"

"손님, 우리 객점 앞에 걸려 있는 깃발에 '석 잔을 마시고 고개를 넘지 말라'고 쓰여 있는 것을 보지 못하셨습니까?"

"'삼완불과강'이란 말이 대체 무슨 소리요?"

"우리 집 술은 비록 시골에서 빚은 것이지만 오래된 술과 비교해도 맛은 떨어지지 않습니다. 일반 손님들은 우리 가게에서 석 잔만 마시면 곧 취해서 앞의 고개를 넘어가지 못합니다. 그래서 '삼완불과강'이라고 하지요. 다른 손님들은 여기를 지나가다 석 잔만 마시면 더 달라고 하지 않습니다."

무송이 웃으며 말했다.

"그렇군. 그런데 나는 석 잔을 마셨는데 어째서 취하지 않는 것이오?"

"우리 객점 술은 '병을 뚫고 나오는 향기透瓶香'라 하고 또 '문을 나서면 쓰러진다出門倒'고도 합니다. 처음 입으로 들어갈 때 맛은 진하고 잘 넘어가지만 시간이 조금 지나면 바로 쓰러집니다."

"쓸데없는 소리 집어치워라! 공짜로 먹자는 것이 아니지 않느냐. 다시 석 잔 가져오너라!"

주인은 무송이 전혀 꿈쩍도 않는 것을 보고 다시 석 잔을 따랐다.

"정말 좋은 술이구나! 주인장, 술 한 잔 마실 때마다 돈을 낼 테니 계속 따르게."

"손님, 지나치게 많이 마셨습니다. 이 술은 취하면 정말 쓰러집니다. 약도 없습니다."

"개소리 그만해라! 그건 네가 몽한약을 넣은 것이고 나도 코가 있다."

주인이 아무 말도 못하고 다시 석 잔을 따랐다.

"고기 두 근 더 내오너라."

주인이 삶은 고기 두 근을 자르고 다시 석 잔을 따랐다. 무송이 입맛에 맞는지라 계속 먹으며 몸에서 은자 부스러기를 꺼내면서 말했다.

"주인장, 여기 돈 있네. 술과 고기 값으로 충분한가?"

주인이 보고 말했다.

"조금 남으니 잔돈을 거슬러드리겠습니다."

"거슬러줄 필요 없다. 술이나 더 따라라."

"손님, 남은 돈으로 술을 드시려면 아직 5~6잔은 더 드셔야 합니다! 아마 다 드시지 못할 것 같습니다."

"남은 술 5~6잔을 다 따라라."

"손님처럼 이렇게 건장한 남자가 쓰러지면 누가 부축하겠습니까?"

"너한테 부축받으면 나는 남자도 아니다!"

주인이 어찌 감히 술을 따라주겠는가? 무송이 조바심을 내며 말했다.

"내가 공짜로 달랬냐? 사람 성질을 자꾸 건드리면 이 집구석을 모두 박살내버리고 네 거지 같은 주점을 싹 엎어버린다!"

주점 주인이 뜨끔해서 속으로 생각했다.

'이 자식 취했구나. 잘못 건드렸다간 큰일나겠다.'

다시 여섯 잔을 무송에게 따라주었다. 무송이 앉은자리에서 모두 18잔을 마시고 초봉을 움켜쥐고 일어서며 말했다.

"나는 아직 취하지 않았다!"

문을 나오며 웃었다.

"삼완불과강은 무슨 불과강이냐! 별것 아니구먼."

손에 초봉을 들고 걸어가자 주인이 달려 나와서 말했다.

"손님, 어디 가십니까?"

무송이 멈춰 서서 물었다.

"왜 불러? 술값 다 주었는데 어쩌려고 부르느냐?"

"나쁜 뜻은 아닙니다. 일단 돌아오셔서 여기 적어놓은 관아의 방문榜文부터 보시지요."

"무슨 방문?"

"요즘 저 앞 경양강에 눈꼬리가 위로 째지고 이마에 흰 무늬가 있는 호랑이가 날이 저물면 나와서 사람을 해치는데 이미 남자만 20~30명 목숨을 잃었습니다. 관아에서 사냥꾼에게 장한문서杖限文書8를 내렸고 언덕 입구에도 방문을 붙여놓았습니다. 경양강을 왕래하는 길손들은 무리를 지어 사시, 오시, 미시(오전 9시부터 오후 3시까지) 등 세 시진에만 언덕을 넘을 수 있게 했습니다. 나머지 인, 묘, 신, 유, 술, 해(오전 3시부터 7시, 오후 3시부터 밤 11시까지) 등 6개 시진에는 언덕을 넘을 수 없습니다. 더욱이 혼자 지나는 길손은 무리가 모이기를 기다렸다가 가야 합니다. 잠시 후면 미시 말 신시 초(오후 3시 전후)인데 물어보지도 않고 가시다간 생명을 잃으실까 두렵습니다. 오늘은 저희 주점에서 주무시고 내일 사람 20~30명이 모이거든 함께 언덕을 넘어가십시오."

무송이 듣고 웃으며 말했다.

"나는 청하현 사람으로 여기 경양강을 적어도 열 번 스무 번은 지나다녔는데 여태껏 한 번도 호랑이를 보지 못했다. 그런 허랑한 말로 나를 놀라게 하려는 것이냐! 호랑이가 있더라도 두렵지 않다."

"좋은 의미로 손님을 구하려는 소리입니다. 믿지 못하겠으면 들어오셔서 관아의 방문을 보십시오."

"개소리 집어치워라! 정말 호랑이가 있어도 어르신은 두렵지 않다. 나를 네 가게에 잡아놓고 삼경 늦은 밤에 죽여 재물을 빼앗으려고 뭐 같은 호랑이로 나를 놀라게 하려는 것 아니냐?"

"이보시오, 나는 호의로 한 말인데 도리어 악의로 여겨서 이런 말을 듣다니. 믿지 못한다면 당신 마음대로 하시오!"

주인이 중얼거리며 고개를 절레절레 흔들더니 안으로 들어가버렸다.

무송이 초봉을 들고 성큼 발길을 디디며 경양강으로 걸어갔다.

8_ 장한문서杖限文書: 옛날 관부에서 어떤 일을 처리하는 데 기한을 정해놓은 것으로, 기한을 넘기면 장형杖刑을 부과한 공문서.

4~5리 길을 걸어 언덕 아래에 이르니 커다란 나무가 한 그루 보였다. 나무의 껍질을 하얗게 벗겨 글을 두 줄 써놓았다. 무송이 글을 조금 아는지라 고개를 들고 보니 나무 위에 다음과 같이 쓰여 있었다.

"근래 경양강 호랑이가 사람을 해치므로 지나는 사람들은 사오미巳午未 세 시각에 무리를 지어 언덕을 지나가도록 하고 어기지 말도록 하라."

무송이 보고 웃으며 말했다.

"이것은 주점에서 농간을 부려 일반 길손을 놀라게 해서 제 집에 재우려는 수작이군. 나 같은 사람이 뭘 거시기를 겁내겠냐!"

초봉을 가로로 끌며 언덕으로 올라갔다. 때는 이미 신시가 되어 붉은 해가 천천히 산 아래로 지고 있었다. 술김에 언덕을 걸어 올랐는데 반 리 길도 못 가서 다 부서져가는 산신 묘가 보였다. 산신 묘 앞에 다다르니 문에 관아의 인장이 찍힌 방문이 보였다. 발을 멈추고 읽었다.

경양현에서 알린다

근래에 경양강에서 호랑이 한 마리가 나타나 인명을 해치므로, 각 향의 이정과 사냥꾼들에게 호랑이를 잡도록 장한을 명시했으며, 만일 잡지 못하면 곤장을 치도록 명령했다. 지나가는 길손은 사, 오, 미 세 시각에만 무리를 지어 언덕을 넘도록 하여라. 그 나머지 시간과 혼자 몸의 길손은 생명을 잃을까 두려우니 언덕을 넘지 말라. 모두 명심하여라.

정화政和9 모년 모월 모일

무송이 관인 찍힌 방문을 읽고서야 정말 호랑이가 있다는 것을 알았다. 몸을 돌려 주점으로 돌아가려다 생각했다.

　　'돌아가면 주점 주인이 남자도 아니라고 나를 비웃을 테니 절대 돌아갈 수 없지.'

　　잠시 생각하다가 말했다.

　　"겁나긴 개뿔! 가다보면 어떻게 되겠지."

　　길을 걷는 동안 술기운이 차츰차츰 올라와 머리에 쓰고 있던 범양모를 뒤로 젖혀 등에 걸치고 초봉은 겨드랑이에 낀 채 한 걸음씩 언덕을 걸어 올라갔다. 머리를 돌려 하늘을 바라보니 땅거미가 점점 드리우고 있었다.[10] 때는 10월의 날씨라 낮은 짧고 밤은 길어서 금방 어두워졌다. 무송이 혼자 중얼거렸다.

　　"무슨 호랑이가 있다고그래? 사람들이 공연히 겁을 먹고 무서워서 감히 산에 못 오르는 거겠지."

　　조금 걸었는데 술기운이 올라와 몸이 더워지기 시작했다. 한 손으로 초봉을 들며 다른 손으로는 가슴 앞섶을 열고 비틀비틀거리며 빽빽한 숲으로 들어갔다. 반들반들한 바윗덩이가 보이자 초봉을 옆에 기대어 세워놓고 벌렁 누워서 막 잠이 들려 하는데 광풍이 불었다. 바람이 지나가자 깊은 숲 안에서 '휙' 소리가 나더니 하얀 이마에 째진 눈의 호랑

9_ 정화政和: 북송 휘종의 연호로 1111~1117년의 시기다.
10_ 무송이 경양강의 서쪽에서 동쪽 방향으로 가고 있음을 알 수 있다.

이 한 마리가 뛰쳐나왔다. 무송이 보고 '아이고!' 하며 바윗덩이 위에서 굴러 내려와 초봉을 집어들고 바위 옆으로 피했다. 배가 고픈 데다 갈증이 난 호랑이가 두 발을 잠시 땅에 대더니 몸을 공중으로 날려 위에서 덮쳐 내려왔다. 무송이 놀라 술이 모두 식은땀으로 변하여 흘러 내렸다. 순식간에 덮쳐오는 것을 보고 재빨리 호랑이 뒤쪽으로 피했다. 원래 호랑이는 등 뒤를 바라보는 것이 가장 어려운데 무송이 뒤로 피한 것을 알고 앞발로 땅을 짚은 채 허리를 움츠렸다가 뒷발로 무송을 찼다. 무송이 재빠르게 옆으로 피했다. 뒷발질이 실패하자 호랑이가 "어흥" 하고 울부짖는데 벼락이 치는 것처럼 산언덕 전체가 진동했다. 쇠몽둥이 같은 꼬리를 거꾸로 세우고 휘둘렀으나 무송은 또 한쪽으로 피했다. 원래 호랑이는 사람을 잡을 때 달려들어 덮치고, 허리를 젖혀 뒷발로 차고, 꼬리를 휘두른다. 이 세 가지 동작으로 잡지 못하면 기세가 절반은 꺾인다. 호랑이가 꼬리를 휘둘러서 잡지 못하자 다시 포효하며 방향을 바꾸어 몸을 돌렸다. 무송이 호랑이가 몸을 돌리는 것을 보고 두 손으로 초봉을 잡고 돌리며 있는 힘을 다해 허공을 가르며 내려쳤다. '투둑' 소리가 울리더니 잎이 달린 나뭇가지가 눈앞에 우수수 떨어져 내렸다. 눈을 똑바로 뜨고 바라보니 초봉이 호랑이를 맞히지 못하였다. 급하게 서둘러 휘두르는 바람에 고목에 명중하여 초봉이 동강나 반쪽은 날아가고 손에 반쪽만 남았다.

  호랑이가 화가 나서 으르렁거리며 몸을 돌려 다시 덮쳐왔다. 무송이 몹시 놀라 다시 펄쩍 뛰어 열 걸음 뒤로 물러났다. 마침 호랑이가 공중에서 내려와 앞발을 무송 앞으로 디디자, 무송은 반쪽만 남은 몽둥이를 집어던지고 두 손으로 줄무늬가 있는 정수리의 우둘투둘한 가죽을 꽉 잡아 눌렀다. 호랑이가 빠져 나오려고 몸부림쳤으나 온 힘을 다하여 누르는 무송을 뿌리치고 빠져 나올 수가 없었다. 무송이 힘을 조금도 늦추지 않고 발로 호랑이의 얼굴과 눈을 닥치는 대로 걷어찼다. 붙잡힌 호랑이가 울부짖으며 몸부림을 쳐서 몸통 밑으로 두 개의 진흙 구덩이가 생겼다.11 무송이 호랑이의 입을 진흙 구덩이 안에 처박아 누르자 호랑이는 꼼짝하지 못했다. 무송이 왼손으로 호랑이의 정수리 가죽을 꽉 움켜잡고, 철퇴만 한 오른 주먹을 슬그머니 들고 젖 먹던 힘까지 짜내 정신없이 내려쳤다. 50~70번을 계속해서 내려치자 호랑이가 눈, 입, 코, 귀에서 모두 피를 쏟으며 움직이지 않았고 아직 입으로는 숨을 헐떡거렸다. 호랑이를 잡았던 손을 놓고 소나무 옆에서 부러진 초봉을 찾아 손에 쥐었다. 호랑이가 죽지 않았을까봐 걱정이 되어 또 내려쳤다. 기가 완전히 끊어진 것을 보고 몽둥이를 던져버렸다.

'죽은 호랑이를 가지고 당장 내려가야겠다.'

피가 흥건한 가운데 두 손으로 들려고 했으나 무슨 힘이 남아서 들 수 있겠는가? 호랑이를 잡는 데 모든 힘을 다 쏟아부어 이제는 손발이 모두 늘어졌다.

11_ 호랑이는 고양잇과 동물이다. 고양이는 앞발과 뒷발로 머리를 긁을 수 있다. 만약 고양이의 머리를 손으로 누르면 사람 손에 상처가 난다. 호랑이는 발톱이 날카로워 나무는 뚫리고 돌에는 상처가 나는데 하물며 사람이라면 어떻게 되겠는가? 그러므로 이 부분은 묘사가 잘못된 것이라 한다.

다시 바위 위에 앉아 잠시 쉬면서 생각했다.

'날은 이미 어두워졌는데 혹시 호랑이가 한 마리 더 튀어나온다면 무슨 수로 당해낼 수 있겠는가? 어떻게 해서라도 언덕을 내려갔다가 내일 아침에 다시 돌아와 처리해야겠다.'

바위 옆에서 범양 삿갓을 집어들고 무성한 숲에서 돌아 나와 한 걸음 한 걸음 간신히 언덕을 내려왔다. 겨우 반 리 길도 못 왔는데 마른 풀 속에서 호랑이 두 마리가 나왔다.

"아이고, 이젠 끝났구나!"

호랑이 두 마리가 어둠 속에서 두 발로 섰다. 무송이 정신을 차리고 바라보니 호피로 옷을 만들어 몸에 쫙 달라붙게 입은 사람이었다. 각자 손에 오지창을 들고 무송을 보며 깜짝 놀라 말했다.

"다… 다… 다… 당신, 악어 심장, 표범 쓸개, 사자 다리를 삶아 먹어서 쓸개가 온몸을 둘러쌌소? 어떻게 감히 혼자 날이 다 저문 밤에 무기 하나도 없이 언덕을 지나온 것이오. 다, 다, 다, 당신…… 사람이오? 귀신이오?"

"거기 두 분은 뭐 하시는 분이오?"

"우리는 이 동네 사냥꾼이오."

"당신들 고개 위에 올라와 뭣하고 있소?"

"당신 아무것도 모르는구려. 지금 경양강에 엄청나게 큰 호랑이 한 마리가 밤마다 나타나 사람을 해치고 있소. 우리 사냥꾼도 이미 7~8명이 당했고 지나가는 길손은 셀 수 없이 호랑이 밥이 되었소. 우리 동네 지현이 향 이정과 사냥꾼에게 포호령을 내렸소. 이 흉악한 짐승은 힘이 세서 가까이 가기도 어려운데 누가 감히 나서겠소. 우리는 이놈 때문에 곤장을 얼마나 많이 맞았는지 모릅니다. 하지만 아직도 잡지 못했소. 오늘 밤은 우리 두 사람이 잡으러 나오는 날이라 마을 사람 10여 명과 함께 여기저기에 독약 바른 화살을 장전하여 와궁窩弓12을 설치해놓고 기다리고 있소이다. 지금 여기서 매복하고 있는데 당신이 눈 하나 깜짝하지 않고 언덕에서 걸어 내려오는 것을 보고 우리 둘은 깜짝 놀랐소. 당신은 누구요? 혹시 호랑이를 보지 못했소?"

"나는 청하현 사람으로 이름은 무송이고 항렬은 둘째요. 금방 언덕 위 무성한 숲에서 마침 그 호랑이와 마주쳤는데 내가 주먹과 발로 때려죽였소."

두 사냥꾼은 넋을 잃은 채 듣고 나서 말했다.

"설마 그럴 리가!"

"못 믿겠으면 내 몸 좀 보시오. 온통 피투성이잖소."

"어떻게 때려잡았습니까?"

무송이 호랑이 잡은 과정을 다시 말했다. 두 사냥꾼이 듣고 기뻐하면서도 놀라 마을 사람들을 불렀다. 사람 10여 명이 삼지창, 답노踏弩13, 도刀와 창을 들고 즉시 모여들었다. 무송이 물었다.

"저 사람들은 왜 두 분을 따라 산에 올라오지 않았소?"

12_ 와궁窩弓: 맹수 등 큰 사냥감을 잡기 위해 숲속에 설치해둔 활덫.
13_ 답노踏弩: 발로 밟아서 발사하는 활.

"그 짐승이 무서워서 저 사람들이 어디 감히 올라오겠습니까."

10여 명이 앞에 모였다. 두 사냥꾼은 무송이 호랑이를 잡은 일을 사람들에게 말했다. 사람들은 믿으려 하지 않았다.

"여러분이 못 믿겠다면 나랑 같이 가봅시다."

사람들이 부시와 부싯돌을 꺼내 불을 붙여 횃불 5~7개를 만들고 모두 무송을 따라 함께 다시 언덕으로 올라가 호랑이가 죽어 쓰러져 있는 것을 보았다. 사람들이 기뻐하며 먼저 이정과 동네 부호에게 알렸다. 5~7명의 마을 사람이 호랑이를 묶어서 지고 언덕을 내려왔다.

고개를 내려오니 벌써 70~80명이 모여 시끌벅적했다. 먼저 죽은 호랑이를 앞에서 짊어지고 대나무 가마14에 무송을 태우고 동네 부호의 집으로 행차했다. 부호와 이정은 장원 앞에서 맞이하여 숨이 끊어져 축 늘어진 호랑이를 짊어지고 대청 위에 올려놓았다. 마을의 부자와 사냥꾼 20~30명이 몰려와 무송을 찾아서 물었다.

"장사의 성함이 어떻게 되십니까? 고향은 어디십니까?"

"소인은 이웃 군 청하현 사람입니다. 이름은 무송이고 항렬은 둘째입니다. 창주에서 고향으로 돌아가다가 어젯밤에 언덕 저쪽 주점에서 잔뜩 취하도록 술을 마시고 언덕을 오르다가 마침 이 짐승을 만났습니다."

호랑이를 잡던 몸동작과 손발 놀림을 보여주며 자세하게 설명했다.

14_ 길을 갈 때 타는 대나무로 만든 가마. 대나무 의자를 두 개의 대나무 장대에 묶어서 만든다.

마을 유지들이 말했다.

"당신이 바로 영웅이오!"

사냥꾼이 안주를 내오고 무송에게 술을 따라주었다. 호랑이를 잡느라 기력을 소진한 무송이 피곤하여 잠을 자려고 청하자, 유지가 장객을 불러 사랑방에서 쉬게 했다. 다음 날 날이 밝자 유지가 현 관아에 사람을 보내 보고하고 호랑이를 탁자에 올리고 바르게 실어 관아로 보낼 준비를 했다. 날이 밝자 일어나 세수하고 입을 가시니 유지들이 양 한 마리와 술 한 짐을 가지고 와서 대청 앞에서 기다렸다. 옷을 입고 두건을 단정하게 쓴 다음 앞으로 나가 사람들과 마주했다. 유지들이 잔을 들고 말했다.

"이 짐승이 얼마나 많은 인명을 해쳤고, 사냥꾼들은 곤장을 얼마나 많이 맞았는지 모르겠습니다. 오늘 다행스럽게 장사가 나타나 이 커다란 근심거리를 없애주었습니다. 먼저 마을 사람들에게 복을 가져다주고 다음으로 길손이 마음 놓고 통행하게 된 것은 진실로 장사의 은혜입니다."

무송이 감사하며 말했다.

"제 공이라기보다는 여러분께서 복이 많으신 덕택입니다."

사람들이 몰려와 축하를 하며 아침부터 술과 고기를 가져와 먹고 호랑이를 내와 상 위에 올려놓았다. 마을 유지들이 무송에게 비단 화홍花紅15을 걸어주었다. 무송이 짐을 잘 싸서 장원에 놓아두고 유지들과 장원 문 앞으로 나왔다. 아침 일찍 양곡현 지현 상공이 사람을 보내 무송을 맞이하고 서로 인사를 나누었다. 장객 네 명이 무송을 관리들이 타는 가마에 태웠으며 비단 화홍을 건 호랑이를 앞에서 들고 양곡현으로 갔다.

양곡현 백성들은 어떤 장사가 경양강 위의 호랑이를 죽였다는 말을 듣고 모두 나와 구경하며 환호하고 갈채를 보내니 온 현이 떠들썩했다. 무송이 가마 위에서 바라보니 사람들이 서로 어깨를 부딪치며 겹겹으로 둘러싸서 등을 포개고 서서 구경하느라 북적였고 큰길이건 작은 골목이건 호랑이를 구경하려는 사람들로 가득 찼다. 관아에 도착했을 때 지현이 이미 대청 위에서 주인공이 도착하기만을 기다리고 있었다. 무송이 가마에서 내렸고 사람들은 호랑이를 들어 대청 앞에 나가 통로 위에 놓았다. 지현이 무송의 모습을 보고 다시 커다란 금모호錦毛虎16를 보며 생각했다.

'저렇게 덩치가 좋은 사람이 아니라면 과연 어떻게 이런 호랑이를 잡았겠는가!'

무송을 대청 위로 불렀다. 대청에 올라와 인사를 하자 지현이 물었다.

"호랑이를 잡은 장사여, 너는 어떻게 이 호랑이를 때려잡을 수 있었느냐?"

무송이 대청 앞으로 나아가 호랑이 잡은 일을 설명하니, 대청 위아

15_ 화홍花紅: 모자에 꽂는 금빛 꽃과 몸에 걸치는 붉은 비단.
16_ 금모호錦毛虎: 화남 호랑이. 중국 화남 지방에 사는 호랑이. 산동, 산서, 하남, 하북, 강소 지역에 분포한다. 우리가 알고 있는 한국산 호랑이는 체중이 300킬로그램쯤 되는데 화남호는 150킬로그램쯤 된다.

래 사람들이 모두 놀라 한동안 넋을 잃었다. 지현이 대청에서 술 몇 잔을 하사하고 유지들이 모은 돈 1000관을 무송에게 주었다. 무송이 아뢰었다.

"상공 덕분에 우연한 행운으로 호랑이를 때려잡았습니다. 소인의 능력으로 잡은 것이 아닌데 어찌 상을 받겠습니까? 여기 여러 사냥꾼이 이 호랑이 때문에 상공의 질책을 많이 받았다고 들었습니다. 이 상금은 그들에게 나누어 쓰도록 하는 것이 좋지 않겠습니까?"

"뜻이 정 그렇다면 장사 마음대로 하게."

무송이 이 상금을 대청에서 여러 사냥꾼에게 나누어주었다. 지현은 무송이 충직하고 후덕하며 공평무사한 사람이라 보고 발탁하고 싶은 마음이 있어서 말했다.

"네가 비록 청하현 사람이지만 우리 양곡현과는 아주 가까운 거리다. 오늘 너에게 본현 도두 일을 맡기고 싶은데 네 생각은 어떠냐?"

무송이 무릎을 꿇고 말했다.

"만일 상공의 발탁을 받는다면 소인은 평생 감사드릴 것입니다."

지현이 즉시 압사를 불러 문서를 만들고 당일 무송을 보병 도두로 임명했다. 마을 유지들이 몰려와 무송에게 축하를 하고 연속해서 며칠 동안 함께 술을 마셨다. 무송이 속으로 생각했다.

'내가 본래 청하현으로 형을 보러 가려고 했는데 뜻밖에 양곡현에서 도두가 되었구나.'

무송이 이렇게 상관으로부터 신임을 받고 마을에서 이름을 모르는 사람이 없게 되었다.

다시 2~3일이 지났다. 그날 무송이 현에서 나와 한가롭게 놀고 있는데 등 뒤에서 누가 부르는 소리를 들었다.

"무 도두, 너 지금 이렇게 출세했는데 어째서 나를 보러 찾아오지 않는 게냐?"

머리를 돌려 바라보고 소리를 질렀다.

"아이고! 여기에는 어쩐 일이십니까?"

제 2 3 회
반금련[1]

무 도두가 몸을 돌려 그 사람을 보고 바로 허리를 구부려 땅에 꿇고 절했다. 그 사람은 다른 사람이 아니라 무송의 친형 무 대랑武大郎이었다. 무송이 절을 마치고 말했다.

"1년 넘게 못 뵈었는데 여긴 어쩐 일이십니까?"

"둘째야, 너는 집을 떠나고 왜 그렇게 오랫동안 편지 한 통도 보내지 않았느냐? 내가 너를 원망도 하고 많이 그리워했다."

"형님, 나를 원망하면서도 그리워했다는 말은 무슨 뜻입니까?"

1_ 23장 왕 노파가 뇌물을 탐내어 여자 꾀는 법을 유세하다王婆貪賄說風情. 운가가 분노를 참지 못하고 찻집에서 소란을 피우다鄆哥不忿鬧茶肆.

"당초 네가 청하현에 살 때 술만 먹으면 취하여 사람을 때려 항상 송사가 벌어졌다. 송사 때마다 내가 관아에 가서 처분을 기다려야 했는데 한 달 안에 조용해진 적이 없어서 항상 고통을 받아 너를 원망했다. 근래 내가 징가를 갔는데 청하현 사람들이 나를 아니꼽게 생각하여 모두 괴롭혀도 도와줄 사람이 없어서 네가 그리웠다. 네가 집에 있을 때는 누구도 감히 뭐라고 하지 못했지. 내가 그곳에 도저히 살 수가 없어서 여기에 살 곳을 빌려 이사했다. 그래서 너를 그리워했다."

독자 여러분 잘 들어보시오. 원래 무대와 무송은 같은 부모에게서 난 친형제였다. 무송은 키가 8척이며 외모가 당당했고 온몸에 수백 근의 힘을 지니고 있었다. 그렇지 않았다면 어떻게 호랑이를 잡을 수 있었겠는가? 형 무대는 키가 5척도 안 되었고 생김새가 추하고 머리도 우습게 생겼다. 청하현 사람들이 키가 작은 무대를 '3촌 사내 곡수피'[2]라는 별명으로 불렀다. 한편 청하현에 한 부자에게 모계 성이 반潘이고 이름이 금련金蓮이라는 하녀가 있었다. 나이는 겨우 20여 세로 제법 미색이 있었다. 그 부자가 치근덕거리자, 금련이 마음에 들지 않아 따르지 않고 부인에게 고자질했다. 그 부자가 이런 이유로 앙심을 품고 혼수는커녕 돈 한 푼 받지 않고 그녀를 아무것도 내세울 것 없이 형편없는 무대에게 시집보내 반금련에게 복수를 했다. 무대가 반금련을 부인

2_ 삼촌정곡수피三寸丁穀樹皮: 무대의 별명에 대한 해설은 각설이 분분하다. 다만 3촌은 키가 아주 작은 것을 의미하며 정은 성인 남자를 의미한다. 곡수피는 반점이 아주 많은 나무다. 성인인데 키가 매우 작고 생긴 것도 보잘것없고 추한 것을 가리킨다.

으로 맞은 다음부터 청하현 안의 몇몇 음흉하고 불량한 자제가 집에 찾아와 희롱하고 괴롭혔다. 무대는 키도 작고 인물도 초라하며 풍류도 몰랐으나, 그녀는 좋아하지 않는 것이 없었고 그중에 남자들과 바람피우기를 가장 좋아했다. 무대가 본래 나약하고 본분을 지키는 사람이었으므로, 불량한 자제들이 시도 때도 없이 문 앞에서 소리를 질렀다.

"이렇게 맛있는 양고기가 하필이면 개 먹이가 되어버리다니."

이에 무대는 청하현에서 살 수가 없어 양곡현 자석가紫石街에 방을 빌려 살며 이전처럼 매일 멜대를 메고 취병炊餠[3]을 팔았다. 이날 현 관아 앞에서 장사를 하다가 무송을 만난 것이다.

"무송아, 전날 거리에서 '경양강에서 호랑이를 잡은 장사가 무씨인데, 지현이 도두로 발탁했다'고 사람들이 왁자지껄 떠들기에 아마 너일 것이라고 짐작은 하고 있었는데 오늘 드디어 만났구나. 오늘은 장사를 그만두고 너와 집에 가야겠다."

"형님, 댁이 어디시오?"

무대가 손으로 가리키며 말했다.

"바로 요 앞 자석가에 있다."

무송이 무대 대신 멜대를 졌고, 무대가 안내하여 골목길을 돌아 자석가 안으로 들어갔다.

3_ 취병炊餠: 취병은 증병蒸餠이다. 송 인종仁宗의 이름이 정禎이라 발음상 비슷해서 피휘하여 취병이라 불렀다고 하며, 동시에 '정월正月'도 '초월初月'로 고쳐 불렀다. 송나라 때 취병은 현재 중국의 만두饅頭와 같이 속이 없었다.

모퉁이를 두 번 돌아 찻집 옆집에 도착했다.

"여보, 문 열어요."

주렴이 열리더니 한 부인이 나와 말했다.

"여보, 어째서 반나절 만에 돌아왔어요?"

"자네 도련님이 왔으니 와서 인사하게."

무대가 멜대를 받아 들어가다 다시 나와서 말했다.

"둘째야, 들어와 형수께 인사드려라."

무송이 주렴을 걷고 안으로 들어가 부인과 인사를 했다. 무대가 말했다.

"여보, 원래 경양강에서 호랑이를 죽이고 새로 도두가 된 사람이 바로 여기 내 동생이라네."

부인이 두 손을 옆으로 모아 잡고 만복萬福4을 하며 말했다.

"도련님, 안녕하세요."

"형수님, 앉으십시오."

무송이 즉시 정중하게 허리를 굽혀 무릎을 꿇고 머리를 숙여 절했다. 부인이 앞으로 나와 무송을 부축하며 말했다.

"도련님, 과분한 예라 감당할 수가 없습니다!"

"형수님, 예를 받으십시오."

"옆집 왕 노파가 '호랑이를 잡은 남자가 현 관아 앞에 온다'고 하며

4_ 만복萬福: 부녀자들의 인사. 여자는 남자와 달리 바닥에 엎드려 절을 하지 않았다. 두 손을 가볍게 겹쳐 쥐고 가슴 오른쪽 아래 옆구리에 대고 무릎을 살짝 굽혔다.

함께 구경가자고 하더라고요. 그런데 늦어서 그만 보지 못했는데 원래 도련님이셨군요. 도련님, 이층에 올라가 앉으세요."

세 사람이 함께 이층으로 올라가 자리를 잡고 앉았다. 부인이 무대를 보고 말했다.

"내가 도련님 모시고 앉아 있을 테니 당신이 가서 술과 음식을 준비해 도련님을 대접하시구려."

"좋아. 둘째야, 앉아 있어라. 내가 금방 올라오마."

무대가 아래층으로 내려갔다.

부인이 이층에서 무송의 훤칠한 모습을 보고 심사가 복잡해졌다.

'무송이 남편과 한 부모로부터 태어난 친형제라는데 어쩜 저렇게 기골이 장대하니. 내가 만일 저런 사람에게 시집갔더라면 평생 억울하지 않을 텐데. 남편이라고 키는 작고 얽은 상판대기는 겨우 3푼만 사람 같고 7푼은 귀신같이 생겨 처먹었으니 내가 정말 이렇게 재수가 더럽지! 봐라 저 무송은 호랑이도 때려잡았으니 힘은 또 얼마나 좋겠어. 아직 결혼을 안 했다고 하니 우리 집으로 이사와서 살도록 하는 것이 좋지 않을까? 생각지도 않게 인연이 바로 여기에 있었구나!'

부인이 얼굴에 웃음을 잔뜩 띠며 물었다.

"도련님, 여기 오신 지 얼마나 되었습니까?"

"열흘쯤 되었습니다."

"어디에 머무세요?"

"대강 임시로 관아에서 자고 있습니다."

"도련님, 그곳에 머무르시면 불편하지요?"

"혼자 몸이라 그런대로 지낼 만합니다. 아침저녁으로 향병들이 보살펴주고 있습니다."

"그런 사람들이 도련님을 어떻게 제대로 보살펴드리겠어요. 어찌 집으로 옮기셔서 머물지 않아요? 그런 더러운 사람들보다 제가 직접 도련님께 아침저녁으로 뜨거운 국물을 드시도록 준비해드리는 것이 낫지 않겠어요? 도련님이 집에서 건더기 없는 국물만 들더라도 제가 마음을 놓을 수 있을 겁니다."

"형수님, 말씀만으로도 무척 감사합니다."

"다른 곳에 동서가 있는 것이 아닙니까? 데리고 함께 오셔도 상관없어요."

"저는 아직 결혼하지 않았습니다."

"도련님, 청춘(성년의 나이)이 얼마나 되십니까?"

"저는 25세입니다."

"저보다 세 살 많네요. 도련님 이번에 어디에서 오셨습니까?"

"창주에서 1년여를 머물다가 형님이 계시는 청하현에서 살려고 했는데 뜻밖에 여기에 눌러앉게 되었습니다."

금련이 갑자기 한숨을 내쉬며 말했다.

"어떻게 한마디로 다 말하겠어요. 형님에게 시집온 이후로 사람이 지나치게 착해 항상 남들에게 괴롭힘을 당했어요. 청하현에서 도저히 살 수가 없어 결국 여기로 이사왔어요. 만일 도련님처럼 이렇게 건장했다면 누가 감히 뭐라고 말했겠어요."

"형님은 본래 본분을 지키고 저처럼 못되게 굴지는 않습니다."

부인이 깔깔 웃으며 말했다.

"어째서 그렇게 거꾸로 말하세요. 속담에 말하기를 '사람이 강건한 기개가 없으면 제 몸 하나도 건사하지 못한다'고 하잖아요. 제가 평생 성질이 급한 여자라 '세 대 맞을 때까지 가만히 있다가 네 대 맞아야 비로소 돌아보는' 나약하거나 둔한 사람은 눈에 차지 않아요."

"형님은 저처럼 걸핏하면 사고나 치는 사람이 아니니 형수님이 신경 좀 써주십시오."

이층에서 한참 이야기를 나누고 있는데 무대가 술과 고기와 과일을 사서 돌아와 주방에 놓고 이층으로 올라와서 말했다.

"여보, 당신이 내려와서 준비해."

"이런 사리 분별도 못하는 사람 같으니! 도련님이 여기 앉아 계신데 당신은 나더러 도련님 혼자 내버려두고 내려가라는 거야?"

"형수님 편한 대로 하십시오."

반금련은 무송의 곁을 떠나고 싶지 않아서 애꿎은 무대만 타박했다.

"어째서 옆집 왕 노파를 불러서 시키지 않아요? 이렇게 사람을 편히 놔두지 않는다니까!"

무대가 옆집 왕 노파에게 부탁하고 상을 정갈하게 준비하여 이층으로 가져왔다. 생선과 고기, 과일 등을 탁자 위에 잘 차린 후 다시 따뜻한 술을 가져와 부인을 주인석에 앉히고 무송은 맞은편에 앉았으며 무대는 말석에 앉았다.[5] 세 사람이 모두 앉고 무대가 각자의 잔에 술을 따랐다. 부인이 잔을 들고 말했다.

"도련님, 차린 것이 없다고 탓하지 마시고 한잔 드세요."

"감사합니다, 형수님. 그런 말씀 마십시오."

무대가 오르락내리락하며 술을 따르고 데우느라 다른 일을 할 겨를이 없었다. 부인이 만면에 웃음이 가득 차서 말했다.

"도련님, 어째서 생선과 고기를 소금에 들지 않으세요?"

금련이 이것저것 좋은 것을 골라서 건네주었다. 무송은 직설적인 사람이라 단지 형수로 대했을 뿐인데, 누가 알았으랴. 부인은 시녀 출신이라 남을 시중드는 데 익숙한 사람이었다. 무대는 선량하고 나약한 사람이라 어디에서 남에게 대접을 받아봤겠는가? 부인이 술을 몇 잔 마시더니 두 눈이 무송의 몸을 떠나지 않았다. 무송이 금련의 눈을 마주보지 못하고 고개를 숙여 외면했다. 그날 10여 잔을 마시고 몸을 일으켰다. 무대가 말했다.

"둘째야, 몇 잔 더 마시고 가거라."

"오늘은 그만하고 나중에 다시 형님 보러 올게요."

모두 배웅하러 일층에 내려왔다. 부인이 무송을 보내지 않으려고 말했다.

"도련님, 꼭 우리 집으로 이사오세요. 만일 도련님이 이사오지 않는다면 우리 두 사람은 남들에게 웃음거리가 될 거예요. 친형제 사이를 남들과 비교할 수 없잖아요. 여보, 이웃들이 뭐라고 떠들지 못하도록 당신이 방 한 칸 준비해서 도련님이 머물도록 하세요."

5_ 중국은 지금도 주인과 손님이 자리를 구별해 앉는다.

"당신 말이 맞소. 둘째야, 네가 이사오면 나도 큰 소리 좀 치며 살 수 있겠다."

"형님과 형수님이 모두 그렇게 말씀한다면 오늘 밤 얼마 안 되는 짐을 가지고 이사오겠습니다."

"도련님, 절대 잊지 마세요. 저는 여기서 기다리고 있겠습니다."

무송이 형과 형수와 이별하고 자석가를 나와 현 관아로 갔다. 마침 지현이 대청에서 근무를 보는 중이라 무송이 대청에 올라가 아뢰었다.

"저에게 친형이 있는데 자석가로 이사와 살고 있습니다. 앞으로는 형님의 집에 거처하면서 아침저녁으로 관아에 나와 일을 수행하고자 합니다. 그러나 제 마음대로 갈 수가 없어서 나리께 허락을 청하옵니다."

"이것은 형제의 우애를 지키는 일인데 내가 어떻게 막겠느냐? 그렇지만 매일 현 관아로 나와야 하느니라."

무송이 감사 인사를 하고 짐과 이부자리를 수습했다. 새로 만든 옷과 상으로 받은 물건을 향병을 불러 지게 하고 무대의 집으로 갔다. 부인이 보고 야밤에 금은보배를 주운 것처럼 좋아하며 웃음이 가득 찼다. 무대가 목수를 불러 일층에 방 하나를 정리하며 침대를 놓고 탁자 하나에 의자는 한 쌍을 맞추고 화로를 놓았다. 무송이 짐을 풀어 정리하자 향병들을 되돌려보내고 그날 밤부터 무대의 집에서 잤다.

다음 날 아침 부인이 서둘러 일어나 세수할 물을 끓이고 양치질할 물을 떠서 무송에게 입 안을 헹구도록 하고 두건을 싸주며 현 관아에 출근하도록 했다. 부인이 관아에 나가는 무송을 바라보며 남편 출근시키는 부인처럼 말했다.

"도련님, 출근 표기만 하고 밥은 다른 곳에 가지 말고 바로 집에 와서 드세요."

"금방 돌아오겠습니다."

관아에 출근하여 오전 근무를 마치고 집으로 돌아왔다. 부인이 손을 깨끗하게 닦고 손톱을 말끔하게 손질한 후 음식을 가지런하게 준비했고, 세 식구가 한 탁자에서 밥을 먹었다. 무송이 밥을 먹고 있는데 부인이 두 손으로 차 한 잔을 무송에게 건넸다. 무송이 무척 송구하여 한마디 했다.

"형수님을 몹시 귀찮게 해서 제가 먹고 자는 것이 편하지 않습니다. 관아에서 향병을 불러 시중을 들도록 하겠습니다."

부인이 여러 번 소리를 질렀다.

"도련님, 아니, 어떻게 이렇게 남처럼 말하세요? 도련님의 혈육이고 또 남을 시중드는 것도 아닙니다. 향병을 불러 일을 시키면 솥이나 부뚜막이 깨끗하지 않을 텐데 제 눈으로 두고 볼 수 없습니다."

"그렇다면 형수님께 신세 좀 지겠습니다."

무송이 집을 옮긴 이후 무대에게 은자를 주어 음식과 다과를 준비하여 이웃을 대접하게 했다. 이웃들이 돈을 조금씩 걷어 무송에게 선물로 주었고 무대도 답례로 초대했음은 말할 것도 없다. 며칠이 지나고 무송이 채색 비단 한 필을 가져다 형수의 옷을 만들어주었다. 부인은 좋아서 웃으며 말했다.

"도련님, 이러면 안 되는데. 도련님이 주는 것이니 사양하지 않고 받겠습니다."

무송이 이때부터 형 집에서 머물렀고 무대는 여전히 거리에 나가 취병을 팔았다. 무송이 매일 현 관아에 출근하며 자기 일을 다 했다. 일찍 돌아오건 늦게 돌아오건 부인은 신이 나서 국과 밥을 준비하여 특별하게 시중을 들었으나 무송은 마음이 불편했다. 부인이 애정을 가지고 항상 이런저런 말로 집적거려도 무송은 마음이 굳은 사내라 형수를 공경하고 아무것도 탓하지 않았다.

어느새 한 달쯤 지나 음력 12월이 다가왔다. 며칠간 삭풍이 세차게 불고 사방에서 먹장구름이 잔뜩 끼어 아침부터 눈발이 날리더니 하루 종일 큰 눈이 내렸다. 그날 눈은 일경이 되어도 그치지 않았다. 다음 날 무송이 새벽같이 관아로 출근하여 해가 중천에 걸려도 돌아오지 않았다. 무대는 부인에게 떠밀려 장사하러 나갔다. 옆집 왕 노파에게 부탁하여 술과 고기를 사고 무송 방으로 가 화로에 숯불을 모아놓고 속으로 생각했다.

'내가 오늘은 정말 무슨 수를 써서라도 넘어오게 만들어야지. 내게 마음이 전혀 흔들리지 않는다고는 도저히 믿을 수가 없어.'

추운 날씨에도 혼자 주렴 밑에 서서 기다렸다. 무송이 하얗게 흩어져 내리는 눈꽃을 밟으며 돌아왔다. 부인이 발을 걷고 웃음 띤 얼굴로 맞이하며 말했다.

"도련님 날씨가 춥죠?"

"걱정해주셔서 감사합니다."

문으로 들어와서 삿갓을 벗었다. 부인이 두 손으로 받으려고 했다.

"그러실 필요 없습니다. 형수님."

형수의 도움을 거절하고 자기가 눈을 털고 벽에 걸었다. 허리의 요대를 풀고 짙은 연두색 모시 실로 짠 솜저고리를 벗어 방 안으로 들어가 걸었다.

"제가 아침 내내 기다렸어요, 도련님. 어디에서 아침을 드시고 집에 돌아오지 않으셨어요?"

"현 안에 아는 사람이 아침밥을 샀습니다. 조금 전에도 어떤 사람이 술을 산다고 했는데 귀찮아서 그냥 들어왔습니다."

"그랬군요. 도련님, 불 쬐세요."

"네."

기름 먹인 방수 장화를 벗고 버선을 갈아신은 다음 보온 신발을 신고 의자를 가져와 화로 가까이에 앉았다.

부인이 앞문에 빗장을 걸고 뒷문을 잠그며 안주, 과일, 요리를 가져다 무송의 방에 놓고 탁자에 벌여놓았다.

"형님은 어디를 갔기에 아직 안 돌아왔습니까?"

"형님은 매일 나가 장사를 하니 오늘은 내가 도련님과 술 석 잔 해야겠어요."

"형님이 돌아오거든 마시지요."

"기다리긴 뭘 기다려요! 기다릴 수 없어요."

말이 다 끝나기도 전에 일찌감치 데워놓은 술을 가져왔으나 이미 미지근해져 있었다.

"형수님, 앉아 계세요. 제가 가서 술을 적당하게 데워오겠습니다."

"도련님이 알아서 하세요."

부인이 의자를 가져다가 불 가까이에 앉았다. 불 옆 탁자 위에 잔과 쟁반을 펼쳐놓았다. 부인은 술잔을 들어 손에 받치고 무송을 바라보며 말했다.

"도련님, 이 잔에 가득 따랐으니 마시세요."

무송이 받아서 단번에 마셨다. 부인이 다시 한 잔을 따라주며 말했다.

"날도 추운데 도련님, 짝짓기로 마셔요."

"형수님, 마음대로 하세요."

잔을 받더니 단숨에 들이켰다.

무송이 술 한 잔을 따라 부인에게 주었다. 부인이 받아 마시며 주전자를 들어 다시 술을 따르고 무송 앞에 놓았다.

부인이 희고 부드러운 유방을 살짝 드러내고 쪽진 머리를 반쯤 늘어뜨리며 얼굴 가득 웃음을 머금고 말했다.

"어떤 사람이 도련님이 현 동쪽 거리에 같이 자는 여자를 두었다고 하던데 정말 그런가요?"

임충이 단호하게 부정하며 말했다.

"형수님, 남들이 하는 헛소리니 믿지 마세요. 저는 절대 그런 짓 하는 사람 아닙니다."

반금련은 순순히 물러설 사람이 아니었다.

"못 믿겠어요. 아무래도 도련님은 입에서 나오는 말과 마음이 다를까봐 두려워요."

무송이 약간 당황해서 말했다.

"형수님이 못 믿겠거든 형님에게 물어보세요."

반금련이 신경질적으로 말했다.

"형님이 알긴 개뿔을 알아요! 이런 일을 알았다면 취병이나 팔러 나가겠어요! 도련님 한 잔 더 드세요."

계속해서 서너 잔을 따라주었고 부인도 뱃속에 석 잔이 들어가자 서서히 욕정이 끌어올라 어떻게 해도 억누를 수가 없었으므로 도발적인 농담을 지껄였다. 무송도 4~5할 정도 알아듣고 스스로 고개를 숙였다. 부인이 몸을 일으켜 술을 데우러 갔고, 무송은 무안해서 혼자 방 안에 앉아 부젓가락을 불에 달구었다. 부인이 주전자의 술을 데워 방으로 들어와 한 손에는 주전자를 들고 다른 손으로는 무송의 어깨를 만지며 말했다.

"도련님, 옷을 이렇게 입고도 춥지 않아요?"

무송은 이미 알고 불쾌감이 6~7할 정도 차올랐으나 대처할 방법이 없어 아무런 대꾸도 하지 않았다. 무송에게서 반응이 없자 부인이 갑자기 부젓가락을 빼앗으며 말했다.

"도련님은 불을 달굴 줄도 모르시네. 내가 삼촌과 뜨겁게 타올라 화로처럼 항상 뜨거웠으면 좋겠어요."

무송이 불쾌감과 초조감이 8~9할까지 차올라도 대처할 방법을 몰라 아무 소리도 내지 못했다. 반금련은 이미 욕망이 불처럼 훨훨 타올라 이제 무송의 초조함은 눈에 보이지도 않았다. 부젓가락을 놓고 잔에 술을 따라 조금 입에 넣고 태반은 남겨 무송을 바라보며 아양을 떨었다.

"자기6, 당신도 생각이 있으면 내 잔에 남은 술 절반을 마셔봐."

무송이 잽싸게 잔을 빼앗아 술을 바닥에 뿌려버리고 말했다.

"형수님! 이런 수치스런 짓은 때려치우시오!"

이렇게 말하며 손으로 밀치니 부인이 하마터면 넘어질 뻔했다. 무송이 눈을 부릅뜨고 말했다.

"무송은 하늘을 떠받치고 대지를 우뚝 밟고 선 호탕하고 정정당당한 사내대장부이지, 풍속을 깨뜨리고 인륜을 저버리는 개돼지가 아니오. 형수님, 이런 염치를 모르는 짓은 때려치우시오! 만일 약간이라도 변화가 일어난다면 무송은 눈이 있어 형수를 알아보겠지만 주먹은 형수를 몰라볼 것이오. 다시는 이런 짓 하지 마시오!"

부인이 당황해서 얼굴이 온통 붉게 물들고 허둥지둥 의자를 치우며 입속말로 말했다.

"장난 좀 친 것 가지고 그렇게 진지하게 받아들일 것 없잖아. 전혀 사람 존중할 줄 모르네!"

술잔과 접시를 들고 부엌으로 가버렸다. 무송이 방 안에 앉아 몹시 분개했다.

날이 아직 저물지 않은 미시경에 무대가 멜대를 지고 돌아와 문을

6_ 김성탄 왈: 음탕한 부인을 묘사하니 정말 살아 있는 것처럼 생생하다. 이미 39번이나 도련님이라 부르다 갑자기 '자기你'라고 부르니 오묘한 마음이고 절묘한 필법이다. 옮긴이: 아我와 이你라는 상대적인 개념으로 본다면 서로 남남 사이의 명칭이 아니다. 이것這個과 저것那個처럼 짝을 이루게 된다.

미니 부인이 다급하게 문을 열었다. 무대가 집에 들어와 멜대를 내려놓고 부엌에 가서 보니 부인의 두 눈이 울어서 붉게 부어 있었다. 무대가 말했다.

"당신 누구랑 싸웠소?"

"당신이 제 구실을 못하니 남들이 나를 업신여기잖아!"

"누가 감히 당신을 업신여긴단 말이야?"

"누군지 잘 알잖아! 무송 저놈이 눈이 잔뜩 내릴 때 돌아와 재빨리 술을 준비하더니 나한테 먹이는데 어떻게 하란 말이야. 안에 아무도 없는 것을 보고 음탕한 말로 나를 희롱하잖아."

"내 동생은 그런 사람이 아니라 원래부터 착실한 사람이야. 소리 좀 낮추라고, 이웃이 들으면 웃음거리가 되겠네."

무대가 마누라를 제쳐두고 무송의 방에 가서 말했다.

"둘째야, 아무것도 안 먹었으면 나와 간식이나 좀 먹자꾸나."

무송은 아무 말도 하지 않았다. 한참을 생각하다가 실로 만든 신발을 벗고 다시 기름 먹인 방수 장화로 갈아 신었다. 상의를 입은 다음 삿갓을 쓰고 요대를 묶으며 문을 나섰다.

"둘째야, 어디 가니?"

역시 아무런 대답 없이 그냥 가버렸다.

무대가 주방으로 돌아와 부인에게 물었다.

"불러도 대답하지 않고 현 관아로 향해 가버리네. 정말 무슨 일인지 모르겠군!"

부인이 증오에 가득 차서 욕을 하며 말했다.

"야 이 멍청한 놈아! 아직도 모르겠니? 저놈이 부끄럽고 널 볼 면목이 없으니 나가버린 것 아니니? 내가 다시는 저놈을 이 집에 머물게 하나 봐라!"

"만일 동생이 이사를 가버리면 분명 남들한테 웃음거리가 될 텐데."

"야, 이 몽매한 인간아! 동생이 나를 희롱한 것은 남들의 웃음거리가 아니니? 동생을 남겨두고 싶거든 네가 가서 얘기해. 나는 그런 우스운 사람이 되고 싶지 않아! 당신은 이혼 문서 한 장 써주고 동생이랑 같이 살라고!"

무대가 어떻게 감히 다시 입을 열 수가 있겠는가?

집 안에서 부부가 말싸움을 하고 있는데 무송이 멜대를 든 향병 하나를 데리고 방 안으로 들어와 짐을 꾸려 문밖으로 나갔다. 무대가 따라와 소리쳤다.

"둘째야, 왜 이사를 하려고 하느냐?"

"형님, 아무것도 묻지 마세요. 말하면 형님 체면만 구길 겁니다. 형은 그냥 내가 나가게 내버려두세요."

무대는 아무 말도 할 수가 없었고, 무송은 그렇게 무대의 집에서 이사 나왔다. 부인이 안에서 중얼거리며 끊임없이 욕을 퍼부었다.

"잘됐네! 남들은 친동생이 도두가 되어 형과 형수를 얼마나 잘 부양할까 하고 생각할 텐데 도리어 사람을 물어뜯는지는 생각지도 못하겠지. '모과는 겉보기만 번드르르하지 실상은 아무 쓸모없다'더라. 지가 이사 가면 오히려 잘된 거지. 원수가 눈앞에서 없어진 거잖아!"

마누라가 이렇게 욕을 해대는 것을 보고, 무대는 어쩔 줄 몰라 하며 속으로 '아이고! 이를 어쩌나!' 할 뿐 답답해하면서 그대로 둘 수밖에 없었다.

무송은 이사를 나와 현 관아에 머물렀고, 무대는 여전히 매일 거리에 멜대를 지고 나가 취병을 팔았다. 본래 현 관아에 가서 동생을 찾아가 물어보고 싶었으나 마누라가 찾아가서 동생에게 넘어가지 말라고 신신당부하여 감히 찾아가지도 못했다.

잠깐 사이에 세월이 물같이 흘러 어느새 눈이 그치고 십수일이 지났다. 본현 지현이 부임지에 온 지 이미 2년 반이 넘는 동안 많은 금은보화를 모았다. 사람을 시켜 동경 친척들이 있는 곳에 보내 승진을 위하여 사용하려고 했으나 도중에 강도라도 당할 것이 두려워 능력 있는 심복을 시키려고 했다. 갑자기 무송이 생각나서 말했다.

"무송은 정말 대단한 영웅이니 보내기에 가장 적당한 사람이군!"

즉시 무송을 관아로 불러 상의하며 말했다.

"내 친척이 동경 성안에 살고 있다네. 내가 예물 한 짐을 보내려고 하는데 가는 김에 문안 편지도 한 통 가져갔으면 하네. 도중에 좋지 않은 일이라도 생길까 걱정돼 아무래도 자네 같은 영웅이 가야 할 것 같은데 어떤가? 자네가 고생을 마다하지 않고 다녀온다면 내가 자네에게 큰 상을 내리겠네."

"상공이 소인을 발탁해주셨는데 어찌 감히 사양하겠습니까? 맡겨만 주신다면 다녀오겠습니다. 소인이 동경을 가본 적이 없으므로 그곳을 구경할 수 있는 좋은 기회입니다. 상공, 내일이라도 준비되는 대로 떠나겠습니다."

지현이 크게 기뻐하며 상으로 술 석 잔을 하사했다.

무송이 지현의 명을 받고 현 관아를 나섰다. 거처로 가서 돈을 챙기고 향병을 불러 거리로 나가 술 한 병과 생선, 고기, 과일을 사서 자석가 무대의 집으로 갔다. 무송은 외부 세계에 아무런 방어능력이 없는 어린애 같은 형이 걱정되었고, 이런 형에게 아무런 성적 관심이 없는 형수는 더욱 안심이 되지 않았다. 무송이 문 앞에 앉아 기다리다가 취병을 팔고 돌아오는 무대를 따라 집 안에 들어가 향병을 불러 주방에서 음식을 만들도록 했다. 아직도 미련이 남아 있던 부인은 무송이 술과 음식을 사온 것을 보고 속으로 생각했다.

'혹시 저놈이 내 생각이 나서 다시 돌아온 게 아닐까? 저 자식이 분명 나를 당해내지 못할 것이니 천천히 물어봐야겠다!'

부인이 이층에 올라가 다시 분을 바르고 쪽을 가다듬은 뒤 화려한 옷으로 갈아입고 문 앞에 나와 무송을 맞이했다. 부인이 무송에게 만복을 하며 말했다.

"도련님, 대체 무엇이 마음에 안 드셨는지 모르겠습니다. 한동안 집에 오시지도 않으니 제가 어떻게 알겠어요. 매일 형님에게 현 관아에 찾아가 도련님에게 물어보라고 했더니 돌아와 찾지 못했다고 하더군요. 오늘 도련님이 집에 찾아와서 좋지만 왜 쓸데없는 곳에 돈을 쓰세요?"

"제가 드릴 말씀이 있어서 일부러 형님과 형수님께 알려드리려고 왔습니다."

"그러면 위층으로 올라가세요."

세 사람이 위층에 올라가 형과 형수가 상좌에 앉고 무송은 의자를 끌어다가 말석에 앉았다. 향병이 술과 고기를 이층으로 가져와 탁자 위에 놓았다. 무송이 형과 형수에게 술을 권했다. 부인이 흘끔흘끔 쳐다보았으나 무송은 술만 마셨다.

술이 다섯 차례 돌았고 무송은 권배勸杯를 가져다가 향병에게 따르게 하고 잔을 들고 무대를 보며 말했다.

"형님께 아룁니다. 오늘 제가 지현의 심부름으로 동경으로 일을 보러 가는데 내일 출발합니다. 길면 두 달이고 짧으면 40~50일은 지나야 돌아올 것입니다. 형님에게 드릴 말이 있어서 일부러 왔습니다. 형님은 원래 나약해서 내가 집에 없을 때 남들에게 괴롭힘을 당할까 두렵습니다. 만일 형님이 매일 취병 10통을 팔았다면 내일부터 5통만 팔도록 하세요. 매일 늦게 나갔다가 일찍 들어오시고 남들과 술도 마시지 마십시오. 집에 돌아오면 바로 주렴을 내리고 일찍 문을 잠가 남들에게 꼬투리를 잡히지 말도록 하십시오. 만일 남들이 괴롭히더라도 참고 기다리시면 내가 돌아와 해결하겠습니다. 형님께서 제 말을 따르시겠다면 이 잔에 가득 찬 술을 드십시오."

무대가 술을 받고 말했다.

"동생 말이 맞으니 시키는 대로 하겠네."

무대가 술을 받아 마셨다.

무송이 두 번째 잔을 따라 부인을 향해 말했다.

"형수님은 세심한 사람이라 여러 말 하지 않겠습니다. 형님은 순박한 사람이니 형수님이 잘 돌봐주시기 바랍니다. 속담에 '남편이 강하기보다는 부인이 현명한 것이 낫다'고 했습니다. 형수님이 집안을 잘 꾸려나 간다면 형님이 무슨 걱정이 있겠습니까? 옛날 사람들이 '울타리가 튼튼하면 동네 개도 못 들어오는 법이다'라고 하는 말을 듣지 못했습니까?"

부인이 무송의 말을 듣고 귀부터 얼굴까지 온통 빨개지더니 만만한 무대에게 손가락질하며 욕을 퍼부었다.

"너 이 더럽고 멍청한 놈아, 네가 남에게 도대체 무슨 말을 지껄였기에 나를 이렇게 괴롭히니! 내가 머리에 두건 쓴 남자는 아니지만 굳세고 강한 여자다! 주먹 위에 사람이 설 수 있고, 팔뚝 위로 말이 달릴 수 있으며, 얼굴 위로 사람이 걸을 수 있는 결백하고 정정당당한 사람이야. 나는 수치스러워 대가리 푹 파묻고 내밀지도 못하는 자라 같은 년이 아니라고. 무대한테 시집온 이후 정말 땅강아지나 개미 새끼 한 마리도 감히 집 안에 들어온 적 없다. 그런데 뭐가 어째? 울타리가 튼튼하지 않으면 개새끼가 기어들어온다고? 너는 그렇게 함부로 지껄이지만 한마디 한마디가 다 남의 가슴에 박히는 거야. 벽돌이나 기와를 아무렇게나 던지면 어디에 떨어지겠니? 모두 땅바닥에 떨어지는 것과 다를 줄 아니!"

무송이 환하게 웃으며 말했다.

"만일 형수님이 이렇게 장담한다면 더 할 말은 없습니다. 다만 말과 마음이 일치해야지 안팎이 달라서는 안 됩니다. 그렇다면 형수님 말씀 잘 명심하겠으니 제 잔을 받으십시오."

반금련은 술잔을 밀쳐버리고 아래층으로 뛰어 내려가다 계단 절반

쯤에 기대어 서서 노기등등하여 말했다.

"너 그렇게 똑똑하고 잘난 자식이 '큰형수는 어머니와 같다'라는 말은 못 들어봤냐? 내가 당초 무대에게 시집올 때 동생인지 뭔지가 있다는 말은 듣지도 못했는데, 느닷없이 어디서 서던 자식이 튀어나온 거야! '친하지도 않은 친형제가 가장 노릇 하려 한다'더니! 내가 재수가 없으려니 별 지랄 같은 일들이 다 생기네."

금련이 울면서 아래층으로 뛰어 내려갔다.

부인은 갖가지 교활하고 거짓된 모습으로 허세를 부렸고 무대와 무송 형제는 억지로 다시 몇 잔을 더 마셨다. 무송이 무대에게 이별의 인사를 하자 무대가 말했다.

"무송아, 갔다가 일찍 돌아와 다시 만나자."

입으로 그렇게 말하고 자기도 모르게 눈물을 흘렸다. 무송은 무대가 눈물을 흘리는 것을 보고 말했다.

"형님, 장사하지 마시고 그냥 집에 앉아 계셔도 상관없습니다. 돈이라면 제가 보내드리겠습니다."

무대가 배웅하러 아래층으로 내려왔고, 문을 나오자 무송이 다시 말했다.

"형님, 제 말 잊지 말고 명심하세요!"

무송이 향병을 데리고 현 관아로 돌아와 길 떠날 준비를 했다. 다음 날 일찍 일어나 짐을 싸서 묶고 지현을 만났다. 지현이 이미 수레를 한 대 준비하여 상자를 수레에 싣고 건장한 향병 둘과 관아의 심복 두 명을 뽑아 분부했다. 넷은 무송의 뒤를 따라 대청으로 올라가 지현에게 작별을 고했으며 의복을 정제하고 박도를 들고 수레를 호송했다. 일행 5명은 양곡현을 떠나 동경을 향하여 출발했다.

한편 무 대랑은 무송이 그런 말을 하고 간 뒤 부인에게 3~4일 내내 욕을 먹었다. 무대가 꾹 참고 마음대로 욕하게 내버려두었으며 마음속으로 동생의 말에 따라 취병을 매일 평소의 절반만 팔고 늦기 전에 돌아왔다. 그리고 즉시 주렴을 걷어 대문을 걸어 잠그고 방 안에 들어와 앉았다. 반금련이 이런 모습을 보고 속으로 열불이 나서 무대 얼굴에 손가락질하며 욕을 퍼부었다.

"아이고 어리석은 속물아! 하루가 절반밖에 안 지났는데 문을 닫는 상갓집은 내가 보질 못했다. 남들이 집 안에 귀신이라도 가두어놓았냐고 물으면 어떻게 대답할래! 네 잘난 동생 말 듣다 남들에게 웃음거리 되는 것은 두렵지도 않냐."

"남들이 집 안에 귀신을 가두었다고 말하건 말건 내버려둬. 동생 말만 잘 들어도 괜한 시비는 피할 수 있잖아."

"퉤, 속물! 자기주장은 전혀 없고 남이 시키는 대로만 하는 네가 남자니?"

무대가 손사래를 치며 말했다.

"내버려둬. 내 동생 말이 금쪽같은 말이야."

무송이 떠난 지 10여 일이 지나도 무대는 매일 늦게 나가 일찍 들어왔고 집에 도착하면 문을 잠갔다. 부인도 여러 차례 소란을 피웠으나 나중에는 습관이 되어 별것 아닌 것으로 생각했다. 이때부터 부인은 무대가 돌아오면 먼저 발을 거두고 대문을 잠갔다. 무대가 그 모습을 보고 속으로 기뻐하며 생각했다.

'이렇게 되었으니 정말 다행이네.'

다시 2~3일이 지났다. 이미 겨울이 얼마 남지 않아서 날씨가 점차 따뜻해지기 시작했다. 그날도 무대는 일찍 돌아왔고 부인은 습관대로 먼저 문 앞에 와서 주렴을 걷었다. 일이 생기려니 때마침 한 사람이 주렴 옆을 걸어가고 있었다. 자고로 '우연이 없으면 이야기가 진행되지 않는다'고 부인이 위층 창문을 열어 받치는 막대기를 쥐고 있다가 제대로 잡지 않았는지 손에서 미끄러져 아래층으로 떨어졌다. 부인의 행실만큼이나 단정치 못하게 그만 지나가는 사람 두건 위에 떨어졌다. 그 사람이 걸음을 멈추고 화를 내려다가 고개를 돌려보니 요염한 부인인지라 화가 먼저 저절로 절반 정도 누그러졌다. 분노는 자바 섬7에 날아가 버리고 스스로 얼굴에 미소를 지었다. 부인은 그 사람이 심하게 탓하지 않자 두 손을 허리 오른쪽에 포개 잡고 무릎을 바짝 굽혀 정중하게 만복萬福을 하며 말했다.

"제가 실수했습니다. 관인께서는 괜찮으십니까?"

그 사람이 한 손으로 두건을 바로잡고 다른 한편으로 허리를 구부려

7_ 옛날 중국의 승려 법현法顯과 의정義淨이 신앙 때문에 바다를 건너 인도네시아 자바에 갔다. 남의 부탁을 받은 사람이 부탁받은 일을 깜빡 잊으면 '정신을 자바에 두고 왔다'고 비웃는 의미다. 옛사람들은 '자바국'이 아주 먼 곳에 위치했기에 아득히 멀고 공허한 의미로도 사용했다.

답례하며 말했다.

"괜찮소, 부인. 손에서 미끄러졌나봅니다."

마침 옆집 왕 노파가 찻집 안 표지 아래에서 보고 웃으며 말했다.

"참 나! 누가 대관인에게 그 집 처마 밑으로 지나가라고 했소? 잘 맞았다."

그 사람이 웃으며 말했다.

"이것도 그럼 제 잘못이네요. 부인을 건드렸으니 용서하십시오."

부인도 웃으며 말했다.

"관인, 저를 용서해주십시오."

그 사람이 웃으면서 과장되게 예를 갖추며 말했다.

"소인이 어찌 감히."

그 사람은 부인에게서 눈을 떼지 못하고 일고여덟번이나 돌아보다가 건들건들거리며 팔자걸음으로 걸어갔다. 부인이 주렴을 받치는 막대기를 걷으며 안으로 들어가 대문을 닫고 무대가 돌아오기를 기다렸다.

여러분은 이 남자 이름을 아시겠습니까? 어디에 살까요? 원래 양곡현에 파락호 부자가 있는데 현 관아 앞에서 커다란 약재상을 하고 있었다. 어려서부터 간교한 사람이었고 창봉도 잘 다룰 줄 알았다. 근자에 갑자기 부자가 되어 현의 공무에 독점적으로 관여하면서 마구잡이로 억지를 부리며 남을 못살게 굴고, 핑계를 대어 다른 사람 대신 중간에 뇌물을 받고 이익을 취하며 관리를 모함했으므로 현 관아의 모든 사람들이 물러나고 피했다. 그의 성은 서문西門이고 이름은 외자 경慶이었으며 항렬이 첫째라 '서문대랑西門大郎'이라고 불렀다. 근래 부자가 되고 난 후 '서문대관인西門大官人'이라고 불렸다.

얼마 후 서문경이 근처를 한 바퀴 돌고 다시 돌아와 왕 노파 찻집 안으로 서성거리며 들어가더니 찻집 표지 아래에 앉았다. 왕 노파가 웃으며 말했다.

"대관인, 방금 예를 갖추는 게 좀 지나치셨어요."

서문경이 웃으며 말했다.

"할멈, 여기 왔으니 물어보네. 옆집 그 계집년은 누구 여편네인가?"

"염라대왕의 여동생이고 오도장군五道將軍8의 딸인데 그건 왜 물으시오?"

"내가 지금 장난치는 것이 아니니 농담하지 말게나."

"대관인이 어째서 모르실까? 그녀의 남편은 매일 현 관아 앞에서 음식을 파는 사람인데."

"혹시 대추떡 파는 서삼徐三의 마누라 아닌가?"

왕 노파가 손사래를 치며 말했다.

"아닙니다. 만일 그 사람이라면 잘 어울리는 한 쌍이지요. 대관인, 다시 맞혀보세요."

"그러면 은 장신구 파는 이이李二 형님의 부인인가?"

왕 노파가 고개를 흔들며 말했다.

"아니요. 그 사람이라도 그럴듯한 한 쌍이지요."

8_ 오도장군五道將軍: 전설 속 동악東嶽의 신으로 사람의 생사를 관장한다고 한다.

"혹시 팔에 문신한 육소을陸小乙의 마누라 아닌가?"

왕 노파가 크게 웃으며 말했다.

"아니요. 만일 그 사람이라면 역시 좋은 한 쌍이지요. 대관인 다시 맞혀보세요."

"할멈, 내가 정말 못 맞히겠네."

왕 노파가 깔깔 웃으며 말했다.

"대관인이 아시면 웃으실 겁니다. 그녀의 놈팡이는 거리에서 취병을 파는 무대입니다."

서문경은 발을 구르며 웃었다.

"혹시 사람들이 삼촌랑 곡수피라 부르는 무대 말이지?"

"바로 그렇습니다."

서문경이 듣고 '아이고' 소리를 지르며 말했다.

"맛 좋은 양고기 덩어리가 어쩌다 개 주둥이에 떨어졌냐!"

"그러니 이것이 답답한 일이지요. 자고로 '준마는 머저리가 타고, 총명하고 능력 있는 여자는 항상 멍청이랑 잔다'고 하잖아요. 월하노인月下老人9도 참 왜 하필 이런 배필을 만들었을까요!"

"왕 할멈, 찻값으로 얼마나 내야 하나?"

"많지 않지요. 맘대로 하시구려. 나중에 다시 계산하세요."

"할멈, 아들은 누구랑 나갔소?"

9_ 월하노인月下老人: 부부의 인연을 맺어주고 배우자의 명부를 관장하는 신.

"모르겠네요. 어떤 손님이랑 회하淮河에 간다고 했는데 아직까지 돌아오지 않는 걸 보면 죽었는지 살았는지도 모르겠어요."

"왜 내 밑에서 일하도록 하지 않았어?"

왕 노파가 웃으며 말했다.

"만일 대관인이 그놈을 밀어만 주신다면 말도 못하게 좋지요."

"아들이 돌아오거든 그때 다시 상의해봅시다."

다시 몇 마디 농담을 주고받고 이별하며 일어나 찻집을 나갔다. 대략 반 시진도 못 되어 되돌아와 왕 노파 찻집 문 주렴 옆쪽 무대의 집 문 앞을 향하여 앉았다. 잠시 후 왕 노파가 나와서 말했다.

"대관인 나리, 오매탕[10] 좀 드실라우."

"좋지. 새콤하게 해주게."

왕 노파가 오매탕을 두 손으로 받쳐 서문경에게 주었다. 서문경이 천천히 음미하며 마시고 잔과 받침을 탁자에 올려놓았다.

"할멈, 매탕을 아주 잘하는군. 집에 얼마나 있나?"

할멈이 웃으며 말했다.

"제가 평생 중매를 섰어도 집 안에서 살림하는 부인을 중매한 적은 한 번도 없었어요."

"나는 오매 이야기를 하고 있는데, 자네는 어째서 엉뚱하게 중매 이야기를 하고 있는가?"

---

[10]_ 매실을 물에 담그거나 끓인 후 만든 새콤한 여름철 음료.

"대관인이 저에게 중매를 잘한다고 칭찬하셔서 저도 중매 이야기를 하고 있습니다."11

"할멈, 자네가 매파의 임무를 다하여 중매를 잘 서서 일이 이루어지면 내가 자네에게 후하게 보답하겠네."

"대관인, 만일 댁의 마님께서 아시게 된다면 저의 귀뺨이 남아나겠습니까?"

"우리 집사람은 도량이 넓어 남을 잘 받아들인다네. 지금까지 신변인身邊人12을 여럿 두었지만 아직까지 내 뜻에 딱 맞는 사람이 없다네. 자네에게 적당한 사람이 있다면 내게 소개해주어도 상관없네. 내 마음에 맞는다면 재가하려는 과부도 상관없네."

"얼마 전에 좋은 사람이 하나 있었는데 아마 대관인이 별로 좋아하지 않을걸요."

"정말 괜찮아서 잘된다면 사례하겠네."

"인물은 아주 빼어난데 나이가 조금 많습니다."

"나이 차이가 한두 살이라면 중요하지 않지. 정말 몇 살인가?"

"그 아줌마가 무인년 생이니 호랑이 띠고 올해 딱 93세입니다."

11_ 매실의 梅와 매파의 媒는 발음이 같다. 서문경과 왕 노파가 서로 상대의 마음을 저울질하고 있다.

12_ 신변인身邊人: 송나라 때 귀족, 관리나 부자 대부분이 부녀자들을 사들였는데 목적은 첩으로 삼아 희롱하거나 시중들게 하기 위함이었다. 이런 부녀자들에게는 일정한 등급과 멸시의 호칭이 따랐는데, 신변인은 그런 호칭 중 하나다. 지위는 신변인이 가장 높았고 그다음은 희첩姬妾이었다.

서문경이 어이가 없어서 웃으며 말했다.

"이런 미친 할망구 보게나! 미친 얼굴로 사람을 놀리다니."

웃으면서 자리에서 일어나 나갔다. 날이 점점 어두워지자 왕 노파가 등불을 켜고 문을 닫으려고 하는데 서문경이 다시 돌아와 수렴 아래 그 자리에 다시 앉아 무대 집 대문을 바라보았다.

"대관인, 화합탕和合湯13은 어떠시오?"

"좋지! 할멈, 달게 해주게나."

왕 노파는 화합탕 한 잔을 서문경에게 주었다. 잠시 앉아 있다가 일어서며 말했다.

"할멈, 장부에 기록해두게. 내일 한꺼번에 지불하겠네."

"그러시지요. 삼가 잘 적어둘 터이니 내일 다시 오십시오."

서문경이 다시 웃으며 돌아갔다. 그날 밤은 아무 일 없이 그렇게 지나갔다.

다음 날 아침 왕 노파가 문을 열고 밖을 바라보니 서문경이 벌써 무대의 집 앞을 두 번이나 왔다 갔다 하고 있었다. 노파가 속으로 쾌재를 불렀다.

'저 오입쟁이가 급했구나! 내가 저놈이 핥아먹지 못하게 설탕을 코끝에 발라놓아야겠다. 헌 사람들을 그렇게 쥐어짜던 놈이 제 발로 찾아왔으니, 너 이제 나한테 제대로 당해봐라.'

13_ 화합탕和合湯: 과실의 씨를 꿀에 잰 뒤 달여서 만든다. 서문경과 반금련의 사통을 암시한다.

왕 노파가 문을 열며 탄을 사르고 차 솥을 정리했다. 서문경이 바로 안으로 들어와 찻집 표지 아래에 앉아 무대의 집 앞 주렴 안을 바라보며 앉았다. 왕 노파가 일부러 못 본 척 외면히고 화로에 불을 피우며 나가 어떤 차를 마실 것인지 묻지 않았다.

"할멈, 차 두 잔 가져다주게."

왕 노파가 웃으며 말했다.

"대관인 오셨어요? 이틀간 몇 번이나 보는지 모르겠네요. 앉으시지요."

진하게 달인 생강차14 두 잔을 가져다 탁자에 놓았다.

"할멈, 나랑 같이 차 한잔 마십시다."

왕 노파가 웃으며 말했다.

"저는 불륜 상대가 아닙니다요!"

서문경은 한바탕 웃고 말했다.

"할멈, 옆집은 무엇을 파나?"

"쪄서 늘린 하루자河漏子15와 뜨겁고 미지근한 대랄소大辣酥16를 팝니다."

14_ 중국 사람은 생강의 성질이 맵다고 한다. 남편이 있는 반금련을 꾀려면 매섭게 몰아쳐야 함을 암시하고 있다. 이것은 뒤에 무대를 독살하게 되는 복선이다.
15_ 하루자河漏子: 밀가루 음식이라 이미 증기로 찌면 다시 당겨 늘릴 수 없다.
16_ 대랄소大辣酥: 몽골어 darasun(술)의 음역이다. 술을 데우면 뜨겁거나 미지근한 두 가지 특성을 동시에 가질 수 없다. 하루자와 대랄소의 두 가지 특성을 가지고 왕 노파가 서문경을 놀리고 있다. 동시에 간접적으로 반금련의 이중 성격을 반영하고 있다.

"이 할망구 말하는 소리 좀 들어보게. 미쳤군!"

"내가 미친 것이 아니라 그녀에게 남편이 있어요!"

"할멈, 농담이 아니야. 저 집에서 정말 취병을 잘 만든다고 해서 30~50개 사려고 하는데 지금 집에 있는지 모르겠어."

"취병을 사시려거든 좀 있다가 팔러 나갈 때 사지 뭣하러 집에까지 찾아온단 말입니까?"

"할멈 말이 맞소."

차를 마시고 잠시 앉았다가 일어나서 말했다.

"할멈, 잘 적어놓게."

"그러세요. 장부에 잘 적어놓겠습니다."

서문경이 웃으며 찻집을 나갔다.

서문경이 문 앞에서 동쪽으로 가서 바라보고 서쪽으로 가서 다시 흘겨보는데, 왕 노파는 찻집 안에서 차가운 눈초리로 서문경을 바라보았다. 이렇게 일고여덟 번을 왔다 갔다 하더니 다시 찻집으로 들어왔다.

"대관인, 어려운 발걸음 하셨네요. 오랜만입니다."

서문경이 웃으며 몸을 뒤져 한 냥 넘는 은자를 꺼내 왕 노파에게 건넸다.

"할멈, 일단 찻값으로 받아두게나."

"아이고, 왜 이리 많이 주시는지?"

"넣어두게."

노파가 속으로 기뻐하며 말했다.

'됐다. 이 오입쟁이 넌 이제 끝장이다!'

은자를 챙겨 넣고 말했다.

"제가 대관인을 살펴보니 갈증이 심하게 나신 것 같습니다. '관전엽아차寬煎葉兒茶'17 한잔 드시는 게 어떻습니까?"

"할멈이 어떻게 알았어?"

"어려울 것 없지요. 자고로 '묻고 따지지 않아도 문에 들어설 때 얼굴빛만 보면 안다'고 했습니다. 제가 특별히 이상야릇한 일들은 모두 잘 맞힙니다."

"마음에 걸리는 일이 있는데 할멈이 무슨 일인지 맞히면 내가 은자 닷 냥을 주겠네."

"제가 온 신경을 다 쓸 것도 없이 한 가지 짐작으로도 거의 모두 맞히지요. 대관인 귀 좀 빌려주시지요. 이 이틀 동안 계속 뻔질나게 들락거리고 자주 나타나는 것은 분명히 저희 옆집의 그녀 생각을 하는 것이지요. 맞습니까?"

"할멈이 수하隋何 육가陸賈18보다 재치가 있구려! 솔직하게 말하겠소. 어제 그녀가 창문을 닫을 때 보고 나도 모르게 내 혼백을 모두 빼앗긴 것 같아. 그런데 도저히 접근할 방법을 찾을 수가 없네. 혹시 할멈은 무슨 방법이 있나?"

17_ 관전엽아차寬煎葉兒茶: 맑은 차로 아무런 과일이나 첨가물 없이 끓인 차. 왕 노파가 서문경에게 조급해하지 말고 조용히 관전하라는 암시다.
18_ 수하隋何 육가陸賈: 수하는 한나라 초기 유명한 유세객으로 유방이 팽성 전투에서 패한 뒤 수하를 파견하여 구강왕 영포를 설득하여 한나라에 항복시켰다. 육가도 유방의 명령을 받아 사방으로 돌아다니며 각국 제후에게 유세했다.

왕 노파가 호호 하고 웃으며 말했다.

"대관인이시니 솔직하게 말씀드릴게요. 제가 비록 차를 팔고 있지만 '귀신이 야경을 도는 것'[19](귀신이 야경을 돈다면 시각을 알리는 것이 본래의 목적이 아닐 것이다)과 다를 것이 없어요! 3년 전 6월 3일 눈 오던 날에 차 한 잔 팔고 지금까지 한 잔도 못 팔았어요. 오로지 잡일로 먹고살고 있어요."

"잡일이란 것이 무엇이오?"

"가장 주된 일이 중매입니다. 사람을 사고팔기도 하고요. 산모 허리를 붙들고 산파도 하고, 남녀관계를 없던 일로 하기도 하고, 부풀려 폭로하기도 하며, 남편 있는 여자를 소개하는 불륜 뚜쟁이도 하지요."

"할멈, 일이 잘만 된다면 관 살 돈으로 10냥을 주겠네."

"대관인, 제 말 좀 들어보십시오. 보통 남편이 있는 여자와 불륜이 가장 어려운 것이라 다섯 가지를 모두 갖추어야 겨우 시도해볼 수 있습니다. 첫째, 반안潘安[20] 같은 외모가 있어야 합니다. 둘째로 물건이 당나귀처럼 커야 하고, 셋째, 등통鄧通[21]처럼 돈이 많아야 하며, 넷째, 솜 안에 감추어진 바늘처럼 참고 기다려야 순조롭게 막힘없이 달성할 수 있

19_ 귀타경鬼打更: 겉으로는 그럴듯하지만 실속이 없음을 이르는 말. 즉 왕 노파가 찻집을 연 목적은 차를 팔려는 것이 아니다. 뒤이어 오는 구절 3년 전 6월 3일도 같은 의미로, 음력 6월 3일은 가장 더운 여름인데 절대 눈이 올 리 없다.

20_ 반안潘安: 중국 서진의 문학가이며 유명한 미남 반악潘岳을 말한다.

21_ 등통鄧通: 한 문제 시기의 인물. 문제의 총애를 받아 특별히 돈까지 주조할 수 있게 허락했다고 한다. 고대 중국 부자의 상징이다.

습니다. 다섯째, 한가한 시간이 많아야 합니다. 반潘, 여驢, 등鄧, 소小, 한閑 이 다섯 가지를 모두 갖추어야 성공할 수 있습니다."

"솔직히 나도 이 다섯 가지를 모두 조금씩은 갖추었다네. 첫째, 내 얼굴이 비록 반안만 못하지만 그럭저럭 봐줄 만하다네. 둘째, 어려서부터 내 거북이를 크게 키웠지. 셋째, 등통에게 미칠 바는 아니지만 우리 집에 자못 재산이 있다네. 넷째, 내가 인내심이 많아 그녀에게 400대를 맞아도 돌아가지 않을 것이야. 다섯째, 난 남는 게 시간밖에 없는 사람이야. 그렇지 않으면 뭐하러 이렇게 자주 찾아오겠나? 할멈, 제발 좀 도와주게! 일만 잘되면 내가 크게 감사하겠네."

"대관인, 비록 다섯 가지는 갖추었으나 방해가 되는 일이 한 가지 있습니다. 이것 때문에 대부분 잘 풀리지 않아요."

"뭔 일이 또 방해가 된다는 말인가?"

"대관인, 바른말 한다고 욕하지 마십시오. 이런 남몰래 정을 통하는 불륜은 성사시키기도 어렵지만 10푼의 성공 가능성 중에서 돈이 9푼 9리를 차지합니다. 또 돈을 아무리 써도 안 될 때가 있습니다. 대관인은 원래 인색해서 함부로 돈을 쓰려 하지 않고 그냥 은근슬쩍 넘어가잖아요! 이건 내가 잘 알지. 이래서는 될 일도 안 됩니다."

"그게 무슨 어려운 일인가? 자네가 시키는 대로 따르면 되지 않겠나."

"대관인이 기꺼이 돈을 쓰시겠다면 제게 대관인과 이 암컷을 만나게 할 계책이 한 가지 있습니다. 관인이 제 말을 따를지 모르겠습니다!"

"무조건 자네 말대로 하겠네. 할멈, 무슨 좋은 계책이 있는가?"

왕 노파가 교활하게 실실 웃으며 말했다.

"오늘은 늦었으니 일단 돌아가세요. 나중에 한 4~5개월 지나면 다시 얘기하시지요."

서문경이 왕 노파의 말에 놀라 즉시 무릎을 털썩 꿇고 애걸하기 시작했다.

"할멈, 제발 우스갯소리로 놀리지 말고 나 좀 살려주게!"

그제야 할멈이 환하게 웃고 서문경을 부축해 일으키며 말했다.

"대관인 왜 또 그렇게 허둥대세요? 제 계책은 일반적인 것이 아니라 묘책입니다. 비록 무성왕묘武成王廟22에 들어갈 수는 없지만 부녀군婦女軍을 조련하던 손자孫子의 계책보다는 훨씬 뛰어나서 십중팔구는 들어맞을 것입니다. 대관인, 제가 오늘 말씀드리겠습니다. 이 여자는 원래 청하현 부호가 사온 양녀養女23로 바느질을 아주 잘합니다."

노파가 숨을 고르더니 다시 말을 이어갔다.

"대관인, 하얀 능라 비단 한 필, 남색 비단 한 필, 하얀 명주 한 필 그리고 다시 좋은 솜 10냥을 사서 제게 주십시오. 제가 암컷에게 찾아가 차 한잔 얻어먹자고 하고 '어떤 관인이 내게 죽어서 입을 옷감을 시주하여 일부러 달력을 빌리러 왔네. 자네가 나를 도와 길일을 골라 재

22_ 무성왕묘武成王廟: 강태공의 사당으로 60~70여 무신에게 제사하는 곳이다. 문성왕 공자의 사당과 짝을 맞추기 위하여 강태공을 무성왕으로 삼아 사당을 만들고 72명의 무신을 배향했다. 시대에 따라 배향한 무신의 인원수가 다르다. 명대 만력 연간에 강태공이 관우로 바뀌고 이름도 무묘武廟로 고쳤다.

23_ 양녀養女: 혼인관계가 아닌 성관계를 위해 부양하는 여자.

봉하여 옷을 만들어주게' 하고 말하겠습니다. 제가 이렇게 도와달라고 말했는데도 본체만체한다면 이 일은 끝장입니다. 계집이 만일 맡겠다고 한다면 제가 바느질하지 말라고 하더라도 한 푼의 희망이 있습니다. 우리 집에 와서 하라고 했는데 '집에 가지고 가서 할래요'라고 하고 오려 하지 않으면 끝입니다. 혹여 좋아하며 '내가 가서 할게요'라고 하면 희망은 두 푼이지요."

서문경은 침을 꿀꺽 삼키며 노파의 말에 계속 귀를 기울였다.

"기꺼이 여기에 와서 하겠다고 할 때 술과 음식과 간식을 준비하고 불러야 합니다. 첫날 대관인은 오지 마십시오. 둘째 날 불편하다고 집에 가서 해야겠다고 하면 끝장입니다. 전날처럼 우리 집에서 한다면 희망은 3푼으로 늘어납니다. 이날도 오지 마십시오. 셋째 날 정오 전후에 단정하게 잘 차려입으시고 기침으로 신호를 하십시오. 문 앞에서 '며칠 동안 왕 노파를 도통 볼 수 없으니 도대체 무슨 일이야?'라고 하시면 제가 나가서 모시고 방에 들어오겠습니다."

서문경은 노파의 말에 점점 빠져들어 앞으로 바짝 다가갔다.

"관인이 들어오셨는데 몸을 일으켜 돌아가면 못 가도록 막겠습니까? 이러면 끝장입니다. 들어와도 나가지 않으면 가능성은 4푼입니다. 대관인이 앉으시면 계집에게 내게 옷감을 준 관인이라고 소개하고 대관인의 좋은 점만을 칭찬하리다. 그때 대관인은 계집의 바느질 솜씨를 칭찬하세요. 장단에 맞추어 대답하지 않는다면 끝난 것입니다. 맞장구쳐 대답하면 5푼은 성공한 것입니다. '이 부인이 바느질을 해주고 있어요. 모두 두 분 덕택입니다. 한 분은 돈을 대고 한 분은 솜씨를 냈습니다. 이 노파가 노기인路岐人24처럼 구걸하는 것이 아니고 부인이 여기에 나오는 일은 아주 드문 일이니, 대관인이 저 대신 밥 좀 사주세요'라고 말하겠습니다. 그러면 제게 은자를 주시고 밥을 사오라 하세요. 계집이 가버리면 붙들겠습니까? 이러면 안 되겠지요. 가만히 앉아 있다면 6푼은 이루어진 것입니다. 제가 은자를 가지고 나가면서 '부인이 대관인과 잠시 앉아 있게'라고 합니다. 계집이 돌아가면 앞에서 막겠습니까? 안 되겠지요. 안 가면 잘된 것이고, 가능성은 7푼으로 늘어나는 것입니다. 물건을 사다가 탁자에 펼쳐놓고 '관인께서 오랜만에 사셨으니 하던 일 치우고 한잔 마시게'라고 했는데 탁자에 앉지 않고 돌아가면 끝난 겁니다. 입으로는 간다고 하고 가지 않으면 일이 잘되는 것이지요. 일이 8푼은 진행된 겁니다. 같이 술을 한참 마시다가 마음이 잘 맞을 때 제가 술이 떨어졌다는 핑계로 관인에게 사오라고 하면 그때 저보고 사오라고 부탁하세요. 제가 나가면서 문을 잠가 둘을 안에 가두겠습니다. 계집이 초조하여 뛰어 돌아간다면 일은 망친 겁니다. 문을 닫아도 초조해하지 않으면 가능성이 9푼이 됩니다. 1푼만 채우면 일이 끝나는 겁니다. 이 한 푼이 도리어 어렵습니다."

노파가 차를 한잔 가져와 목을 축이며 하던 말을 이었다.

"대관인, 계집이란 방 안에서 달콤한 말로 살살 달래야지 절대 조급

24_ 노기인路岐人: 거리나 주점에서 공연하여 돈을 버는 예인. 송나라 때 와자瓦子나 구란句欄은 대형 공연장으로 국가나 지방 정부에서 허가를 받아야 그 안에서 공연을 할 수 있었다. 이런 허가를 얻지 못한 사람을 노기 또는 노기인이라 불렀다.

해서는 안 됩니다. 괜히 손으로 치고 발을 차다가 일을 망치면 저는 상관하지 않겠습니다. 먼저 거짓으로 소매를 탁자에 올려놓는 척하다가 젓가락을 스쳐 떨어뜨리고 바닥에서 주우시면서 손으로 계집의 다리를 살짝 잡으세요. 만약 소란을 피우면 제가 구하러 오겠습니다만, 이러면 만사가 끝난 것이라 다시는 돌이킬 수 없다오. 만일 계집이 아무 소리 없다면 10푼을 채우는 것입니다. 바로 이때가 10푼이 완성된 겁니다. 어떻습니까, 이 계책이?"

서문경은 모두 듣고 신이 나서 웃으며 말했다.

"능연각凌煙閣25에 오르지는 못하겠지만 정말 대단한 계책이네!"

"제게 주기로 한 10냥이나 잊지 마세요."

"'설령 귤껍질을 주워 먹는 한이 있더라도 동정호洞庭湖26를 잊지 않는다'고 했으니 걱정 말게! 이 계책은 언제 시작할 셈인가?"

"오늘 저녁에 알려드리지요. 무대가 돌아오기 전에 가서 그녀를 잘 유혹해야지요. 대관인은 빨리 사람을 시켜 비단과 무명 그리고 솜을 보내주세요."

"할멈이 도와 일이 이루어지면 내가 약속을 어기지 않겠네."

왕 노파와 헤어지고 시장 포목점에 가서 각종 비단과 질 좋은 솜

25_ 능연각凌煙閣: 이세민이 공신을 표창하기 위해 건립한 건물로 공신의 초상을 그려놓은 건축물. 당 태종 정관 17년 능연각에 공신의 초상을 그려넣은 것이 가장 유명하다.

26_ 동정호洞庭湖는 동정홍東庭紅을 잘못 쓴 것이다. 동정홍은 소주 동정산의 특산품으로 동정홍이라는 품종의 귤을 뜻한다.

10냥어치를 사고 집에 가서 하인을 불러 보따리에 싸 은자 5냥과 함께 왕 노파의 찻집으로 보냈다. 왕 노파가 물건을 받고 하인을 돌려보낸 다음 돌아와 뒷문을 열고 무대의 집으로 갔다. 부인이 노파를 맞이하여 이층에 올라가 앉았다.

"색시, 어째서 우리 집에 차 마시러 오지 않는 거야?"

"요 며칠 몸이 좋지 않아 꼼짝도 하기가 싫었어요."

"색시 집에 달력이 있나? 좀 빌려주구려. 재봉하기 좋은 날 좀 골라 보게."

"할멈, 무슨 옷을 만들려고?"

"나이 먹고 안 아픈 곳이 없어 언제 죽을지 모르니 죽어서 입을 옷을 미리 준비해두려고. 다행히 근처 부자가 내게 각종 비단과 솜 등 옷감을 보시했지 뭐야. 집에 놓아둔 지 이미 1년이 넘었는데 아직 만들지 못했어. 올해 몸도 안 좋고 마침 윤달이 끼어 있으니 요 며칠 안에 만들려고. 바느질이 변변치 않아 하도 애를 먹는 데다 사는 게 바쁘다는 핑계로 하고 싶지가 않네. 늙은이라 이런 고생을 견딜 수가 있어야지!"

부인이 듣고 웃으며 말했다.

"내 솜씨가 할멈 맘에 들지 안 들지 모르겠지만 꺼리지 않으면 내가 해주고 싶은데 어때요?"

할멈이 듣고 얼굴에 웃음이 가득 차서 말했다.

"색시가 귀한 손으로 해준다면 나야 죽어서도 좋은 곳으로 가겠지. 색시 바느질 솜씨가 뛰어나다는 소리는 오래전에 들었지만 감히 부탁할 수가 없었다니까."

"뛰어나긴 무슨 솜씨가 뛰어나요? 한다고 했으니 열심히 해줘야지. 달력 가져다가 사람 시켜 길일을 고르면 내가 바로 시작할게요."

노파는 초기 목적을 달성하자 즉시 말을 바꾸었다.

"귀한 손으로 해주겠다면 색시가 바로 복덩어리인데 길일은 택해서 뭐 하겠어? 내가 며칠 전에 봤는데 내일이 길일이라고 하더라고. 바느질하는 데 구태여 길일까지 가릴 것 없다고 말해놓고 그만 깜빡 잊어버렸네."

노파가 재빠르게 말실수를 얼버무리자 금련이 말했다.

"수의를 만드는 일은 바로 길일을 택하는 것이 좋은데 어째서 따로 날을 가리지 않으세요?"

"색시가 나를 위해 해주겠다는데 그냥 대담하게 내일로 하고, 내일 우리 집으로 와주구려."

"할멈, 그럴 필요 없어요. 여기로 가져와서 하면 안 되나요?"

"내가 색시가 일을 어떻게 하나 좀 보고 싶은데, 가게 볼 사람이 없어서 걱정되니 그런 게야."

"할멈이 그렇게 말하니 내일 아침 먹고 갈게요."

노파가 거듭해서 감사하고 아래층으로 내려와 돌아갔다.

그날 밤 서문경에게 소식을 전하자 그는 모레 오기로 약조했다. 그날은 그렇게 지나갔다. 다음 날 아침 왕 노파가 방을 깨끗하게 치우고 실을 산 뒤 차와 물을 준비하고 집에서 기다렸다.

무대가 아침밥을 먹고 멜대를 지고 취병을 팔러 나갔다. 부인이 주렴을 걷고 뒷문으로 왕 노파의 집으로 갔다. 노파가 좋아하며 방으로 데리고 가서 앉히며 말차를 진하게 다리고 잣과 호도 알갱이를 뿌려 내와 부인에게 주었다. 깨끗하게 닦은 탁자 위에 여러 가지 비단을 올려놓았다. 부인이 자로 길이를 쟀으며 재단을 끝내고 바느질을 시작했다. 노파가 보고 입을 잠시도 멈추지 않고 칭찬하며 말했다.

"정말 내난안 솜씨네! 내가 60~70년을 살면서 이렇게 바느질 참하게 잘하는 사람은 본 적이 없다니까."

바느질을 시작하고 이미 해가 중천에 오르자 노파가 술과 음식을 차려 부인을 불렀고 국수를 끓여 대접했다. 다시 한참 바느질을 하다가 날이 저물자 일감을 정리하고 집으로 돌아갔다. 마침 무대가 돌아와 빈 멜대를 지고 집으로 들어왔다. 부인이 문을 열고 주렴을 내렸다. 무대가 방에 들어와 마누라 얼굴이 벌게진 것을 보고 물었다.

"술은 어디서 먹었어?"

"옆집 왕 노파가 죽어서 입을 수의를 만들어달라고 부탁하면서 대낮에 먹을 것을 준비해 대접했어요."

"아이고! 그러지 말게. 우리도 할멈에게 부탁할 일이 있을 텐데. 가서 옷은 만들어주더라도 간식은 집에 돌아와서 먹고 신세 지지 말라고. 내일 다시 가거든 돈을 가지고 가서 술과 음식을 사드려. 속담에 '먼 친척보다 이웃이 더 가깝다'고 했어. 인심을 잃지 말아야지. 받으려고 하지 않거든 집으로 돌아와 잘 준비해가지고 가서 드리도록 해."

부인이 듣고 그날은 아무 말이 없었다.

왕 노파는 모든 계책을 정하고 반금련을 속여 집으로 부르기로 했다. 다음 날 밥을 먹고 무대가 나가자 왕 노파가 다시 찾아와 집으로 불렀다. 방에서 일거리를 가지고 바느질을 시작했고 왕 노파는 차를 대접했다. 해가 중천에 뜨자 부인이 돈을 꺼내 왕 노파에게 주며 말했다.

"할멈, 내가 살 테니 같이 술 한잔 마셔요."

"아이고, 그런 법이 어디 있어! 내가 부탁해서 여기에서 일하는 것인데 어떻게 거꾸로 돈을 쓰게 만들겠어?"

"남편이 이렇게 시켰어요. 할멈이 말을 안 들으면 집에 가서 음식을 해가지고 와서 할멈에게 주라고 했어요."

"무대가 정말 뭘 좀 아는군. 부인이 이렇게까지 하니 내가 받아둘게."

할멈은 일이 잘못될까 걱정이 되어 자기 돈도 보태 좋은 술과 맛있는 음식, 귀한 과일을 사서 정성껏 대접했다.

독자 여러분, 내 말 좀 들어보세요. 세상의 부인들은 여러분이 아무리 정성껏 대해주어도 소인에게 걸리면 십중팔구는 넘어가게 마련입니다. 왕 노파가 간식을 준비하여 반금련에게 먹이고 다시 한참 바느질을 하다가 날이 저물자 인사하고 돌아갔다.

셋째 날 아침밥을 먹고 나서 왕 노파는 무대가 나가는 것을 보고 뒷문에 와서 큰 소리로 말했다.

"부인, 내가 대담하게……"

부인이 이층에서 내려오며 말했다.

"금방 가요."

두 사람이 서로 마주보고 왕 노파 방에 앉아 일감을 꺼내 바느질을 시작했다. 할멈이 차를 타서 함께 먹었고 점심때까지 바느질을 계속했다.

한편 서문경은 조바심이 나서 더 이상 기다리지 못하고 새 두건을 쓰고 옷을 단정하게 입고 부스러기 은 3~5냥을 가지고 자석가로 갔다. 찻집 문 앞에 와서 기침을 하며 말했다.

"왕 노파, 어째서 며칠 동안 모습이 보이지 않는 게야?"

노파가 잘 알면서도 모르는 척 물었다.

"네! 누가 나를 부르는 거야?"

"나라네."

노파가 서둘러 나와 보고 웃으며 말했다.

"나는 누군가 했더니 대관인이셨군요. 마침 잘 오셨습니다. 들어와서 보시지요."

서문경의 소매를 끌며 방 안으로 들어가 부인에게 말했다.

"이 사람이 내가 말한 대관인으로, 옷감을 준 나리라네."

서문경이 부인을 보고 예를 표했다. 부인이 황급하게 하던 일을 놓고 살짝 고개를 숙여 인사했다. 왕 노파가 부인을 가리키며 서문경에게 말했다.

"관인이 제게 비단을 주셨는데 1년 동안 만들지 못하고 내버려두었습니다. 지금 여기 이 부인이 도와주어 제게 맞는 옷을 만들 수 있게 되었습니다. 베틀로 짠 것같이 촘촘하게 잘했으니 바느질 솜씨가 정말 대단합니다. 대관인께서 한번 보세요."

서문경이 일어나 보고 칭찬하며 말했다.

"부인 어떻게 이런 좋은 바느질 솜씨를 가지게 되었소? 신선 같은 솜씨입니다."

부인이 웃으며 말했다.

"관인, 농담하지 마세요."

"할멈, 감히 묻지 않을 수 없겠네. 이분은 어느 댁 부인인가?"

"대관인, 맞혀보세요."

"제가 어찌 감히 맞힐 수 있겠소?"

왕 노파가 큰 소리로 웃으며 말했다.

"옆집 무대의 부인입니다. 그저께 창문 받침대에 맞고 아프지 않았나 봅니다. 대관인은 벌써 잊으셨소?"

부인은 얼굴을 붉히며 말했다.

"그날 제가 그만 실수로 그랬습니다. 관인은 마음에 담아두지 말고 너그럽게 용서하십시오."

"무슨 말씀을!"

왕 노파가 이어서 말했다.

"여기 대관인은 평생 온화하게 살아온 사람이라 앙심을 품을 리가 없다오."

"전에는 소인이 몰랐는데 원래 무대의 부인이셨군요. 소인은 무대가 집안을 부양하는 장사꾼이라는 것을 알고 있었습니다. 거리에서 장사하면서 남들에게 미움을 받지 않고 돈도 잘 벌고 성격도 좋은 무대 같은 사람은 찾기 어렵지요."

"그렇지요! 부인은 무대에게 시집온 이후 무슨 일이든 다 순종했답니다."

부인이 한숨을 쉬며 말했다.

"그는 아무짝에도 쓸모없는 사람입니다. 관인은 괜한 농담하지 마십시오."

"부인 말씀은 틀렸습니다. 옛말에 '온순함은 몸을 세우는 근본이고, 강직함은 화를 일으키는 씨앗이다'라고 했습니다. 부인의 신랑처럼 선량하다면 아주 깊은 만장萬丈의 물이 한 방울도 새지 않는 것과 같습니다."

왕 노파가 끼어들며 말했다.

"그렇지요."

서문경이 한바탕 칭찬을 늘어놓고 부인 맞은편에 앉았다.

왕 노파가 또 말했다.

"부인, 이 관인이 누군지 아나?"

"저는 모르지요."

"이 관인으로 말하자면 본현의 부호로 지현 상공과도 왕래가 있는 서문경 대관인이라네. 재산이 족히 1억 관은 되고 현 관아 앞에 약재 상점을 경영하고 있다니깐. 집안의 돈이 북두칠성까지 닿을 지경이고 쌀은 창고에서 썩으며 붉은 것은 금이고 흰 것은 은이며 둥근 것은 진주이고 빛나는 것은 보석이래. 또 코뿔소의 뿔에다 코끼리의 상아도 있어 없는 것이 없네."

노파가 서문경을 거짓말로 과장하느라 정신이 없었고 부인은 고개를 숙이고 바느질만 하고 있었다.

서문경은 반금련을 바라보며 마음이 아무리 두근두근해도 당장 어떻게 할 수 없는 것이 한스러웠다. 왕 노파가 말차 두 잔을 타서 한 잔은 서문경에게 주고 나머지 한 잔은 부인에게 건네주며 말했다.

"부인, 잠깐 대관인이랑 둘이 앉아 있어."

차를 마시며 두 사람이 서로 눈길을 주고받았다. 왕 노파가 서문경을 보고 한 손으로 얼굴을 문질렀다. 서문경이 마음속으로 헤아려보고 이미 절반은 성공했음을 알았다. 왕 노파가 말했다.

"귀인이 스스로 찾아오기 전에 이 늙은이가 어떻게 감히 댁에 가서 오시라 청하겠어요? 첫째는 인연이고 둘째는 오신 때가 마침 공교로웠어요. 속담에 '손님 하나가 주인 두 명을 번거롭게 하지 않는다'고 하지요. 대관인은 돈을 대고 여기 부인은 힘을 보탰다오. 제가 노기인처럼 대관인을 귀찮게 하려는 것이 아니라 어렵사리 여기 부인도 계시니 관인께서 주인이 되어 저와 부인을 위해 음식이라도 대접해주세요."

"저도 그런 것은 보지 못했소. 은자 여기 있소."

돈을 싼 수건을 꺼내 통째 노파에게 건넸다. 반금련이 말했다.

"번거롭게 그러실 필요 없습니다."

입으로만 사양하고 몸은 그대로였다.

왕 노파가 돈을 받아 나가려는데도 반금련은 전혀 돌아가려 하지 않았다. 노파가 문을 나서며 말했다.

"수고스럽겠지만 부인이 대관인과 잠시 앉아 있어요."

"할멈, 그냥 두세요."

여전히 몸은 움직이지 않았다. 역시 인연인지라 서로 뜻이 있었다. 서문경 이놈은 두 눈으로 부인을 뚫어지게 쳐다보았고 그 계집도 두 눈으로 서문경의 수려한 인물을 훔쳐보며 속으로 5~7푼의 뜻을 가지고 고개를 숙인 채 바느질을 하고 있었다.

얼마 후 왕 노파가 잘 만들어진 살진 거위와 익은 고기에 손질한 과일을 사가지고 돌아와 접시에 담고 과자, 야채까지 잘 차려 방 안으로 가져와 탁자 위에 올려놓았다.

부인이 보고 말했다.

"할멈이 대관인을 잘 대접하세요. 나는 도저히 감당할 수가 없어요."

말만 그렇게 하고 몸은 여전히 움직이지 않았다. 노파가 받아서 말했다.

"바로 부인에게 대접하려는 것인데 어째서 그런 말을 해?"

왕 노파가 접시를 탁자에 차려놓고 세 사람이 앉자 술을 따랐다. 서문경이 술잔을 들고 말했다.

"부인, 가득 찬 잔을 받으시오."

반금련이 웃으며 말했다.

"관인의 호의에 감사드립니다."

왕 노파가 말했다.

"내가 부인의 주량을 알고 있으니 마음 놓고 많이 마셔."

서문경이 젓가락을 들고 말했다.

"할멈, 나 대신 부인에게 맛있는 것 좀 권해주게."

할멈이 맛있는 것을 골라 부인에게 주었다.

술이 연이어 석 잔이 돌고 노파는 술을 데워가지고 왔다.

서문경이 부인을 대놓고 바라보며 말했다.

"부인 청춘이 어떻게 되는지 감히 묻지를 못하겠네?"

부인이 슬쩍 훔쳐보며 말했다.

"저는 부질없이 23년을 보냈습니다."

"소인은 쓸데없이 다섯 살이나 더 먹었습니다."

"관인께서는 어찌 하늘을 땅과 비교하십니까?"

왕 노파가 들어오며 말했다.

"부인은 정말 꼼꼼하기도 해! 바느질만 잘하는 것이 아니라 제자백가에도 정통하다니까."

"어디에서 얻었는지 무대는 복도 많구려!"

"이 노파가 할 얘기는 아니지만 대관인 댁에 숫자만 많았지 어디에서 이 부인보다 뛰어난 사람을 찾겠어요!"

"그걸 한마디로 다 할 수 있겠소! 다만 내가 박복하여 좋은 사람은 하나도 찾지 못했구려."

"대관인, 전 부인은 좋았잖아요."

"말도 마시오! 전 부인이 있었다면 어찌 '안주인이 없어서 집안이 뒤집힐 지경'에 이르렀겠소. 지금 5~6명은 밥만 먹을 줄 알지 아무것도 못해요."

반금련이 물었다.

"대관인, 그러면 큰 부인이 돌아가신 지 몇 년이나 지났나요?"

"이런 말 하면 안 되는데. 소인의 이전 부인이 출신은 미천했으나 총명하고 영리하여 무슨 일이든 소인을 대신했습니다. 불행하게 그녀가 죽은 지 이미 3년이라 집안일이 모두 엉망이오. 왜 소인이 밖으로만 나도는지 아시오? 집 안에 있으면 울화가 치밀어서 그런 거요!"

"대관인, 제 말 듣고 화내지 마세요. 관인의 전 부인이라도 무대 부인과 같은 바느질 솜씨는 없었잖아요."

"소인의 전처는 이 부인 같은 미모도 없었지요."

노파가 웃으며 말했다.

"관인, 동쪽 거리 바깥 저택에 사는 첩실은 왜 저더러 차 한잔 먹으러 오란 소리도 안 해요?"

"만곡慢曲27 하는 장석석張惜惜이 말인가? 노기인이라 내가 좋아하지 않는다네."

"관인, 이교교李嬌嬌랑은 같이 산 지 오히려 한참 되었습니다."

"이 사람은 지금 집에 데려다놓았다네. 그녀가 부인 같았다면 일찌감치 정부인으로 삼았을 걸세."

"여기 이 부인같이 관인의 마음에 드는 사람이 있다면 제가 댁에 가서 중매를 서도 아무 일 없겠습니까?"

"내 부모도 모두 돌아가셔서 내가 하려고 한다면 누가 감히 '안 된다'고 하겠는가!"

"제가 말만 그렇다는 것이지 갑자기 어디에 관인의 마음에 드는 사람이 있겠습니까?"

"왜 없단 말인가! 내가 부부의 연분이 박복해서 만나지 못할 따름이지."

서문경이 노파와 서로 한마디씩 주고받았다.

"술이 또 다 떨어졌네요. 관인 제가 심부름도 제대로 못했다고 욕하지 마십시오. 다시 한 병 사다가 마시는 것이 어떻겠습니까?"

27_ 만곡慢曲: 희곡의 이름. 곡조가 느리기 때문에 이런 명칭을 얻었다.

"내 손수건 안에 은자 닷 냥을 넣어두었는데 자네에게 다 주었으니 먹고 싶으면 사오고 나머지는 할멈이 가지게."

노파가 관인에게 감사하고 일어나 지 칭부를 흘낏 살펴보았다. 계집은 술이 뱃속에 들어가자 춘심이 발동하여 말을 주고받는 모양이 마음이 있었다. 단지 고개만 숙이고 일어나지 않았다. 노파가 얼굴에 온통 웃음을 띠고 말했다.

"나는 가서 술 한 병 가져올 터이니 부인과 한잔 마시고 계세요. 부인은 관인을 모시고 잠시 앉아 있어요. 주전자에 술이 있네. 다 먹고 다시 두 잔 따라 대관인과 드시오. 저는 현 관아 앞 그 집에 가서 좋은 술 한 병 사가지고 잠시 쉬다가 늦게 돌아올 거예요."

부인이 입을 열어 말했다.

"그럴 필요 없어요."

말만 그렇게 하고 앉아 조금도 움직이지 않았다. 노파가 방문 앞에 나와 밧줄로 방문을 묶고 길을 막고 앉았다.

한편 서문경은 방 안에서 술을 따라 부인에게 권하고 소매로 탁자를 슬쩍 쓸어 젓가락 한 쌍을 바닥에 떨어뜨렸다. 인연이 맞아떨어져서인지 젓가락 한 쌍은 바로 부인의 다리 옆에 떨어졌다. 서문경이 서둘러 몸을 숙이고 주우려 하는데 부인의 뾰족한 두 발이 젓가락 주변에 추켜올라가 있었다. 서문경이 젓가락은 줍지 않고 부인의 자수 꽃신을 잡았다. 부인이 갑자기 웃기 시작하며 말했다.

"관인, 장난치지 말아요! 당신 정말 나를 유혹하는 거야?"

서문경이 무릎을 꿇고 말했다.

"부인 나 좀 살려주시오!"

부인이 서문경을 와락 끌어안았다. 둘이 왕 노파의 방 안에서 허리띠를 풀며 옷을 벗고 별별 짓을 다했다.

일을 막 끝마치고 각자 옷을 입으려는데 왕 노파가 문을 열고 들어와 격분하며 말했다.

"너희 둘 잘하는 짓이다!"

서문경과 부인이 모두 깜짝 놀랐다.

"얼씨구, 잘— 한다! 내가 옷 지으라고 불렀지. 너더러 외간 남자랑 정이나 통하라고 불렀냐? 무대가 알면 분명히 나까지 연루될 것이니 내가 먼저 가서 자수해야 되겠다!"

곧바로 몸을 돌려 밖으로 나갔다. 반금련이 노파의 치마를 움켜잡고 말했다.

"할멈, 제발 용서해주세요!"

서문경이 놀라서 말했다.

"할멈, 소리 좀 낮춰!"

왕 노파가 웃으며 말했다.

"만일 내가 너희를 용서한다면 이것 한 가지만은 내 말대로 따라야 한다."

부인이 말했다.

"한 가지는 말할 것도 없고 열 가지라도 다 따를게요."

"너는 오늘부터 무대를 속이고 매일 약속을 어겨서는 안 되며 대관인을 저버릴 때에는 내가 가만있지 않겠다. 만일 하루라도 오지 않는다면 내가 무대에게 모두 말해버릴 테다."

"할멈 말대로 따를게요."

"서문 대관인, 당신에게는 내가 아무 말도 하지 않을게요. 이 정사는 이렇게 10푼으로 모두 끝냈으니 주기로 했던 물건이나 잊지 마세요. 당신이 만일 약속을 저버린다면 마찬가지로 무대에게 알릴 거예요!"

"할멈, 마음 놓게. 절대 잊지 않을 테니."

세 사람이 술을 몇 잔 더 마시니 이미 오후가 되었고 부인이 일어나며 말했다.

"무대라는 놈이 곧 돌아올 테니 저는 돌아가겠습니다."

바로 뒷문으로 나가 먼저 집으로 돌아가 주렴을 내리고 있는데 마침 무대가 돌아왔다.

왕 노파가 서문경을 바라보며 말했다.

"수단이 너무 대단하신 것 아닙니까?"

"정말 모두 할멈 덕분이야! 내가 집에 가서 은자를 가져다가 자네에게 주겠네. 주겠다고 약속한 물건이니 감히 양심을 속일 수는 없지."

"좋은 소식이 오기를 기다리고 있을게요. 일이 다 끝났다고 입을 다무는 그런 일이 벌어지지 않기 바래요."

서문경이 웃으며 돌아갔다.

부인은 이날부터 시작해서 매일 왕 노파의 집에 가서 서문경과 아교같이 끈끈한 정분을 나누었다. 자고로 '좋은 일은 문밖에 나가지 않고 나쁜 일은 천릿길을 간다'고 했다. 반달도 지나지 않아 이웃들이 모두 알았지만, 단 한 사람 무대만 까맣게 몰랐다.

여기서 글을 중단하고 다른 이야기를 좀 해야겠다. 본현에 어린아이가 있었는데 나이는 방년 15~16세였고 성은 교가喬家였다. 아버지가 군인이나 운주鄆州에서 사랐으므로 이름을 운가鄆哥라고 했고 집에 아버지를 모시고 살았다. 운가는 선천적으로 눈치가 빨라 현 관아 앞 많은 주점에 과일을 팔았고 항상 서문경에게 생활비를 얻어 썼다. 이날 배 한 광주리를 구해 들고 거리를 돌아다니며 서문경을 찾았다. 어떤 말 많고 짓궂은 사람이 말했다.

"운가, 서문경을 찾으려면 내가 알려주는 곳에 가서 찾아보아라."

"아저씨, 고맙습니다. 어딘지 알려주시면 30~50전이라도 벌어 아버지를 부양할 수 있어요."

"서문경은 지금 취병 파는 무대 마누라와 정을 통하느라 매일 자석가 왕 노파의 찻집에 앉아 있을 거다. 아침저녁 할 것 없이 틀림없이 거기에 있을 테니 너는 어린아이라 들어가도 큰 문제는 없을걸."

운가가 아저씨의 말을 듣고 감사 인사를 했다.

이 어린 원숭이가 광주리를 들고 자석가로 가서 찻집 안으로 들어가니, 왕 노파가 작은 의자에 앉아 삼실을 비벼 꼬고 있었다. 운가가 광주리를 내려놓고 왕 노파를 보고 말했다.

"할멈, 인사 받으세요."

"운가야, 여긴 웬일이냐?"

"대관인을 찾아왔어요. 과일을 팔아 아버지 공양할 돈을 벌려고요."

"무슨 대관인?"

"할멈도 알잖아요, 그 사람. 바로 그 사람."

"대관인이라면 성명이 있을 것 아니냐."

"성이 두 자인 사람 있잖아요."

"무슨 두 글자?"

"할멈, 나한테 농담하지 말아요. 서문 대관인이랑 할 말이 있어요."

운가가 안으로 들어가려 했다. 노파가 잡으며 말했다.

"꼬마야! 어디 가니? 남의 집에는 내외가 있는 거야."

"방에 들어가 찾으려고."

"이런 썩은 원숭이 같은 놈이! 우리 집 어디에 무슨 '서문 대관인'이 있니?"

"혼자만 다 처먹으려 하지 말아요. 마실 것이 있으면 나도 찔끔이라도 마십시다. 내가 무얼 모른단 거예요!"

노파가 욕을 했다.

"너 이 원숭이 새끼가. 알긴 뭘 알아!"

"'말굽 모양의 칼로 나무바가지 안에다 채소를 썬다'고 하더니 국물 한 방울도 안 흘리고 혼자 다 먹겠다는 거야! 내가 입만 뻥긋하면 취병 파는 형님이 알고 난리가 날 텐데 겁나지 않아요."

노파가 마지막 두 마디를 듣고 치부를 들키자 속으로 화가 치밀어올라 소리를 버럭 질렀다.

"이 원숭이 같은 놈아, 내 집에서 지린내 나는 방귀를 뀌겠단 말이냐!"

"내가 원숭이면 할망구는 '뚜쟁이'다!"

노파가 운가를 잡고 꿀밤 두 대를 먹였다. 운가가 소리질렀다.

"왜 때려!"

"죽일 놈의 원숭이가! 큰 소리 치면 귀뺨따귀를 갈겨버릴 테다."

"늙은 포주가 이유 없이 사람을 치냐!"

노파가 길서리까시 쫓아나가 한 손으로 소십고 한 손으로 꿀밤을 때리자 운가는 배 광주리를 놓쳐버렸다. 광주리 안의 배가 흩어져 사방팔방으로 굴러갔다.

꼬마가 포주를 이겨내지 못하자 한편으로 욕하며, 또 한편으로 울고, 다른 한편으로는 달려가 거리에 흩어진 배를 주웠다. 왕 노파의 찻집을 가리키며 욕을 퍼부었다.

"늙은 포주 년아, 말도 안되는 거짓말 하지 마라. 내가 가만있을 것 같아! 못할 것 같아?"

광주리를 들고 사람을 찾으러 달려갔다.

제 2 4 회

독살[1]

운가가 왕 노파에게 몇 대 얻어맞고 울분을 토할 곳이 없자 배 광주리를 들고 거리로 달려 나가 바로 무대를 찾아 나섰다. 거리를 두 바퀴 돌아서야 취병 멜대를 지고 걸어오는 무대를 발견했다. 운가가 걸음을 멈추고 무대에게 안부를 물었다.

"한동안 못 본 사이에 무얼 먹었기에 살이 쪘어요?"

무대가 멜대를 내려놓고 말했다.

"찌긴 뭐가 쪘다는 소리냐, 나는 그 모습 그대로인데."

1_ 24장 왕 노파가 계책을 세워 서문경을 끌어들이다王婆計啜西門慶. 반금련이 남편 무대를 독살하다淫婦藥鳩武大郎.

"내가 며칠 전에 보리 겨 좀 사려 해도 아무 곳에서도 살 수가 없던데 사람들이 아저씨 집에 있다고 하던데요."

"우리 집에 오리를 기르는 것도 아닌데 어디에 보리 겨가 있겠니?"

"보리 겨가 없다면서 어째서 햇빛 없는 울타리 안에 갇혀 보리 겨만 먹은 것[2]처럼 피둥피둥 살이 쪘어요. 거꾸로 매달려도 상관없고 솥에 넣고 삶는데 화도 안 나요?"

"원숭이 새끼 같은 놈이 욕도 잘하네! 내 마누라가 서방질하는 것도 아닌데 내가 어째서 오리냐?"[3]

"그러면 아저씨 마누라가 '서방질'하는 게 아니라면 '방서질'하나보네요."

무대가 운가를 붙잡고 말했다.

"그 서방이란 놈이 누구냐?"

"내가 아저씨를 비웃는다고 만만한 나만 잡고 늘어지고, 그놈 거시기는 감히 물어뜯지 못할 게 틀림없어!"

"동생아, 누구인지 말만 해주면 내가 취병 10개를 주마."

"취병은 필요 없고 술이나 석 잔 사주시면 말해드릴게요."

2_ 거위, 오리, 돼지, 양 등을 기를 때 어둡고 마루 있는 울타리 안에 가둬놓고 햇빛도 보이지 않게 한 뒤 신속하게 살을 찌워 가축을 기르는 방법.

3_ 원래 암컷 오리는 한 마리와 교배를 하면 알을 낳을 수 없기 때문에 반드시 수컷 두세 마리와 교배를 해야 알을 낳을 수 있다고 한다. 만일 남자를 오리라고 부르면 부인이 동시에 여러 남자와 성관계를 맺음을 뜻한다. 송나라 때 항주 지방에서는 거북이나 자라를 오리라고 했다고 한다.

"너 술도 마실 줄 아니? 따라와라."

무대가 멜대를 멘 채 운가를 데리고 조그만 주점에 들어가 멜대를 내려놓았다. 취병 몇 개로 고기를 시고 술도 한 국자 얻어 오기에게 먹였다. 어린 운가 놈이 말했다.

"술은 더 이상 필요 없고 고기나 조금 더 시켜주세요."

"착한 동생, 제발 빨리 누군지 얘기 좀 해주게."

"서두르지 마세요. 내가 다 먹고 말해드릴게요. 너무 성질내지 마세요. 내가 아저씨 대신 잡아드릴 테니."

무대는 아이가 술과 고기를 어느 정도 먹은 것을 보고 말했다.

"이제 얘기해봐라."

"알고 싶으면 손으로 내 머리 위에 혹을 한번 만져보세요."

"이 혹은 어떻게 생긴 것이냐?"

"그러니까요, 오늘 배 한 광주리를 팔려고 서문경을 찾는데 아무리 찾아도 찾을 수가 없었어요. 거리에서 어떤 사람이 '왕 노파의 찻집에서 무대 마누라랑 눈이 맞아 매일 거기에 간다'고 하더라고요. 내가 돈이라도 30~50전 벌어보려고 했는데, 개돼지 같은 할망구가 짜증나게 나를 잡고 방 안에 들여보내지 않고 꿀밤만 때리는 거예요. 그래서 아저씨를 찾아온 거예요. 내가 금방 일부러 아저씨를 화나게 하지 않았으면 아저씨가 내게 물어보기나 했겠어요?"

"그게 참말이냐?"

"또 시작이군! 그 둘은 아저씨가 나가기만 기다렸다가 왕 노파의 방 안에 모여 그 짓을 한다고요. 그런데 아저씨는 아직도 믿지 못하고 진짜인지 거짓인지나 따지고 있어요?"

무대가 듣고 말했다.

"꼬마야, 솔직히 내 마누라가 매일 왕 노파 집에 가서 옷을 만들고 돌아오면 얼굴이 붉기에 나도 조금 의심은 하고 있었다. 네 말이 정말이었구나! 내가 오늘은 멜대를 내버려두고 가서 현장을 잡아야겠다. 어떻게 생각하니?"

"아저씨는 나이만 먹었지 원래부터 아무 생각이 없군요! 그렇게 대단한 늙은 개 같은 노파 년이 아저씨를 두려워할 줄 아세요? 아저씨가 그 손바닥에서 벗어날 수 있을 것 같아요? 그 세 명은 반드시 어떤 암호가 있어서 아저씨가 현장을 덮치면 부인을 숨겨버릴 거예요. 서문경이 얼마나 대단한 놈인데, 아저씨 같은 사람은 20명이 있어도 상대가 안 될걸요! 만일 현장을 잡지 못하면 부질없이 주먹이나 몇 대 얻어맞을 겁니다. 그놈은 돈도 있고 권세도 있어서 도리어 아저씨를 고소해버리면 괜한 송사에 걸려도 책임져줄 사람이 없으니 부질없이 제 무덤 파는 격이에요."

"꼬마야, 네 말이 모두 맞다. 그런데 이 분을 어떻게 풀어야겠니?"

"나도 늙은 개돼지 같은 년에게 맞는데도 분을 풀 곳이 없어요. 내가 한 수 가르쳐드릴게요. 아저씨가 오늘은 아무것도 모르는 척하고 집에 늦게 돌아가되, 성질부리지 말고 참으세요. 얼굴에 나타나도 안 되고 평소같이 하세요. 내일 아침 아저씨는 취병을 조금만 가지고 나와 척 팔아버리고, 나는 척 골목 어귀에서 기다릴게요.⁴ 만일 서문경이 들어가는 것을 보면 내가 척 하고 아저씨를 부를게요. 아저씨가 멜대를 척 메고 왼쪽 가까운 곳에서 기다리면, 내가 먼저 척 그 늙은 개를 화나게 할게요. 분명히 쫓아와서 나를 때리면 내가 광주리를 척 버리고 거리로 척 달아날 거예요. 그러면 아저씨는 그 틈에 척 들어가세요. 내가 머리로 할망구를 척 막을게요. 아저씨께서는 그저 방 안으로 척 달려 들어가서 억울함을 푸세요. 이 계책이 어떠세요?"

"이왕 일이 이렇게 됐으니 꼬마 신세 좀 져야겠다. 내가 돈 몇 관 줄 테니 가지고 가서 쌀이나 사거라. 내일 아침 일찍 자석가 입구에서 나를 기다려라."

운가는 돈 몇 관과 취병 몇 개를 얻어가지고 돌아갔다. 무대가 술값을 치르고 멜대를 지고 장사를 더 하다가 집으로 돌아갔다.

원래 부인은 평소에는 무대에게 욕을 하고 갖은 방법으로 괴롭혔으나 근래에 스스로 잘못하는 것을 알고서는 그리 심하게 대하지 않고 있었다. 이날 밤 무대는 멜대를 지고 집으로 돌아온 뒤 다른 날처럼 별다른 말을 하지 않았다. 부인이 말했다.

"여보, 술 드실래요?"

"금방 장사꾼과 함께 석 잔 사서 마셨다네."

부인이 저녁을 준비하여 무대와 같이 먹고 그날 밤은 아무 말도 하지 않았다. 다음 날 조반을 먹은 무대는 멜대에 취병을 3~4벌만 넣어

4_ 김성탄 왈: '아저씨가 척' '내가 척' 등을 여러 번 반복해 이용하여 어린애 말투를 묘사했다. 아이가 살아 있는 것처럼 생동감이 있다. '척' '척' 하는 말이 쟁반 위에 크고 작은 구슬들이 어지럽게 구르는 모습과 흡사하다.

놓았으나 부인은 오로지 서문경 생각뿐이라 무대가 취병을 많이 준비하는지 적게 준비하는지 관심이 없었다. 무대는 멜대를 지고 장사하러 나갔고, 부인은 무대가 나가기를 간절하게 바라다가 왕 노파의 방 안에서 서문경을 기다렸다.

한편 무대가 멜대를 지고 자석가 입구를 나와 광주리를 들고 두리번거리고 있던 운가를 만났다.

"어떠냐?"

"아직 일러요. 아저씨는 가서 한동안 장사하다가 오세요. 십중팔구는 올 테니 아저씨는 왼쪽 근처 가까운 곳에서 기다리고 계세요."

무대가 나는 구름처럼 달려가 한동안 장사를 하다가 돌아왔다. 운가가 말했다.

"내가 광주리를 내던지면 아저씨는 곧바로 뛰어 들어가세요."

무대가 멜대를 다른 곳에 맡겨놓았음은 말할 필요도 없었다.

운가가 광주리를 들고 찻집 안으로 들어가 왕 노파에게 욕을 퍼부었다.

"개돼지 같은 할망구 년아, 어제 나를 왜 때렸냐!"

제 버릇 개 못 준다고 노파가 벌떡 일어나 소리질렀다.

"너 이 새파랗게 어린 새끼가! 내가 너랑 아무 상관없는데 왜 욕을 하고 지랄이야."

"포주에게 포주라고 욕한 것이 잘못이냐? 불륜이나 주선하는 늙은 개 같은 년이 무슨 대단한 짓을 한다고!"

노파는 화가 머리끝까지 치밀어올라 운가를 잡고 때리기 시작했다.

운가가 큰 소리로 고함을 질렀다.

"쳐라, 쳐!"

운가가 손에 들고 있던 광주리를 길거리에 던졌다. 노파가 끌어당겨 잡자 운가가 크게 소리질렀다.

"네가 나를 때려?"

왕 노파의 허리를 잡고 배를 향해 머리로 받아버리니 노파가 넘어질 뻔했으나 담벼락에 가로막혀 자빠지지는 않았다. 운가는 죽을힘을 다하여 머리로 벽에 노파를 들이밀어 꼼짝 못하게 했다. 두 사람의 상황을 보고 있던 무대는 옷자락을 걷어붙이고 큰 발걸음으로 바로 찻집 안으로 뛰어 들어갔다. 노파가 무대가 돌아온 것을 보고 서둘러 막으려고 했으나, 어린 원숭이가 죽을힘을 다해 막아서서 어찌 기꺼이 놓아주려 하겠는가? 노파는 별다른 수가 없자 크게 소리를 질렀다.

"무대다!"

노파의 고함을 듣고 무대의 여편네는 방 안에서 어쩔 줄 몰라 허둥지둥하며 재빠르게 달려와 문을 막았고, 서문경은 바로 침상 밑으로 들어가 숨었다.

무대가 급히 방문 옆에 와서 손으로 방문을 밀었으나 열기가 어려워 소리만 질렀다.

"잘하는 짓이다!"

부인이 문을 열지 못하게 막느라 쩔쩔매며 서문경에게 욕을 퍼부었다.

"평소에는 그 잘난 주둥이로 권법이니 봉술이니 한다고 잘도 지껄이더니. 써먹을 때가 됐는데도 뭐하느라 쓰지 못하니! 종이호랑이 보고 놀라 자빠지는 꼬락서니 하고는."

　부인의 이 말은 분명히 서문경더러 무대를 때려눕히고 달아나라는 말이었다. 서문경이 부인의 말을 듣고 정신이 번쩍 들어 침상 밑에서 빠져 나와 문을 열며 소리를 질렀다.

"치지 마라!"

　무대가 서문경을 잡으려고 하다가 오른발에 채였다. 무대는 키가 작아 명치에 맞고 풀썩 하고 뒤로 넘어졌다. 서문경이 무대를 차서 쓰러뜨리고 혼란한 틈을 타 달아나버렸다. 운가는 형세가 불리한 것을 보고 왕 노파를 놓고 달아났다. 이웃들은 모두 서문경이 대단하다는 것을 알고 있는데 누가 감히 나서서 간섭하겠는가? 왕 노파가 즉시 땅바닥에서 무대를 부축하여 일으켜 세워보니, 무대가 입에서 피를 토하고 안색이 검누렇게 떠 있었다. 부인을 불러내 물을 떠오게 하여 소생시키고 둘이 겨드랑이를 부축하여 후문으로 나와 이층으로 올려 침상에 눕혀 재웠다. 그날 밤은 그렇게 지나갔다.

　다음 날 서문경이 소식을 탐문해보니 아무 일도 없자 이전처럼 반금련을 만났고 무대가 알아서 죽기를 바랐다. 부인 역시 무대에게 약간의 가련함이나 동정심조차 없었고, 자신의 행위에 대해서도 일말의 수치심을 느끼지 못했다. 매일 하루도 빠지지 않고 서문경을 만났다. 무대는 5일을 병상에 누워 있었으나 일어날 수가 없었다. 국을 먹고 싶어도 주지 않았고 물을 마시고 싶어도 응하지 않았다. 매일 부인을 불렀으나 대답도 하지 않고 진하게 화장하고 나갔다가 얼굴이 붉어져 돌아왔다. 무대는 수도 없이 화가 나서 눈앞이 아찔했으나 아무도 주의를 기울이지 않았다. 무대가 부인을 불러 말했다.

"네가 했던 짓거리를 손수 잡았더니 간통한 놈을 부추겨 가슴을 차는 바람에 내가 지금 살고 싶어도 살 수 없고 죽으려 해도 죽을 수가 없구나. 놀아나는 너희는 즐겁더냐! 이제 나는 죽어도 상관없고 너희랑 다툴 수도 없다! 내 동생 무송의 성격을 너도 잘 알지 않느냐. 조만간 돌아올 텐데 가만히 있을 것 같으냐? 나를 가엾게 여겨 잘 시중들어주면 돌아와도 아무 말 안 할 것이다. 네가 나를 돌보지 않는다면 동생에게 너희가 한 짓을 다 말해버릴 테다!"

부인이 이 말을 듣고 아무 말도 하지 않고 다시 집을 나와 왕 노파와 서문경에게 낱낱이 말했다. 서문경이 이 말을 듣고 얼음 굴에 빠진 것 같이 당황하며 말했다.

"아이고! 경양강에서 호랑이를 잡은 무 도두는 청하현 최고의 사내인데. 내가 지금 사랑에 눈이 멀어 한참 동안 생각도 못했구나! 그 말을 들으니 정신이 번쩍 드네. 이젠 어쩌면 좋단 말이냐? 정말 큰일이네."

왕 노파가 냉소하며 말했다.

"지금 서문 대인은 키를 잡은 사람이오. 배를 탄 나는 오히려 침착한데 대인께서는 왜 그리 당황하며 호들갑을 떠시오!"

"내가 명색이 남자라고 하지만 이런 지경에 이르니 아무것도 생각이 나질 않네. 할멈은 우리 관계를 숨길 수 있는 무슨 좋은 방법이라도 있나!"

"당신들, 앞으로도 계속 부부로 지내고 싶어요? 아니면 그냥 이렇게 잠시 부부로 지내다 말 거예요?"

"할멈, 방금 말한 계속 부부와 잠시 부부는 무슨 뜻이오?"

"잠시 부부로 지내려면 당신들 오늘로 각자 헤어져 무대를 잘 치료하고 달래서 무송이 돌아와도 아무 말 못하게 하는 거예요. 무송이 다시 일 보러 멀리 갈 때까지 기다렸다가 다시 만나 잠시 부부가 되는 거예요. 계속 부부가 되면 매일 겁낼 것 없이 같이 지내는 것으로 내게 묘책이 있긴 한데…… 아마도 당신들이 하기는 쉽지가 않을 거요."

"할멈, 우리가 무사할 수만 있다면 계속 부부가 되겠네!"

"이 계책을 쓰려면 어떤 물건을 사용해야 하는데 다른 사람 집에는 없지만 하늘이 도와서 대관인 집에는 있네요!"

"내 눈을 달라고 해도 빼주겠네. 대체 뭔가?"

"저 빈틸터리 무대 놈이 병이 위독하니 궁지에 빠진 지금이 손쓰기에 아주 좋아요. 대관인이 집에서 비상을 가져오면 부인은 가슴 아픈 데 먹는 약을 한 첩 지어다가 안에 비상을 넣어 저 난쟁이를 끝장내는 거예요. 깨끗하게 화장해버리면 흔적도 남지 않으니 무송이 돌아온다 한들 감히 어쩌겠어요? 옛말에 '형수와 시동생은 남녀가 유별해서 서로 왕래할 수 없다'고 했고, 또 '초혼初婚은 집안 부모 말을 따라야 하지만 재혼再婚은 자기 마음대로 한다'고 했어요. 아무리 삼촌이라 하더라도 어떻게 이런 일에 관여하겠어요. 몰래 한 1~2년 지내다가 상복 입는 기간이 끝나고 대관인이 집으로 데려간다면 이것이 바로 계속 부부이고 해로하는 거지요. 내 계책이 어떻수?"

"할멈, 이 죄업을 어쩔 거나! 됐다. 할 수 없지. 어쩔 수 없다! 방법이 하나밖에 없으니 할 수밖에."

왕 노파가 웃음기가 전혀 없는 얼굴로 서문경을 뚫어지게 바라보며 말했다.

"하지만 이것만은 명심해야 할 거예요! 바로 싹부터 자르고 뿌리까지 뽑아 다시는 자라지 못하게 근원을 제거해야 해요. 풀만 자르고 뿌리를 뽑지 않았다간 봄이 오면 다시 싹이 나게 마련이지요. 관인은 바로 가서 비상을 가져오시고, 해치우는 것은 부인이 해야 돼요. 일이 모두 끝나면 제게 큰 상을 줘서 감사하는 것 잊지 마시고요."

"당연한 일이지. 할멈 공을 빼놓을 수 없지."

서문경이 집으로 가서 정말로 비상을 가져다가 왕 노파에게 건네주었다. 노파가 부인을 바라보며 엄숙한 얼굴로 말했다.

"부인, 내가 약 타는 방법을 가르쳐주리다. 지금 무대가 부인더러 보살펴달라고 하고 있잖아? 지금부터 조심스럽게 무대를 달래라고. 그가 약을 달라고 하거든 비상을 심장 약에 타 넣으라고. 만일 눈치채고 발버둥치면 약을 억지로라도 부어서 빨리 보내버려. 독약이 효력을 일으키면 반드시 위장이 끊어지기 때문에 소리를 지르고 난리가 날 테니 이불로 덮어 남들이 듣지 못하도록 해야 해. 미리 물 한 솥을 끓여 수건을 삶아놓으라고. 독성이 일어나면 분명히 온 몸의 일곱 구멍으로 피를 쏟고 입술에 이빨로 물어뜯은 흔적이 남을 거야. 숨이 끊어지거든 이불을 벗기고 뜨거운 물에 적신 걸레로 닦아내면 혈흔은 모두 사라질 거야. 관 안에 넣고 들어내 불살라버리면 그만이지 무슨 대단한 일이라 할 것 있어?"

"방법은 좋은데 제가 차마 할 수 없을 것 같아요. 때가 되어도 시신을 수습할 수 없을 것 같아요."

"그런 건 걱정할 필요 없어. 부인이 벽을 두드려 신호만 보내면 내가 달려가서 도와줄게."

서문경이 말했다.

"두 사람은 준비 잘하고 내일 오경에 내가 소식을 알아보러 오겠네."

서문경이 말을 마치고 돌아갔다. 왕 노파가 비상을 손으로 비벼 가루를 내어 부인에게 건네 숨기도록 했다.

부인이 자기 집으로 돌아와 이층에 올라가 무대를 보니 숨이 간당간당하여 곧 죽을 것 같았다. 부인이 침상 옆에서 거짓으로 울기 시작했다.

무대가 물었다.

"너 왜 울고 있냐?"

부인이 눈물을 닦으며 말했다.

"내가 그놈에게 속아 한동안 멍청한 짓을 했어요. 당신한테 발길질하리라고는 생각도 못했어요. 내가 좋은 약이 있다는 소문을 듣고 가서 사오려고 해도 당신이 나를 의심할까 두려워 감히 사러 갈 수가 없네요."

순진한 무대는 원래 남을 의심할 줄도 모르는 위인이었다.

"나를 살려내기만 한다면 있었던 일은 모두 없던 걸로 해주고 무송이 돌아와도 아무 말 하지 않겠다. 빨리 약을 가져다가 나를 좀 살려다오!"

부인이 돈을 가지고 왕 노파의 집 안에 앉아 약을 사오도록 시켰다.

왕 노파가 사온 심장약을 가지고 이층에 올라가 무대에게 보여주며 말했다.

"이 심장약은 의사가 야밤에 먹으라고 했어요. 먹고 침상에서 이불을 푹 뒤집어쓰고 땀을 두어 번 흘리면 내일 바로 일어날 수 있대요."

"그것 참 잘됐네! 번거롭겠지만 자네가 오늘 밤에 깨거든 야밤에 내게 먹여주게."

"마음 푹 놓고 주무시면 내가 알아서 시중들게요."

날이 점차 어두워지고 부인은 이층 방에 등불을 켰다. 일층에서 먼저 솥에 물을 데우고 걸레를 끓는 물에 삶았다. 시각을 알리는 북소리를 들으니 바로 삼경이었다. 부인이 먼저 독약을 잔에 따르고 물을 퍼서 부어 들고 이층으로 올라갔다.

"여보, 약 어디에 뒀어?"

"내 자리 밑 베개 옆에 두었어. 빨리 타서 가져오게."

부인이 자리를 들고 약을 꺼내 잔에 붓고 물을 탔다. 다시 머리에서 은비녀를 빼서 잘 저어 섞었다. 왼손으로 무대를 부축하고 오른손으로 약을 들어부었다. 무대가 한 모금 마시고 말했다.

"아니, 뭔 약이 이렇게 마시기 괴로워!"

"병을 치료할 수만 있다면 아무리 마시기 괴로워도 마셔야지요."

무대가 다시 한 입 마시려고 입을 벌리자 부인이 억지로 들이부어 약 한 잔을 모두 목구멍에 쏟아 부어버렸다. 부인은 무대를 버려두고 성급하게 침상에서 내려왔다. 무대가 '아이고' 소리를 지르며 말했다.

"부인, 약을 먹었더니 배가 오히려 더 아파! 아이고, 아이고! 너무 아파 참을 수가 없네."

부인이 무대의 발뒤꿈치 아래에서 이불 두 채를 끌어당겨 얼굴과 머리 할 것 없이 완전히 덮어버렸다. 무대가 소리질렀다.

"숨 막혀!"

부인이 말했다.

"의사가 당신에게 땀 좀 빼면 좋아질 거라고 했어요."

무대가 더 말을 하려고 하는데, 부인이 무대가 발버둥치며 소리지를까 두려워 침상 위에 뛰어 올라가 무대의 몸 위에 올라타고 손으로 이불 끝을 단단히 붙잡고 누르며 조금도 늦추지 않았다. 무대가 '아이고' 소리를 두 번 지르고 잠시 숨을 헐떡거리더니 창자와 위가 끊어지는 고통에 한참을 몸부림쳤다. 얼마 후 불쌍한 무대의 작은 몸은 더 이상 움직이지 않았다.

이불을 들어내니 창자가 끊어지는 고통에 이를 악물고 얼굴 일곱 개의 구멍으로 피를 흘리는 무대의 모습을 보고 두려워진 반금련은 일어나 침상 밑으로 뛰어내려 벽을 두들겼다. 왕 노파가 듣고 후문으로 들어와 문 앞에서 기침을 했다. 바로 아래층으로 내려가 후문을 열었다. 왕 노파가 고개를 빼고 안을 들여다보며 물었다.

"끝났어?"

"끝나긴 끝났는데 손발이 떨려 아무것도 못하겠어요."

"이제 어려울 게 아무것도 없으니 내가 도와줄게."

노파가 옷소매를 걷고 뜨거운 물 한 통을 퍼서 걸레를 던져 넣고 위층까지 두 손으로 들고 올라갔다. 이불을 걷고 먼저 무대의 입 주변 입

술을 모두 닦았고 얼굴 일곱 개의 구멍에 맺힌 울혈 흔적을 깨끗하게 닦으며 옷을 시체 위에 덮었다. 두 사람은 이층에서 시신을 두 손으로 들고 한 번에 한 걸음씩 옮기며 들어 내렸다. 아래층에서 오래된 문짝을 찾아 위에 시신을 올려놓았다. 머리를 빗겨 두건을 씌우며 옷을 입히고 신과 버선을 신겼다. 하얀 비단으로 얼굴을 덮고 깨끗한 이불을 골라 시신 위에 덮었으며 마지막으로 이층을 깨끗하게 정리했다. 정리가 모두 끝나자 왕 노파는 자기 집으로 돌아갔고, 부인은 남편 시신 앞에서 흑흑거리며 거짓으로 울기 시작했다.

독자 여러분, 원래 세상에서 여자가 우는 것에는 세 가지가 있습니다. 눈물도 흘리고 소리도 내는 것을 곡哭이라 하고, 눈물을 흘리되 소리는 없는 것을 읍泣이라 하며, 눈물은 없고 소리만 내며 우는 것을 호號라고 합니다. 부인이 눈물도 흘리지 않고 소리로만 호호 하면서 오경이 되었다.

날이 아직 밝지도 않았는데 서문경이 달려와 소식을 물었다. 왕 노파가 자세하게 알려주었다. 서문경이 은자를 꺼내 노파에게 주며 관을 사서 장례를 치르게 하고 부인을 불러 상의했다. 부인이 서문경에게 다가와 말했다.

"우리 무대가 이미 오늘 죽었으니 당신밖에 믿고 의지할 사람이 없습니다!"

"그건 네가 말하지 않아도 알고 있다."

왕 노파가 말했다.

"가장 중요한 일이 한 가지 남았어요. 이 지방 단두團頭5 하구숙何九叔

은 철저한 사람이라 허점을 눈치채고 염을 하지 않으려 할까 두려워요."

"그건 어렵지 않네. 내가 부탁하면 될 걸세. 내 말을 어기지 못할 것이네."

"대관인은 빨리 가서 분부하세요. 조금도 망설일 시간이 없어요."

서문경은 바로 하구숙을 찾아갔다.

날이 밝자 왕 노파가 관을 사고 초와 지전 등을 사서 돌아와 부인과 함께 국과 밥을 지어 제사를 지내고 수신등隨身燈6을 켰다. 이웃은 모두 무대 집에 찾아와 조문했고, 부인은 분칠한 얼굴을 옷깃으로 가리고 거짓으로 곡을 했다. 이웃들은 말했다.

"무대가 도대체 무슨 병에 걸렸기에 이렇게 갑자기 죽었나?"

부인이 대답했다.

"심장병에 걸려 날로 위중해지고 갈수록 악화되더니 불행하게 어제 삼경에 죽었습니다!"

다시 흑흑 흐느끼며 거짓으로 울기 시작했다. 이웃들은 무대의 사인이 명확하지 않은 것을 알면서도 감히 물어보지 못하고 인정에 따라 반금련을 위로하며 말했다.

5_ 단두團頭: 송나라 때는 상업경제가 발달하여 업종마다 수령이 있었다. 여기서 단두는 장례 업체의 수령을 말한다.

6_ 수신등隨身燈: 시신의 발 옆에 켜는 등. 저승으로 가는 길이 어둡기 때문에 불을 켜면 길을 밝게 비추어 빨리 도착할 수 있다고 한다.

"죽은 사람은 죽은 것이고 산 사람은 살아야 하니, 부인 너무 슬퍼하지 마시오."

부인은 거짓으로 감사의 말을 했고 문상을 마친 사람들은 각자 흩어져 돌아갔다. 왕 노파가 관을 마련하고 단두 하구숙을 불렀다. 염을 할 물건도 모두 사고 집 안에 있어야 할 물건도 모두 샀으며 중 둘을 불렀으나 조금 늦게 도착했다. 하구숙이 사람을 먼저 보내 일을 준비하도록 하고 자기는 사시에 천천히 문밖을 나섰다. 자석가 입구까지 걸어오다가 서문경을 만났는데 하구숙을 부르며 말을 걸었다.

"구숙, 어디 가나?"

"소인 요 앞에 취병 팔던 무대의 시신을 염하러 갑니다."

"잠시 자네에게 할 말이 있네."

하구숙은 서문경을 따라 골목을 돌아 조그만 주점으로 들어가 내실에 앉았다.

"하구숙, 상좌에 앉게."

"소인 주제에 어떻게 감히 관인과 나란히 앉겠습니까!"

"구숙, 왜 그렇게 나를 서먹서먹하게 대하나? 일단 앉게."

두 사람은 자리에 앉아 좋은 술을 시켰다. 점소이가 요리와 과일, 안주를 탁자에 펼쳐놓고 술을 따랐다. 하구숙은 속으로 의심이 생겨서 생각했다.

'이 사람이 지금까지 나와 한 번도 술을 마신 적이 없는데, 오늘 같이 마시자는 것을 보니 이 술은 분명 무슨 곡절이 있겠구나.'

둘은 한 시간 정도 같이 술을 마셨다. 서문경이 소매를 더듬더니 은자 10냥을 꺼내 탁자 위에 올려놓으며 말했다.
"구숙, 너무 적다고 욕하지 말고 내일 따로 답례하겠네."
구숙이 두 손을 마주 잡고 읍하며 말했다.
"소인이 아무 일도 도와드리지 않고 어떻게 이런 것을 받을 수 있겠습니까? 대관인이 설령 소인에게 시키실 일이 있어도 감히 받을 수 없습니다."
"구숙, 너무 서먹하게 거절하지 말게. 일단 받으면 내가 이야기하겠네."
"대관인, 말씀만 하시면 소인은 그냥 따르겠습니다."
"뭐 별다른 일은 아니고 잠시 뒤에 그 집에 가면 또 수고비가 있을 걸세. 다만 시신을 염할 때 아무 일이 없게 잘 무마시켜주게. 다른 말은 하지 않겠네."
"이런 작은 일이 뭐 그리 대단하다고 감히 돈을 받겠습니까?"
서문경이 흉악한 눈빛을 번득이며 위협하듯 말했다.
"구숙, 만일 받지 않는다면 거절하는 것으로 알겠네."
하구숙은 옛날부터 서문경을 두려워했고, 서문경이 교활하고 흉악한 사람이라는 것을 알고 있었으며, 관부와도 관계가 깊은 사람이라 감히 어기지 못하고 받을 수밖에 없었다. 둘은 다시 몇 잔을 마셨고, 서문경은 주보에게 술값을 외상으로 하고 내일 주점에 찾아와 돈을 주기로 했다. 둘은 아래층으로 내려와 함께 문을 나왔다. 서문경이 말했다.
"구숙, 기억하게. 누설해서는 안 되네. 보수는 나중에 따로 챙겨주겠네."

서문경이 하구숙에게 분부하고 바로 돌아갔다.

하구숙은 마음에 의문이 생겨서 혼자 중얼거렸다.

'도대체 이 일이 무슨 일이기에 이렇게 수상하냐! 내가 가서 무대의 시체를 염하기만 하면 되는데, 왜 서문경이 내게 이렇게 많은 돈을 준단 말이냐? 반드시 뭔가 곡절이 있다……'

무대의 집 문 앞에 도착하니 일꾼 몇 명이 문 앞에서 기다리고 있었다. 하구숙이 물었다.

"무대는 무슨 병으로 죽었느냐?"

"집안사람들은 심장병으로 죽었다고 합니다."

하구숙이 주렴을 걷고 들어갔다. 왕 노파가 맞으며 말했다.

"구숙, 한참 기다렸어요."

하구숙이 대답하며 말했다.

"조금 껄끄러운 일이 생겨서 늦었네."

무대 부인이 소복을 입고 안에서 거짓으로 곡하는 소리를 내는 것을 보고 하구숙이 말했다.

"부인, 너무 괴로워하지 마십시오. 상심이 크겠지만 무대는 이미 저세상으로 갔습니다."

부인이 거짓으로 눈물 어린 눈을 가리며 말했다.

"도저히 뭐라고 표현할 말이 없어요. 남편이 심장병으로 단 며칠 만에 갑자기 죽다니. 이렇게 불쌍한 나를 버리다니!"

하구숙은 계집의 모양을 위아래로 살펴보며 속으로 말했다.

'무대에게 부인이 있다고 듣기만 하고 본 적은 없었는데 이런 부인을

얻었었구나! 서문경이 은자 10냥을 준 것이 이유가 있었구나.'

하구숙이 무대의 시신을 보고 천추번千秋幡7을 들어올리고 하얀 비단을 치우며 신수神水8 두 방울을 써서 눈을 멈추고 바라보다 그만 고함을 지르니 뒤로 자빠져서 입에서 피를 토했다.

7_ 천추번千秋幡: 죽은 사람의 얼굴을 덮는 종이.
8_ 신수神水: 눈알을 움직이게 하는 윤활 액체. 눈을 살펴보아 생사를 알아보는 것이다.

제 2 5 회

복수[1]

하구숙이 바닥에 쓰러지자 여러 일꾼이 달려가 부축했다. 왕 노파가 말했다.

"악귀에 씐 것이니 물을 가져오게!"

물을 두 번 뿜자 잠시 후 차츰 움직이며 깨어났다. 왕 노파가 말했다.

"구숙을 부축해서 집으로 돌려보내 쉬게 하게."

일꾼 두 명이 문짝을 찾아 눕혀 들고 집에 도착하니 식구들이 하구숙을 침상에 뉘었다. 부인이 울면서 말했다.

---

[1] 25장 하구숙이 화장장에 가서 유골을 훔치다偸骨殖何九送喪. 무송이 머리 두 개를 베어 장례를 지내다供人頭武二設祭.

"신바람 나서 나가더니 무슨 일이기에 이렇게 들어오세요? 평소에는 귀신에 홀린 적이 한 번도 없는데!"

침상 옆에 앉아 목 놓아 울었다. 하구숙은 일꾼들이 모두 돌아가 아무도 없는 것을 보고 마누라를 툭 차며 말했다.

"나는 아무 일 없으니 짜증나게 울지 마! 방금 염을 하러 무대 집으로 가다가 골목 어귀에 이르러 현 관아 앞에서 약재상을 하는 서문경을 만났어. 그런데 이 사람이 나를 데리고 주점으로 가더니 은자 10냥을 주면서 '염하는 시신(의 사인)을 덮어달라'고 말하더라고. 무대 집에 도착해서 그 마누라가 불량해 보이기에 내가 속으로 생각해보니까 십중팔구 뭔 일이 있지 않나 싶더라고. 거기서 천추번을 들쳐서 무대를 봤더니 얼굴은 검고 일곱 구멍으로 피를 줄줄 흘리며 입술에는 이를 악문 흔적이 남은 게 분명히 독살된 것이었어. 내가 원래는 소리를 질러 사람들에게 알리려고 했는데 책임질 사람도 없고, 게다가 벌집을 건드리고 전갈을 들쑤셔서 서문경에게 미움을 받을 필요는 없잖아? 이유를 불문하고 얼렁뚱땅 염을 하려고 하다가 무대의 동생이 생각나는 거야. 동생이 바로 전에 경양강에서 호랑이를 때려잡은 무 도두잖아. 그는 사람을 죽이고도 눈 하나 꿈쩍 안 할 남자 중의 남자잖아. 그러니 언제라도 돌아오기만 하면 이 일로 분명히 난리가 날 거야."

그의 부인이 말했다.

"나도 며칠 전에 들었어요. '뒷골목에 사는 교씨 노인 아들 운가가 자석가에서 무대를 도와 간통 현장을 덮치다가 찻집에 난리가 났다'고 하더니, 그게 바로 이 일이었군요. 당신께서 나중에 천천히 찾아가 보세요. 지금이야 이 일에 무슨 어려움이 있겠어요? 단지 일꾼을 시켜 염하고 언제 출상하는지 물어보세요. 만일 상례를 치르지 않고 무송이 돌아와서 출상한다면 아무런 혼란이 없은 거예요. 혹 밖에 묻어버려도 아무 문제가 없을 거예요. 그러나 화장을 한다면 반드시 문제가 있지 않겠어요? 당신이 화장할 때 가서 문상하며 남들이 한눈 팔 때 뼈 두 조각을 가지고 와 은자와 함께 간직해두면 중요한 증거가 될 거예요. 무송이 돌아와 당신에게 아무것도 묻지 않으면 그만이에요. 서문경 체면도 살리고 밥그릇도 지키니 어찌 좋지 않겠어요?"

"좋은 생각이다! 마누라가 똑똑하니 결론이 아주 명쾌하네."

즉시 일꾼을 불러 분부했다.

"내가 귀신이 들려 일을 하러 갈 수가 없구나. 너희끼리 가서 염을 하여라. 언제 출상하는지 물어보고 빨리 내게 알려다오. 삯으로 받은 돈과 비단일랑 너희끼리 공평하게 나누어라. 혹 내게 따로 주더라도 받지 말아라."

일꾼들이 듣고 무대의 집에 와서 염을 했다. 염을 마치고 혼령을 위로하는 일을 모두 끝내고 돌아와 하구숙에게 알렸다.

"그 집 부인이 3일 뒤 출상하여 성 밖에서 화장한다고 합니다."

일꾼들은 각자 돈을 나누고 흩어졌.

하구숙이 부인에게 말했다.

"당신 말이 맞았군. 내가 그날 가서 화장할 때 유골을 훔쳐와야겠네."

한편 왕 노파는 온 힘을 다하여 무대의 부인을 설득하고 달래어 밤 늦게까지 빈소를 지키도록 했다. 다음 날 중 네 명을 불러 염불을 했다. 셋째 날 아침, 일꾼들을 불러 관을 짊어지고 이웃 몇 명과 출상했다. 부인은 상복을 입고 도중에 내내 남편을 위해 거짓 울음을 지었다. 성 밖 화장장에서 불을 붙여 화장을 했다. 하구숙이 손에 지전을 들고 화장장에 들어왔다. 왕 노파와 부인이 맞으며 말했다.

"구숙, 몸이 나아서 다행이네."

"소인이 이전에 무대에게 취병 한 통을 사고 돈을 주지 않았던 적이 있어서 일부러 지전이라도 사르려고 왔습니다."

왕 노파가 말했다.

"이 양반이 정말 진실한 사람이구먼!"

하구숙이 지전을 사르고 나서 관을 불사르는 일을 도왔다. 왕 노파와 부인이 감사하며 말했다.

"구숙, 이렇게 도와주시니 고마워서. 나중에 집에 돌아가서 대접이라도 해야 할 텐데."

"소인이 여기저기 다니며 힘을 다하여 도와드릴 터이니 부인과 할멈은 편한 대로 하시고 불당에 가서 이웃들을 돌보세요. 소인이 여기는 잘 알아서 마무리하겠습니다."

무대의 부인과 왕 노파를 다른 곳으로 보내고 불을 뺀 다음 뼈 두 조각을 골라 뼈를 뿌리는 연못에 넣으니 뼈가 바삭바삭하고 검은색을 띠었다. 하구숙은 뼈를 감추고 불당 안 법사에 함께했다. 관이 모두 타고 불을 끈 다음 유골을 수습하여 연못 안에 뿌렸다. 이웃들은 각자 돌아갔다. 하구숙이 뼈를 가지고 집으로 돌아와 종이에 연, 월, 일, 장송한 사람의 이름을 기록하고 은자와 함께 포장하여 포대에 싸서 방 안에 넣어두었다.

한편 부인은 집으로 돌아와 격자 앞에 영패를 설치하고 위에 '망부무대랑지위亡夫武大郎之位'라고 썼다. 영패를 놓는 탁자 앞에 유리등에 불을 켜고 안에 깃발, 지전, 금과 은자, 각양각색의 실을 붙였다. 그날부터 매일 이층에서 서문경과 마음대로 즐겼으므로 전에 왕 노파의 집에서 몰래 하던 짓과 비교가 되지 않았다. 이제 집 안에 아무도 거리낄 것이 없었으므로 마음대로 자고 밤새 돌아가지 않았다. 이 거리의 원근 이웃들 중 이 일을 모르는 사람이 없었다. 그러나 교활하고 흉악한 서문경을 두려워해 아무도 관여하려 하지 않았다.

속담에 '즐거움 끝에는 슬픈 일이 생기고, 불운이 극에 달하면 행운이 온다'고 했다. 시간은 빠르게 흘러 40여 일이 지났다. 무송이 지현의 명령을 받고 수레를 호송하여 동경 친척 집에 편지를 전하고 상자를 건넸다. 동경 거리를 며칠 구경하고 돌아다니다가 회신(친척이 지현에게 보내는 답서)을 받아 일행을 거느리고 양곡현으로 돌아왔다. 왕복으로 딱 두 달이 걸렸다. 떠날 때 겨울이 다 지났는데 돌아오니 3월 초였다. 오는 도중에 정신이 불안하고 몸과 마음이 아련하여 서둘러 형을 보려고 먼저 현 관아에 답서를 전달했다. 지현이 크게 기뻐하며 답장을 읽어보고 금은보물을 명백하게 전달했음을 알았으며 무송에게 은덩이 하나를 상으로 주고 술과 음식으로 대접했음은 말할 필요도 없다. 무송이 숙소 방으로 돌아와 옷과 버선, 신발을 갈아입었으며 머리에 새 두건을 쓰고 방문을 걸어 잠그고 자석가로 갔다. 길 양쪽 이웃들은 무송이 돌아온 것을 보고 모두 놀라 두 손에 땀을 쥐고 속으로 말했다.

'이제 저 집은 큰일났군. 서 태세신²께서 놀아오셨는데 어찌 가만히 있을 리가 있겠어? 분명 사단이 날 텐데!'

한편 무송이 형의 집 앞에 도착하여 주렴을 걷고 몸을 앞으로 내밀고 들어가다가 신주를 모신 탁자 위에 '망부무대랑지위'라고 쓴 일곱 글자를 보고 멍하니 멈춰 섰다. 두 눈을 둥그렇게 뜨고 말했다.

"혹시 내 눈에 뭐가 썬 것이 아닌가?"

다시 안에 소리를 질렀다.

"형수님, 저 무송이 돌아왔습니다."

이때 서문경이 바로 무대의 여편네와 이층에서 한참 즐기다가 무송이 부르는 소리를 듣고 놀라 방귀가 새고 오줌을 찔끔찔끔 흘리며 곧바로 뒷문으로 왕 노파의 집으로 도망갔다. 부인이 대답했다.

"도련님, 잠깐 앉아 계세요. 곧 내려갈게요."

원래 무대를 독살한 이 여편네가 어찌 상복을 입으려 했겠는가? 매일 화장을 짙게 하고 요염한 차림새로 서문경과 즐겼다. '무송이 돌아왔습니다'라는 말을 듣고 황급하게 세수 대야에 가서 연지와 분을 지우고 머리 장식품과 비녀 귀걸이를 빼고 머리카락을 여기저기 당겨 흩뜨

2_ 태세太歲: 목성. 전설 속의 흉신. 이 신이 지나는 방위는 건축 공사 등을 피해야 했다.

리고 붉은 치마와 수놓은 저고리를 벗어 상복 치마와 적삼으로 갈아입고 이층에서 거짓으로 잉잉거리며 내려왔다.

무송이 놀라고 더 급한 마음에 쉬지 않고 한꺼번에 물었다.

"형수님, 잠깐 울음을 멈추시오!³ 우리 형님이 언제 죽었소? 무슨 병으로 죽었소? 누구의 약을 먹었소?"

부인이 당황해서 울며 말했다.

"형님은 당신이 떠난 지 10~20일 만에 갑자기 심장병에 걸렸습니다. 병든 8~9일 동안 귀신에게 빌고 점도 치고 별별 약을 다 먹여도 낫지 않더니 결국 죽었어요. 나만 불쌍하게 남겨두고!"

옆집 왕 노파가 서문경의 말을 듣고 거짓말이 들통날까 두려워 반금련을 도와 얼버무리려고 즉시 달려왔다. 무송이 애매한 대답을 듣고 또 말했다.

"우리 형이 이런 병에 걸린 적이 전혀 없었는데 어째서 심장병으로 죽었단 말이오?"

왕 노파가 말했다.

"이보시오 도두, 어떻게 그렇게 말하시오! '하늘의 풍운은 예측할 수

3_ 김성탄 왈: 남편이 죽어 우는데 '울음을 멈추시오'라고 한 것은 어찌 영웅이 몹시 매정해서 이겠는가? 무릇 울음에도 남자가 있고 여자가 있다. 감정에 북받쳐 스스로 억제하지 못하고 대성통곡하여 아무것도 남기지 않는 것이 남자가 우는 법이다. 대저 소매를 펼쳐 얼굴을 파묻고 모기 소리를 내며 훌쩍이고 남을 욕하면서 우는 것이 여자가 우는 법이다. 왜 우는지 듣는 사람을 불편하게 할 따름이다.

없고, 사람의 화복은 영원한 것이 아니다'라고 했어요. 누가 무병장수한다고 장담할 수 있겠어요?"

부인이 생각했다.

'할멈이 나를 살려주는구나. 만일 저 할멈이 없었다면 나는 집게발 잃은 게 신세나 다름없었을 텐데. 어느 이웃이 나를 도와주겠어.'

무송이 말했다.

"지금 어디에 묻었소?"

부인이 말했다.

"나 혼자 어디에 가서 묘지를 찾겠어요? 어찌할 방법이 없어 삼일장만 마치고 화장했어요."

"형님이 언제 죽었습니까?"

부인이 말했다.

"이틀 지나면 49재입니다."

무송이 아무 말 없이 한나절을 망설이더니 곧 문을 나서 현 관아로 돌아와 문을 열고 자기 방 안에 들어가 소복으로 갈아입고 향병을 불러 마로 만든 띠를 허리에 묶었다. 날이 얇고 길며 자루는 짧고 등은 두터운 해완도解腕刀[4]를 몸에 감추고 은자를 챙겼다. 향병 한 명을 불러 방문을 잠그고 현 관아 앞에서 쌀과 밀가루, 양념 등과 향, 초, 지전을 샀다. 저녁에 집으로 돌아와 문을 두드렸다. 부인이 문을 열자 무송은

4_ 해완도解腕刀: 몸에 지니고 다니는 단도.

향병에게 국과 밥을 준비시켰다. 무송이 영전에 촛불을 켜고 술과 음식을 차렸다. 이경이 되자 무송이 단정히 준비하고 허리를 굽혀 엎드려 흘히며 말했다.

"형님의 넋은 어디에 계십니까. 살아 계실 때는 그렇게 나약하시더니, 오늘 돌아가신 뒤 원인조차 애매모호하군요. 당신이 만일 억울하게 죽임을 당했다면 꿈에라도 나타나 제게 말씀해주십시오. 그러면 이 동생이 원한을 갚아드리겠습니다!"

영전에 술을 뿌리고 지전을 불사르며 목을 놓아 울었다. 무송의 곡소리에 자석가 이웃들은 어느 누구도 두려움에 떨지 않는 사람이 없었다. 부인도 안에서 거짓으로 곡을 했다. 무송은 한 차례 울고 국과 밥 그리고 술과 안주를 향병과 함께 먹고 자리 두 곳을 마련해 향병은 중문 옆에서 자게 하고 무송은 영전 앞에 자리를 잡아 잠을 잤다. 부인은 이층에 올라가 계단 문을 잠그고 잤다. 대략 삼경의 시각인데도 무송은 뒤척거리며 잠을 이루지 못했고, 향병은 코를 드르렁 골며 죽은 사람처럼 자고 있었다. 자리에서 일어나 보니 영전 앞의 유리등이 꺼질 듯 말 듯 타고 있었다. 귀를 기울여 북소리를 들어보니 삼경 삼점을 알리고 있었다. 무송이 한숨을 쉬며 자리에 앉아 중얼중얼 독백했다.

'우리 형님이 살아서는 나약하고 우유부단하셨는데 돌아가셨다고 도리어 사리에 분명해질 리는 없을 텐데!'

말이 다 끝나기도 전에 영전을 모신 탁자 아래에서 냉기가 솟아올라 어둠 속을 선회하더니 등불도 어두워지고 벽 위의 지전이 어지럽게 날렸다. 냉기로 인해 무송은 모발이 거꾸로 섰는데 눈을 똑바로 떠서 바라보니 탁자 밑에서 한 사람이 튀어나와 소리질렀다.

"무송아, 나는 정말 비참하게 죽었다!"

무송이 잘 들리지 않자 앞으로 다가가 다시 살펴보았으나 아무런 냉기가 없고 사람도 보이지 않았다. 몸을 돌려 자리에 앉아 꿈인지 생시인지 생각하다가 향병을 돌아보니 한참 자고 있었다. 무송이 다시 곰곰이 생각했다.

'형님의 죽음은 석연치 않다. 방금 뭔가 알리려 한 것 같은데 내 기가 몹시 세서 영혼이 흩어지고 말았구나.'

마음에 간직하고 날이 밝기를 기다렸다.

날이 점차 밝아지자 향병이 일어나 물을 데웠고, 무송은 세수하고 이를 닦았다. 부인이 내려와 무송을 보고 말했다.

"도련님, 밤에 번거로운 일은 없으셨나요?"

무송이 냉정하게 물었다.

"형수님, 우리 형님이 대체 무슨 병에 걸려 죽은 겁니까?"

"도련님, 어째 잊으셨어요? 어젯밤에 심장병에 걸려 돌아가셨다고 이미 도련님께 말씀드렸잖아요."

"누가 지은 약을 먹었습니까?"

"약방이 여기 있으니 보세요."

"관은 누가 샀습니까?"

"옆집 왕 노파에게 사달라고 부탁했습니다."

"관은 누가 날랐습니까?"

"우리 현 단두 하구숙이 모든 걸 맡아 처리했어요."

무송이 드디어 어떻게 사건을 조사해야 하는지 단서를 잡았다.

"그랬군요. 저는 먼저 관아에 출근해 일을 마치고 돌아오겠습니다."

일어나서 향병과 함께 자석가 골목 입구에 나와 물었다.

"하구숙을 아느냐?"

"도두는 벌써 잊으셨습니까? 전에 도두를 찾아와서 축하드린 적이 있습니다. 그는 사자가獅子街 골목 안에 살고 있습니다."

"거기로 가자."

향병이 무송을 하구숙의 집 앞에 안내했다.

"너는 먼저 돌아가거라."

향병을 돌려보내고 무송이 문을 밀며 소리질렀다.

"하구숙은 집에 계시오?"

하구숙이 막 잠자리에서 일어났는데 무송이 왔다는 소리를 듣고 놀라 허둥거리며 두건도 바로 쓰지 못하고 급하게 은자와 유골을 몸에 숨기고 나와 맞으며 물었다.

"도두께서는 언제 돌아오셨습니까?"

"어제 돌아왔소. 내가 할 말이 있으니 자리를 옮겨서 이야기 좀 나누었으면 합니다. 함께 가시지요."

"소인이 금방 가겠습니다. 도두, 잠시 차 한잔 하시지요."

"괜찮습니다. 차는 필요 없습니다."

두 사람이 함께 골목을 나와 작은 주점에 앉고 술 두 병을 시켰다. 하구숙이 몸을 일으켜 말했다.

"소인이 도두를 대접한 적이 없는데 무슨 이유로 도리어 접대를 받겠습니까?"

"아무 말 말고 그냥 앉아 계시오."

하구숙은 속으로 모두 짐작하며 마음의 준비를 했고, 무송은 아무 말 없이 점소이가 따라주는 술만 마시고 있었다. 하구숙은 무송이 아무 말도 하지 않는 것을 보고 긴장하여 손에 땀을 쥐며 무슨 말이라도 해주기를 기다렸으나, 무송은 입도 열지 않고 아무 말도 하지 않았다. 술 몇 잔을 마시고 무송은 옷을 들어올리더니 휙 하고 날카로운 칼을 뽑아 탁자에 꽂았다. 술을 따르던 사람은 놀라 감히 나가지도 못한 채 꼼짝 못하고 서 있었고, 하구숙은 얼굴이 새파랗게 질려 숨도 제대로 쉬지 못했다. 무송이 두 소매를 걷으며 칼을 손에 잡고 하구숙을 가리키며 말했다.

"내가 비록 거칠고 무식하지만 '복수를 하려면 원수를 찾아야 하고, 빚을 받으려면 빚쟁이를 찾아야 한다'는 말은 알고 있다. 너는 두려워하지 말고 형이 죽은 이유를 아는 대로 하나하나 말한다면 아무 일 없을 것이다. 내가 당신을 상하게 한다면 사내가 아니다. 만일 조금이라도 거짓이 있다면 이 칼로 당장 그 몸에 구멍 300~400개를 남겨주겠다! 쓸데없는 말은 필요 없고 우리 형 시신이 어떤 상태였는지만 말해라."

무송이 말을 마치고 양손으로 무릎을 누르며 원한에 가득 찬 두 눈을 둥그렇게 뜨고 바라보았다. 하구숙은 소매에서 작은 주머니를 꺼내 탁자에 놓고 말했다.

"도두, 잠시만 참으십시오. 이 자루에 중요한 증거가 들어 있습니다."

무송이 손으로 열어 주머니 안에 든 것을 살펴보니 푸석하고 검은 뼈 두 조각과 10냥짜리 은자였다.

"이것이 무슨 증거란 말이오?"

"소인은 어떻게 해서 일이 그렇게 되었는지는 전혀 알지 못합니다. 하지만 정월 22일 집에 있는데 갑자기 찻집을 하는 왕 노파가 찾아와 무대의 시신을 염해달라고 소인을 불렀습니다. 그래서 소인이 자석가 입구에 들어서는데 현 관아 앞에서 약재상을 하는 서문경이 길을 막아서서 함께 주점 안에 들어가 술 한 병을 마셨습니다. 서문경은 10냥을 꺼내 소인에게 주며 '시체를 염할 때 아무 일이 없게 잘 무마시켜주게'라고 분부했습니다. 소인은 옛날부터 이 사람이 교활하고 흉악한 사람이라 자기 말을 듣지 않으면 가만있지 않을 것이란 사실을 잘 알고 있었습니다. 이에 술과 음식을 먹고 이 은자를 받았습니다."

하구숙은 긴장하여 목이 타서 술을 한 잔 들이켰다.

"무 대랑의 집으로 가서 천추번을 벗겨보니 얼굴의 일곱 구멍에 울혈이 있고 입술에 이빨 자국이 있는 것을 보고 분명히 살아서 독살된 시신이라는 것을 알았습니다. 소인이 본래 소란을 피우려고 했으나 생각해보니 아무도 소인을 도와 함께 나설 사람이 없었습니다. 그의 부인은 이미 무대가 심장병에 걸려 죽었다고 했습니다. 그래서 소인은 스스로 혀를 깨물고 귀신 들린 사람으로 위장하여 집에까지 부축받아 왔습니다. 단지 일꾼들에게 시신을 염하게 하고 저는 한 푼도 받지 않았습니다. 셋째 날, 시신을 옮겨 화장한다는 말을 듣고 소인이 지전을 사고 화장하는 산에 가서 거짓으로 인정을 베푸는 척했습니다. 왕 노파와 부인을 돌려보내고 몰래 이 뼈 두 조각을 주워 싸서 집으로 가져왔습니다. 이처럼 유골이 푸석하고 검게 변한 것은 독약에 의해 죽었다는 증거입니다. 이 종이에 연월일시와 장례를 지낸 사람의 이름을 적었습니다. 소인이 할 말은 여기까지입니다. 나머지는 도두께서 자세히 조사하시기 바랍니다."

"간통한 자는 누구요?"

"그 사람이 누군지는 모르겠습니다만 거리의 풍문을 들으니 배를 파는 운가가 전에 형님과 찻집에 가서 간통한 사람을 잡았다고 합니다. 이 거리에 모르는 사람이 없다고 합니다. 도두께서 자세히 알고 싶으시면 운가에게 물어보십시오."

"네. 이렇게 됐으니 이 사람을 같이 찾아봅시다."

무송이 칼을 거두며 유골과 은자를 집어넣고 술값을 계산한 후 하구숙과 운가의 집으로 갔다. 집에 다다르자 어린 운가가 버드나무 바구니를 손에 들고 쌀을 사서 돌아오던 중이었다. 하구숙이 말했다.

"운가야, 너 이 도두를 아니?"

"호랑이를 현 관아로 끌고 오는 날 알았습니다. 두 분께서 무슨 일로 저를 찾아오셨어요?"

운가는 이미 눈치를 채고 말했다.

"단 한 가지 걸리는 일이 있어요. 우리 아버지가 예순한 살인데 부양할 사람이 없어서 아저씨들과 함께 송사놀이를 할 수 없습니다."

"운가야, 너는 정말 착한 아이구나!"

무송이 몸에서 은자 5냥을 꺼냈다.

"너 이 돈을 너희 아버지 생활비로 줄 테니 나랑 얘기 좀 하자."

운가가 속으로 생각했다.

'5냥이면 어떻게라도 3·5개월은 충분히 쓸 수 있을 테니 같이 송사를 벌여도 상관없겠군.'

집 안으로 들어가 은자와 쌀을 아버지에게 주고 두 사람과 함께 골목을 나와 한 반점 이층에 올라갔다. 무송이 밥 3인분을 시키고 운가에게 말했다.

"운가야, 너는 비록 나이는 어리지만 부모를 공양하는 효심이 있구나. 방금 네게 준 은자는 생활비로 쓰거라. 내가 너를 쓸 곳이 있느니라. 일이 끝나면 내가 다시 네게 14~15냥 은자를 밑천으로 주마. 네가 나에게 자세히 좀 말해다오. 네가 어떻게 우리 형님과 함께 찻집에 가서 간음하는 현장을 잡았니?"

"제가 말씀드릴 테니 화내지 마세요. 금년 정월 13일 배를 들고 서문경을 찾아 팔아먹으려고 온 동네를 다 찾았는데 찾을 수가 없었어요. 사람들에게 물으니 '서문경은 자석가 왕 노파 찻집에서 취병 파는 무대의 마누라와 함께 있다. 만일 벗겨 먹으려면 매일 거기로 가거라' 했어요. 그 말을 듣고 바로 찾아갔는데 늙은 개돼지 같은 왕 노파 년이 막아서며 들여보내지 않잖아요. 말 몇 마디로 속을 까발렸더니 개돼지 같은 년이 꿀밤을 때리며 꼬집고 쫓아내는 바람에 배를 길바닥에 다 쏟았어요. 화도 나고 억울해서 무대 아저씨를 찾아가 모든 일을 자세하게 말했더니 간통 현장을 잡으려고 하더라고요. 내가 '서문경이란 놈의 무예 솜씨가 대단해서 아저씨는 안 돼요. 아저씨가 잡지 못해서 도리어 고발당하면 안 되잖아요. 내일 아저씨와 함께 골목 입구에서 만나요. 아저씨는 취병을 금방 팔 수 있게 조금만 가져오세요. 서문경이 찻집에 오면 제가 먼저 들어갈 테니 아저씨는 멜대를 놓고 기다리세요. 내가 광주리를 던지는 것을 보면 아저씨가 들어가 간통 현장을 잡으세요'라고 말했어요. 나는 그날 배 광주리를 들고 찻집에 가서 저를 욕한 늙은 개돼지 년에게 욕을 퍼부었더니 할망구가 다시 나를 때렸어요. 광주리를 거리에 던지고 머리로 늙은 개를 벽으로 몰아붙였어요. 무대 아저씨가 달려 들어가니 할망구가 막으려고 하는데 나한테 막혀서 '무 대랑이 왔다!'라고 소리를 지르는 수밖에 없었어요. 안의 둘은 오히려 힘껏 문을 막아서고, 무대 아저씨는 방 밖에서 소리만 질렀지요. 갑자기 서문경이란 놈이 문을 열고 뛰쳐나와 아저씨를 발로 차서 쓰러뜨렸어요. 부인이 뒤따라 나와 아저씨를 부축했지만 꼼짝도 하지 않는 것을 보고 나는 황급하게 달아났어요. 그러고는 5~7일이 지나 아저씨가 죽었다는 이야기를 들었어요. 어떻게 죽었는지는 모르겠어요."

무송이 말했다.

"네 말이 사실이냐? 너 절대 거짓말해서는 안 된다."

"관아에 가더라도 이렇게 말할 거예요."

"맞는 말이다. 꼬마야."

밥을 먹고 밥값을 지불한 후 세 사람은 아래층으로 내려왔다. 하구숙이 말했다.

"소인은 물러나겠습니다."

"잠시 나를 따라오시오. 두 사람은 모두 나와 함께 현청으로 가 증언을 해주어야겠소."

둘을 데리고 현 대청으로 갔다.

지현이 보고 물었다.

"무 도두, 무슨 고발이라도 하려는 것인가?"

"서문경과 형수가 간통을 하고 소인의 친형 무대를 독살했습니다. 이 두 사람이 증인이오니 상공께서 처결해주시기 바랍니다."

지현이 먼저 하구숙과 운가의 진술을 듣고 당일 현 서리와 상의했다. 원래 현 서리는 서문경과 한통속이었고, 지현 역시 말할 것도 없었다. 그래서 관리가 함께 상의한 후 말했다.

"이 일은 송사를 진행하기 어렵습니다."

지현이 무송에게 말했다.

"무송, 너도 본현 도두이니 법도를 모르지는 않을 것이다. 자고로 '간통범을 잡으려면 둘 다 잡아야 하고, 도둑을 잡으려면 훔친 물건을 찾아야 하며, 살인범을 잡으려면 시신이 있어야 한다'고 했다. 자네 형의 시신도 없고 직접 간통 현장을 잡은 적도 없다. 지금 이 두 사람의 말만 가지고 살인 사건으로 송사를 진행한다면 지나치게 편파적이 아니겠는가? 자네는 너무 서두르지 말고 스스로 생각해보고 될 것 같으면 해보게나!"

무송이 품안에서 유골 두 개, 은자 10냥과 하구숙이 기록한 종이 한 장을 꺼내며 말했다.

"상공께 아룁니다. 이 증거는 절대 소인이 날조한 것이 아닙니다."

지현이 물증을 받아 살펴보고는 말했다.

"자네는 일단 나가서 기다리게. 다시 잘 상의해보겠다. 그래서 처결할 수 있다면 내가 다시 체포하여 심문할 수 있도록 하겠다."

무송이 하구숙과 운가를 방에서 기다리게 했다. 그날 서문경이 소식을 듣고 심복을 현 관아에 보내 관리들에게 돈을 뿌렸다.

다음 날 새벽 무송이 대청에서 지현에게 범인을 체포하게 해달라고 재촉했다. 누가 생각했으랴. 지현은 뇌물을 탐내어 유골과 은자를 돌려주고 달래며 말했다.

"무송, 남들의 이간질을 듣고 서문경을 의심하지 말게나. 이 사건은 증거가 명확하지 않아 심문하기 어렵다네. 성인이 말씀하시기를 '친히 본 일도 오히려 진실이 아닌데, 남들이 뒤에서 하는 말을 어떻게 모두 믿을 수 있겠는가?'라고 했네. 일시의 충동으로 경솔한 일 하지 말게."

옥리가 지현을 도와 말했다.

"도두, 일반적으로 살인 사건은 반드시 시체, 상처, 병력, 물증, 현장의 흔적 다섯 가지가 모두 갖추어져야 추궁할 수 있습니다."

그렇다고 무송이 순순히 물러설 사람이 아니었다.

"상공께서 소송을 받아들이지 않겠다면 다른 방법을 찾아보겠습니다."

은자와 유골을 돌려받아 다시 하구숙에게 가지고 있도록 주었다. 대청에서 내려와 자기 방에 가서 향병을 불러 밥을 준비시켜 하구숙과 운가에게 먹였다.

"방에서 잠시 기다리고 있으면 곧 돌아오겠소."

다시 향병 두세 명을 데리고 현 관아를 나와 벼루, 필묵을 준비하고 종이 3~5장을 사서 몸에 넣었다. 향병 두 명을 불러 돼지머리, 거위 한 마리, 닭 한 마리, 술 한 단과 과일을 사게 하여 집 안에 준비하도록 했다. 대략 사시에 향병을 데리고 집으로 돌아왔다.

부인은 이미 소송이 허가되지 않았다는 소식을 듣고 마음을 놓으며 두려움 없이 대담하게 무송이 어떻게 나오나 보려고 했다. 무송이 말했다.

"형수, 내려오시지요. 할 말이 있습니다."

부인이 천천히 일층으로 내려와 물었다.

"무슨 할 말이 있나요?"

"내일은 형님의 49재입니다. 형수가 이전에 여러 이웃께 걱정을 끼쳐 드렸으니 내가 오늘 특별히 술을 준비하여 형수님 대신 이웃들에게 감사하려고 합니다."

부인이 눈 하나 깜빡하지 않고 말했다.

"그 사람들한테 뭐하러 감사한단 말이에요?"

"예의상 그냥 넘길 수 없습니다."

향병을 불러 먼저 영전 앞에 촛불 두 촉을 밝게 켜고 향을 살랐다. 지전을 한 무더기 벌여놓고 제물을 영전에 가득 놓았으며 술과 음식, 과일을 차렸다. 향병 하나를 불러 뒤에 가서 술을 데우게 하고, 남은 둘을 불러 문 앞에 탁자와 의자를 준비하게 했고 다시 앞뒤 문을 지키도록 했다.

모든 지시가 끝나자 무송이 말했다.

"형수가 와서 손님 좀 대접하시오. 나는 손님을 모셔오겠소."

먼저 옆집 왕 노파를 청했다. 노파가 말했다.

"도두님, 번거롭게 괜한 낭비 하지 마시오."

"여러 가지로 할멈을 번거롭게 했으니 이렇게라도 해야 도리에 합당할 것이오. 먼저 술 한잔 준비했으니 사양하지 마시오."

노파는 가게 간판을 거두고 문을 닫은 다음 후문으로 들어왔다. 무송이 말했다.

"형수는 주인석에 앉고 할멈은 맞은편에 앉게."

노파는 서문경의 말을 들어 이미 알고 있었으므로 안심하고 술을 마셨다. 둘은 속으로 생각했다.

'무슨 짓을 하려는지 한번 구경이나 해보자.'

무송이 은장신구점을 연 요이랑姚二郎 요문경姚文卿을 불렀다. 이랑이 말했다.

"소인이 바쁘기도 하고 도두를 번거롭게 하고 싶지 않습니다."

무송이 붙들고 말했다.

"변변찮은 술 한잔이라 오래 걸리지 않을 것이니 집으로 가시지요."

요이랑은 어쩔 수 없이 따라와 왕 노파 옆에 앉았다. 다시 나가 두 집을 더 불렀다. 하나는 지마포紙馬鋪5를 운영하는 조사랑趙四郎 조중명趙仲銘이었다. 사랑이 말했다.

"소인은 장사가 바빠 함께 갈 수 없습니다."

5_ 지마포紙馬鋪: 제사에 쓰이는 향, 초, 종이 말을 파는 상점.

"그러면 안 돼지요! 다른 이웃들이 모두 거기에 와 있습니다."

꼼짝 못하고 무송에게 끌려 집으로 왔다. 무송이 말했다.

"이 어르신은 아버지와 같은 사람이니 형수님 옆에 앉으시지요."

또 문 맞은편에서 술을 파는 호정경胡正卿을 불렀다. 그 사람은 원래 서리 출신으로 난처해했으나 어떻게 뿌리칠 수 있겠는가? 무송은 상관하지 않고 끌어다가 조사랑 다음 자리에 앉혔다. 무송이 물었다.

"왕 노파, 당신 옆집에는 누가 사시오?"

"그 집에는 혼돈을 파는 장공張公이 삽니다."

장공은 마침 집 안에 있었는데 무송이 들어오는 것을 보고 놀라며 말했다.

"도두, 무슨 일 있습니까?"

"이웃에 신세를 많이 져서 집에서 변변찮은 술 한잔 대접하려고 합니다."

노인이 말했다.

"아이고, 늙은이가 도두 집에 예의 한번 차린 적 없었는데 어찌 나를 술자리에 청하시오?"

"예의를 지키지 못했습니다. 집에 가시지요."

노인은 무송에게 거의 강제로 끌려와 요이랑 어깨 아래에 앉았다. 어찌서 먼저 와 앉아 있던 사람들이 가지 않았을까? 이들은 향병이 앞뒤로 문을 지키고 있어 감금당한 것과 다를 것이 없었다.

네 명의 이웃을 청했고 왕 노파와 형수까지 합쳐 모두 6명이었다. 무송이 의자를 가져다가 가로로 앉아 향병에게 문을 모두 닫으라고 명했다. 뒤쪽에 있던 향병이 다가와 술을 따랐다. 무송이 큰 동작으로 인사하며 말했다.

"여러 이웃분은 소인을 거칠다고 욕하지 마시고 대강 조금이라도 드시기 바랍니다."

이웃들이 말했다.

"소인들은 아무도 도두님을 환영해준 적이 없는데 오늘 도리어 번거로움을 끼치는군요!"

무송이 웃으며 말했다.

"정성이 부족하더라도 비웃지 마십시오."

향병이 술을 따라주었고 사람들은 각자 속으로 별의별 생각을 품고 있었으나 아무도 어떻게 해야 할지 몰랐다. 술이 세 번 돌자 호정경이 일어나면서 말했다.

"소인이 좀 바빠서 가봐야겠는데요."

무송이 말했다.

"갈 수 없습니다! 이미 여기에 오셨으니 바쁘시더라도 앉아 계시오."

호정경은 마음이 불안하고 초조하여 안절부절못하며 속으로 생각했다.

'좋은 뜻으로 우리를 불러 술을 먹이는 것 같더니, 어째서 이렇게 사람을 꼼짝 못하게 하는 거지?'

불만이 있어도 그냥 앉아 있을 수밖에 없었다. 무송이 말했다.

"다시 술을 따라라."

향병이 네 번째 잔을 따르고 전후 일곱 잔을 마셨는데 사람들은 여태후의 연회6에 참석한 것처럼 억지로 마시지 않을 수 없었다. 무송이 향병을 불러 말했다.

"술상을 모두 치워라. 나중에 다시 마시겠다."

탁자를 닦는데 사람들이 일어나려고 하자 무송이 두 손으로 일어나지 못하게 막으며 말했다.

"지금 막 말하려던 참이오. 여기 계신 이웃들 중에 글을 쓸 수 있는 사람이 있소?"

요이랑이 말했다.

"여기 호정경이 잘 씁니다."

무송이 인사하며 말했다.

"번거롭겠지만 부탁합니다."

두 소매를 걷고 옷 밑에서 휙 하고 날카로운 칼을 꺼내 오른손 네 손가락으로 손잡이를 감아쥐고 엄지손가락으로 슴베를 누르더니 원한에 가득 찬 두 눈을 둥그렇게 뜨고 말했다.

"이 자리에 계신 이웃 여러분, 원수를 갚으려면 원수가 있어야 하고 빚을 갚으려거든 빚쟁이가 있어야 합니다. 여기에 계신 여러분이 증인

6_ 여태후의 연회: 한 고조 유방이 죽은 다음 그의 아내 여치呂雉가 독재를 했는데, 사람들이 여태후呂太后라 불렀다. 여치가 군신들을 청하여 술을 마시면서 유장劉章에게 술자리를 관리하는 역할을 맡겼다. 군법으로 술을 권했는데 여태후의 친척 한 사람이 술을 마시지 않자 그 자리에서 죽이니 아무도 술자리를 떠나지 못했다. 이후에 불편한 술자리를 '여태후의 술자리'라고 불렀다.

이 되어주시기 바랍니다!"

무송이 왼손으로 형수를 붙들고 칼을 잡은 오른손으로 왕 노파를 가리켰다. 네 이웃은 눈을 둥그렇게 뜨고 입을 벌린 채 놀라 어떻게 해야 할 줄 몰라 서로 얼굴만 바라보며 아무 소리도 못했다. 무송이 말했다.

"여러분 나를 탓하지 말고 놀라지도 마시오! 무송이 비록 거친 사내지만 죽음도 무서워하지 않고 '한이 있으면 풀고, 원수가 있으면 복수하는 것'은 압니다. 여러분은 결코 해치지 않을 테니 번거롭겠지만 증인이 되어주시오. 만일 한 사람이라도 먼저 간다면 무송이 태도를 바꾸더라도 탓하지 마시오. 먼저 가시려면 칼맛을 5~7번 보고 돌아가십시오. 무송이 나중에 그 사람에게 목숨을 내놓아도 상관없소."

다들 놀라 눈을 크게 뜨고 입을 벌린 채 아무도 감히 움직이지 않았다. 무송이 왕 노파를 바라보고 큰 소리를 질렀다.

"너 이 늙은 개돼지 같은 년은 들거라! 네년 때문에 형님께서 돌아가신 것을 모두 알고 있다. 나중에 다시 네게 묻겠다!"

얼굴을 돌려 반금련을 바라보고 욕하며 말했다.

"너 이 음탕한 년은 들거라! 네가 우리 형님을 어떻게 살해했느냐? 사실대로 말하면 내가 너를 용서하겠다."

부인이 말했다.

"도련님, 이게 무슨 짓이에요? 형님은 심장병에 걸려 죽었는데 나랑 무슨 상관이 있습니까."

말이 다 끝나기 전에 무송이 '팍' 하고 칼을 탁자 위에 꽂으며 왼손으로 부인 쪽을 붙잡더니 오른손으로 가슴 사이를 잡고 들어올렸다. 발로 탁자를 차서 쓰러뜨리고 탁자를 사이에 두고 부인을 가볍게 들어올려 영전 앞에 뒤집어놓고 두 다리로 밟고 올라탔다. 오른손으로 칼을 뽑아 왕 노파를 가리키며 말했다.

"늙은 개돼지야. 네가 사실대로 불어라!"

노파는 벗어나려고 해도 벗어날 수 없음을 알고 말할 수밖에 없었다.

"도두께서는 고정하십시오. 제가 털어놓겠습니다."

무송은 향병에게 종이와 묵, 붓, 벼루를 가지고 오게 하여 탁자 위에 올려놓고 칼로 호정경을 가리키며 말했다.

"번거롭겠지만 한 마디 들을 때마다 한 마디씩 적어라."

호정경이 덜덜 떨면서 말했다.

"소, 소인……바, 받아……적겠습……니다."

물을 받아 먹을 갈기 시작했다. 호정경이 붓을 잡고 종이를 펼치고 말했다.

"왕 노파, 사실대로 이야기하게."

"나랑 상관없는 일인데 무엇을 이야기하란 말입니까?"

"늙은 개돼지야. 내가 모두 알고 있는데 네가 잡아떼려느냐! 네가 말하지 않는다면 내가 이 음탕한 년을 먼저 토막내고 너 늙은 년을 죽이겠다!"

칼을 들어 부인의 얼굴을 향해 내리그었다.

부인이 피를 흘리며 다급하게 말했다.

"도련님, 살려주세요! 저를 놓아주시면 다 말하겠습니다."

무송이 부인을 들어 무대의 영전에 꿇리고 말했다.

"음탕한 년아 빨리 불어라!"

부인은 놀라 혼백이 다 나가 사실대로 불기 시작했다. 그날 발을 걷다가 서문경을 맞힌 일부터 시작하여 옷을 만들다가 통정하기까지 하나하나 설명했다. 그리고 나중에 어떻게 무대를 발로 차게 됐고, 어떻게 약을 탈 것인지 계획하고 어떻게 처리하도록 왕 노파가 교사했는지 처음부터 끝까지 모두 털어놓았다. 무송은 반금련이 한 마디 말하면 호정경에게 한 마디 쓰게 했다. 왕 노파가 말했다.

"버러지 같은 년아! 네가 그렇게 술술 불어버리면 내가 어떻게 잡아떼란 말이야? 네가 나까지 죽이려는 게야?"

왕 노파도 인정할 수밖에 없었다. 호정경이 노파의 진술을 처음부터 끝까지 빠짐없이 적었다. 반금련과 왕 노파 둘을 불러 서명을 하고 네 명의 이웃에게 이름을 적고 수결하게 했다. 향병을 불러 요대를 풀게 하고 등 뒤로 늙은 개의 팔을 묶고 진술서를 둘둘 말아 가슴속에 꽂아 넣었다. 향병을 불러 술을 가져오게 하여 영전에 올린 후 부인을 끌어다 영전 앞에 무릎 꿇리고 그 늙은 개 또한 고함을 질러 영전 앞에 꿇게 한 다음 눈물을 흘리며 말했다.

"형님, 영혼이나마 가까이에서 지켜보고 계신가요. 오늘 동생 무송이 원수를 갚겠습니다!"

향병에게 지전을 사르도록 했다.

부인이 돌아가는 형세가 좋지 않자 소리를 지르려고 하는데, 무송이 뒤통수를 틀어쥐고 반대로 뒤집더니 두 발로 그녀의 두 팔을 밟고 앞가슴의 옷을 찢었다. 순식간에 날카로운 칼로 가슴을 가른 다음 칼을 입에 물고 두 손으로 가슴을 벌려 심장, 간, 오장을 꺼내 영전에 올렸다. '철컥' 소리와 함께 부인의 목을 자르자 온 바닥에 피가 흘렀다. 네 이웃은 눈을 감고 얼굴을 가렸다. 무송의 흉악한 행동을 보고도 감히 말리지 못하고 보고 있을 수밖에 없었다. 무송은 향병을 불러 이층에 가서 이불 한 채를 가져오게 하여 부인의 머리를 싸맸으며 칼을 닦아 칼집에 넣었다. 손을 씻고 인사를 하며 말했다.

"여러분 수고하셨습니다. 너무 나무라지 마십시오! 여러분 이층에 잠시 앉아 계시면 무송이 금방 돌아오겠습니다."

이웃 네 사람은 서로 바라보며 감히 따르지 않을 수 없어서 이층에 올라가 앉았다. 향병들에게 분부하여 노파를 이층에 끌고 가 계단 문을 잠그고 다른 향병 둘은 아래층에서 지키게 했다.

무송이 부인의 머리를 싸서 들고 바로 서문경의 약재상으로 가 관리인을 보고 인사하며 물었다.

"대관인 계십니까?"

"방금 나갔습니다."

무송이 말했다.

"잠시 이쪽으로 오셔서 한 말씀 합시다."

그 관리인도 무송을 조금 알아서 감히 나가지 않을 수 없었다. 무송이 관리인을 끌고 점포 옆 후미진 골목으로 들어가 별안간 얼굴색을 바꾸며 말했다.

"너 살고 싶냐 죽고 싶냐!"

관리인이 당황해서 말했다.

"도두님 왜 이러십니까? 소인은 아무런 잘못도 범한……"

"네가 죽으려거든 주둥이 다물고 서문경이 어디 갔는지 말하지 말거라. 살고 싶으면 어디 있는지 사실대로 털어놓아라."

"바, 방금 아는 사람과 사자교 아래 대주점에 가서…… 가서 술을……"

무송이 그 말을 다 듣지 않고 몸을 돌려 떠났다. 그 관리인은 놀라 한참 동안 걷지도 못하다가 간신히 혼자 돌아갔다.

무송이 한 치의 망설임도 없이 사자교 아래 주점 앞에 가서 주보에게 물었다.

"서문경 대인이 누구와 술을 마시고 있느냐?"

"한 갑부와 이층 거리가 보이는 방 안에서 술을 마시고 있습니다."

바로 이층으로 올라가 방 앞에서 살펴보니 서문경이 창가 주인석에 앉고 맞은편에 손님이 자리를 잡았는데 노래하는 기녀 둘이 양쪽에 모시고 있는 것이 보였다. 무송이 이불을 펴서 터니 피가 잔뜩 묻은 머리가 굴러떨어졌다. 왼손으로 머리를 잡고 오른손으로 칼을 뽑아 발을 걷고 안으로 들어가 부인의 머리를 서문경의 얼굴에 던졌다. 서문경이 무송을 알아보고 놀라 소리를 질렀다.

"아이고!"

의자에서 튀어올라 한 발로 창문 난간을 밟고 길을 찾아 도망가려고 했으나 아래가 길거리라 뛰어내리지 못하고 속으로 당황했다. 눈 깜짝할 사이에 무송은 손으로 탁자를 짚고 풀쩍 뛰어오르더니 잔과 접시를 모두 발로 찼다. 노래하는 기녀 둘은 놀라 움직이지도 못했고 같이 있던 갑부도 손발을 허우적거리더니 뒤로 자빠졌다.

　서문경은 무송이 무서운 기세로 달려오는 것을 보고 속임 동작으로 손을 뻗는 척하더니 오른발을 날렸다. 무송은 무작정 달려오다가 다리가 날아오는 것을 보고 몸을 피했으나 무송의 오른손에 명중했다. 칼이 날아가 길 가운데로 떨어졌다. 서문경은 칼이 발에 맞아 날아간 것을 보고 속으로 무송을 두려워하는 마음이 사라졌고 오른손으로 겨누는 척하다가 왼손으로 무송의 명치를 겨냥하고 쳤다. 무송이 피하며 공격해 들어오는 서문경을 겨드랑이에 끼어 왼손으로 그의 머리를 어깨로 들어올리고 오른손으로는 왼쪽다리를 거머쥐고 소리쳤다.

　"내려가라!"

　서문경은 첫째, 원귀가 붙었고, 둘째, 하늘이 용납할 수 없었으며, 셋째, 무송의 초인적인 힘을 당해낼 수가 없었다. 머리가 아래로 가고 다리는 위로 향한 채 거꾸로 거리 가운데로 떨어져 한동안 기절하고 말았다. 길을 지나던 사람들이 모두 놀랐다. 무송은 손을 뻗어 의자 밑에서 반금련의 머리를 주워 창문으로 몸을 내밀고 아래로 뛰어내렸다. 먼저 칼을 바닥에서 집어 손에 잡고 서문경을 보니 이미 정신이 반쯤 나가 땅바닥에 뻣뻣하게 누워 눈알만 움직이고 있었다. 무송이 몸을 누르고 칼을 들어 서문경의 목을 잘랐다. 머리 두 개를 하나로 묶어 손에 들고 남은 손으로 칼을 잡은 채 자석가로 돌아왔다. 향병을 불러 문을 열게 하고 머리 두 개를 영전에 공양하고 차가운 술을 뿌렸다. 다시 눈물을 흘리며 말했다.

　"형님 혼령이 보고 계시다면 이제 하늘로 올라가십시오! 동생이 이미 복수하여 간부와 음부를 죽였으니 신위는 오늘 태우겠습니다."

향병을 불러 이층에서 이웃을 내려오게 하고 왕 노파를 앞에 데려왔다.

무송이 칼을 들고 머리 두 개를 들이 다시 네 이웃에게 말했다.

"내가 다시 여러 이웃에게 한마디 하려 하니 아무 데도 못 갑니다."

이웃들은 모두 두 손을 모아 잡고 함께 말했다.

"도두께서 말씀하시면 우리는 따르겠습니다."

제 2 6 회
십자파에서의 대결[1]

무송이 네 이웃을 향하여 말했다.

"소인이 지금 형님의 원수를 갚느라 살인이라는 대죄를 범했지만 죽어도 원망하지 않습니다. 방금 이웃들을 몹시 놀라게 했습니다. 소인이 여기를 떠나면 죽을지 살지 알 수 없습니다. 우리 형님의 영정은 지금 불태워버릴 것입니다. 집 안에 남아 있는 물건은 여기 이웃 분들이 팔아 제가 옥에 들어가면 비용으로 써주시길 바랍니다. 지금 현 관아로 자수하러 가니 여러분은 소인의 죄가 가벼워지건 무거워지건 상관 마

---

[1] 26장 모야차가 맹주도에서 인육을 팔다母夜叉孟州道賣人肉. 무 도두가 십자파에서 장청을 만나다武都頭十字坡遇張靑.

시고 사실대로 증언해주시길 바랍니다."

즉시 무대의 영패와 지전을 모두 불살라버렸다. 이층에서 상자 두 개를 가져다가 열어보고 이웃에게 주어 팔아 돈으로 바꾸게 했다. 그러고 나서 노파를 끌며 사람 머리 둘을 가지고 현 관아로 갔다. 이 소식이 퍼져나가자 양곡현이 떠들썩하게 들끓었으며 구경하러 거리에 나온 사람이 얼마나 많은지 셀 수도 없었다. 지현이 사람들의 보고를 듣고 깜짝 놀라 바로 현청 정당에 올랐다. 무송이 노파를 끌고 대청 앞에 무릎 꿇고 살인에 사용한 칼과 머리 두 개를 계단 아래에 놓았다. 무송은 왼쪽에 꿇어앉고, 노파는 중간에 꿇어앉았으며, 네 이웃은 오른쪽에 꿇어앉았다. 무송이 가슴 안에서 호정경이 쓴 진술서를 꺼내 처음부터 끝까지 한 차례 읽었다. 지현은 왕 노파의 진술을 다시 들었고, 노파는 진술서와 같으므로 내용을 번복하지 않았으며, 네 이웃도 모두 사실임을 증언했다. 다시 하구숙과 운가를 불러 명백한 진술을 들었다. 즉시 오작인과 서리 한 명을 파견하여 약간 명을 데리고 자석가로 가서 부인의 시신을 검시했고, 또 사자교 아래 주점 앞에서 서문경의 시신도 확인했다. 검시표를 자세하게 채우고 현으로 돌아와 제출하여 입안했다. 지현은 무송과 노파에게 칼을 채우고 옥에 가두었고, 이웃들은 잠시 문간방에 가두었다.

지현은 무송이 의로운 사내대장부이고 또 자신을 위하여 북경에 다녀온 일을 생각하여 어떻게 해서든 무송을 살리려고 했다. 또 여러 가지 그의 장점을 생각하여 서리들과 상의하여 말했다.

"무송 이놈은 의리 있는 사내이니 사람들의 진술조서를 새로 만들면 어떻겠는가. '무송은 죽은 형의 제사를 지내려고 했는데 형수가 제사를 용납하지 않아 서로 다투었다. 부인이 영전을 모신 탁자를 밀어 쓰러뜨리자, 무송이 형의 신주를 구하려고 다투다 실수로 형수를 죽였다. 나중에 서문경이 부인과 간통으로 인하여 쫓아와 무리하게 보호하려다 싸움이 벌어졌다. 서로 굴복하지 않고 사자교 옆에서 격투를 벌이다 사람이 죽게 되었다.' 조서를 이렇게 고치세."

지현이 진술서를 무송에게 읽어주고 설명 공문을 작성하여 몇몇 죄인과 함께 본관 동평부東平府에 보내 처분을 요청했다. 양곡현은 작은 현에 속했는데도 의로운 사람이 적지 않았다. 부자들은 무송에게 돈을 대주었고 술과 음식 그리고 쌀과 돈을 주는 사람도 있었다. 무송이 거처에 와 향병에게 부탁하여 짐을 챙기고 은자 12~13냥을 운가의 아버지에게 주었다. 무송의 수하에 있던 향병 대부분이 술과 고기를 보냈다. 현 아전이 공문을 받고 문서와 하구숙의 은자, 유골, 진술서, 칼 등을 가지고 죄인들을 데리고 동평부로 출발했다. 일행이 동평부에 도착하자 구경꾼들이 모여들어 관아 입구가 떠들썩했다.

한편 동평부 부윤 진문소陳文昭는 보고를 듣고 즉각 대청에 올랐다. 진 부윤은 지극히 예리한 관원으로 이 사건을 이미 알고 있었다. 즉시 범인들을 끌고 오게 하고 정당에서 먼저 양곡현의 상신서上申書부터 살펴보았다. 각자의 자술서를 살펴보고 한 사람씩 차례차례 심문했다. 장물과 흉기를 봉하고 창고지기에게 주어 잘 보관하도록 했다. 무송에게 씌운 중죄인의 칼을 가벼운 것으로 바꾸고 감옥에 가두었다. 노파의 칼은 중죄인의 것으로 바꾸어 사형죄인의 옥에 가두었다. 현 서리를 불러 답장을 주고 하구숙, 운가와 네 사람의 이웃 등 6명을 현으로 데려가 집으로 돌려보내도록 했다. 주범 서문경의 처는 동평부에 남아 구금되고 처분을 기다렸다. 조정의 명령을 기다려야 자세한 처분을 시작할 수 있었다. 하구숙, 운가, 이웃 네 사람은 현 서리가 인수하여 양곡현으로 데리고 돌아갔다. 무송은 하옥되었고, 몇몇 향병이 밥을 넣어주었다.

진 부윤은 무송이 의롭고 강직한 사내임을 알고 항상 사람을 보내 보살폈다. 그래서 옥리와 옥졸들이 돈 한 푼 받지 않고 술과 음식을 무송에게 제공했다. 진 부윤이 문서를 고쳐 죄를 더 가볍게 만들어 중서성中書省과 심형원審刑院2에 형량 판결을 신청하고 심복을 보내 긴급 문서를 가지고 밤낮으로 개봉에 보내 사정을 설명하도록 했다. 형부 관원 중에 진문소와 사이가 좋은 사람이 있었는데, 이 사건을 중서성과 심형원 관리에게 직접 아뢰어 다음과 같은 판결이 났다.

"왕 노파는 의도적인 계획으로 간통을 유도했고 부인에게 약을 타 남편을 독살하도록 교사했다. 또 부인을 시켜 무송을 쫓아내 친형에게 제사를 지내지 못하도록 했기 때문에 사람을 죽음에 이르도록 했고, 남녀를 부추겨 인륜을 상실케 했으므로 능지처참에 처함이 합당하다.

2_ 심형원審刑院: 송대 관서로 재심리 기관이다. 황제에게 보고해야 할 안건은 먼저 대리시에서 심사하고 다시 심형원에서 재심사한 다음 지원사를 거쳐 결정된 의견을 중서성이 황제에게 보고하여 결단을 내린다.

무송은 비록 형의 원수를 갚고 간부 서문경과 싸워 죽이고 자수했으나 사면할 수 없으므로 척장 40대에 2000리 밖으로 유배형에 처한다. 간부와 음녀의 죄는 비록 무거우나 이미 죽었으므로 논의하지 않는다. 그 나머지 약간 명의 연루자는 석방하여 집으로 돌려보낸다. 문서가 도착하는 날 즉시 시행할 것."

동평 부윤 진문소가 공문을 보고 즉시 이대로 수행하여 하구숙, 운가 및 네 명의 이웃과 서문경의 가족을 대청 앞에 불러 판결을 내렸다. 옥중에서 무송을 불러내 조정의 결정을 낭독하며 큰 칼을 풀고 척장 40대를 실행했다. 상하 공인들이 모두 무송을 돌보아주어 5~7대만 제대로 쳤다. 한쪽이 7근 반이 되는 칼을 가져와 채우고 얼굴에 두 줄로 금박 자자를 했으며 맹주 배소에 유배 보낼 것을 결정했다. 나머지 여러 사람에게는 조정의 결정을 알리고 풀어 집으로 돌려보냈다. 중죄인 옥에 갇힌 노파를 끌어내 대청 앞에서 명을 듣도록 했다. 조정의 결정을 낭독하며 범유패犯由牌3를 쓰고 자복을 승인했으며 노파를 목려木驢4에 태우고 긴 못 네 개를 박았으며 세 가닥으로 밧줄을 묶자 동평 부윤이 한마디로 판결했다.

"능지처참하라."

3_ 범유패犯由牌: 고대에 범죄를 처결할 때 죄상을 공포하는 대나무 패나 고시.
4_ 목려木驢: 고대에 사용한 형구刑具로 사형을 집행하기 전에 죄인을 이런 형구에 못 박아 세우고 거리를 돌며 대중에게 보임.

목려 위에 앉히고 아래에서 받쳐 드니 북과 징 소리가 찢어질 듯 울렸다. 앞에서 범유패를 들었고 뒤에서 회초리로 때렸다. 날카로운 칼 두 개가 올라가고 종이 꽃 한 송이가 흔들렸다. 동평부 시장 중심지로 끌려가 능지처참에 처해졌다.

무송은 칼을 차고 왕 노파가 능지처참을 당하는 것을 보았고, 이웃 요이랑은 무대 집의 가구 등을 팔아 마련한 은자를 무송에게 주고 작별한 후 돌아갔다. 대청에서 공문에 서명하고 호송 공인 두 명에게 건네 맹주까지 압송하여 인계하도록 했다. 부윤이 처분을 모두 마쳤다. 무송은 호송 공인과 함께 출발했고, 원래 따르던 향병은 짐을 건네주고 양곡현으로 돌아갔다. 두 공인은 동평부를 떠나 맹주를 향하여 먼 길을 떠나며 무송이 사내대장부임을 보고 내내 조심스럽게 보살폈으며 감히 조금도 불손하게 굴지 않았다. 무송은 공인 둘이 조심하는 것을 보고 따지지 않았으며 짐 안에 금은이 적지 않아 시골 점포를 지날 때마다 술과 고기를 사서 두 공인을 대접했다.

무송이 3월 초에 사람을 죽이고 두 달 동안 감옥에 있다가 이제 맹주 길에 오른 것은 바로 6월 전후라 태양이 이글거려 금석이라도 녹일 뜨거운 날씨였기 때문에 비교적 시원한 이른 아침에 길을 재촉했다. 대략 20일을 가서 한 대로에 도착했다. 세 사람이 고갯길에 오른 것은 사시 무렵이었다. 무송이 말했다.

"두 분은 앉아 쉬지 말고 고개를 내려가 술집을 찾아 술과 고기를 사먹읍시다."

"옳은 말씀이오."

세 사람이 서둘러 고개 위로 올라가 바라보니 멀리 비탈 아래에 초가가 몇 칸 있었으며 옆쪽 시냇가의 커다란 버드나무 위에 주점 깃발이 걸려 있었다. 무송이 보고 손으로 가리키며 말했다.

"저기 주점이 있지 않습니까?"

세 사람이 고개를 서둘러 내려가다가 산언덕 옆에서 나무꾼 한 사람이 장작 한 짐을 지고 지나가는 것을 보았다. 무송이 불러 말했다.

"여보시오, 말 좀 물읍시다. 여기 지명이 어떻게 됩니까?"

"이 고개는 맹주도孟州道 고개요. 고개 앞 큰 숲은 유명한 십자파十字坡입니다."

무송이 두 공인과 함께 곧장 십자파로 가니 커다란 나무가 한 그루 보였다. 맨 앞의 나무는 네다섯 명이라도 안을 수 없을 정도로 큰데 나무 위에는 마른 덩굴이 감겨 있었다. 큰 나무 옆은 주점으로 문 앞 창가에 한 부인이 앉아 있었다. 녹색 적삼을 입고 머리에는 누렇게 빛나는 비녀를 꽂고 귀밑머리에는 들꽃을 꽂고 있었다. 무송과 두 공인이 문 앞으로 오는 것을 보고 부인이 일어나 맞이했다. 아래는 무늬 없는 붉은 비단 치마가 보였고 얼굴에는 연지와 분을 발랐으며 가슴을 열어젖혀 분홍색 배두렁이를 드러냈고 위에 금색 단추가 달려 있었다. 부인이 말했다.

"손님, 쉬어가세요. 저희는 좋은 술과 좋은 고기가 있습니다. 먹을 것이 필요하면 커다란 만두도 있고요."

안으로 들어가 측백나무 탁자 앞에서 두 공인은 곤봉을 기대어 세우고 전대를 풀었으며 어깨를 나란히 해 앉았다. 무송이 먼저 등에 걸친 보따리를 풀어 탁자 위에 놓고 허리 요대를 풀고 베적삼을 벗었다. 두 공인이 말했다.

"여기에는 보는 사람도 없고 짊어진 짐도 무거울 테니 칼을 풀어놓고 글겁게 술 누어 잔 마십시다."

봉인 용지를 뜯어 칼을 벗겨 탁자 밑에 놓고 상반신 옷을 벗어 창가에 걸쳐놓았다. 부인이 만면에 웃음을 띠고 말했다.

"손님, 술은 얼마나 드릴까요?"

무송이 말했다.

"얼마인지 묻지 말고 일단 데워 내오너라. 고기는 3~5근을 잘라오너라. 한꺼번에 계산해주마."

부인이 말했다.

"아주 큰 만두도 있습니다."

"20~30개 가져오거라. 간식으로 먹게."

부인이 싱글싱글 웃으며 안으로 들어가 큰 통의 술을 가지고 나와 큰 대접 셋과 젓가락 세 벌을 놓고 고기 두 판을 내왔다. 연속하여 술 네댓 잔이 돌았고 부인이 부뚜막에서 만두 한 통을 가져다가 탁자 위에 놓았다. 두 공인이 만두를 들고 먹었다.

무송이 만두를 들고 반으로 쪼개 바라보며 소리질러 말했다.

"주인장, 이 만두는 사람 고기인가 아니면 개고기 만두인가?"

부인이 히죽거리며 말했다.

"손님, 농담하지 마십시오! 이 평화롭고 맑은 대낮에 어디에 인육 만두가 있고 개고기 만두가 있답니까? 우리 만두는 조상 대대로 황소 고기로 만들었습니다."

"내가 예전에 강호를 돌아다닐 때 사람들에게 들었네. 큰 나무가 있는 십자파는 어떤 길손도 감히 함부로 지나지 못한다고. 살진 사람은 잘라서 만두소를 만들고 마른 사람은 강물에 던져버린다던데."

"손님, 무슨 그런 말씀을 하십니까? 이것은 손님이 날조한 거짓말입니다."

"여기 만두 안에 있는 털이 사람 소변보는 곳의 털과 똑같이 생겨서 아무래도 의심스럽단 말이야."

무송이 또 물었다.

"부인, 당신 남편은 어째서 보이지 않는 것이야?"

"남편은 외지에 장사하러 나가서 돌아오지 않았습니다."

"이럴 때 혼자 있으면 쓸쓸하지?"

부인이 겉으로 웃으며 속으로 생각했다.

'이런 죽일 배군配軍 놈이 왜 아직 뒈지지도 않고 나를 희롱하는 거야. 불나방이 불 속에 달려들어 타죽는다더니. 내가 너에게 시비를 건 것이 아니다. 내가 이놈을 가만히 내버려두나 한번 봐라!'

그러고는 말했다.

"손님, 농담도 참 짓궂으시네. 몇 잔 더 드시고 뒤쪽 나무 밑에서 시원한 바람 좀 쐬세요. 쉬고 싶으시면 우리 집에서 쉬셔도 상관없어요."

무송이 이 말을 듣고 속으로 생각했다.

'이 아줌마가 악의를 품었구먼. 내가 먼저 선수를 쳐야겠다.'

다시 말했다.

"아줌마, 당신 집 술맛이 영 싱거운데 다른 좋은 술 있으면 몇 사발 갖다주게나."

"아주 향기롭고 좋은 술이 있는데 아직 거르지 않은 탁주입니다."

"좋지, 탁주면 더욱 좋아."

부인이 속으로 웃음을 지으며 안에 들어가 탁주를 국자에 떠서 들고 나왔다. 무송이 보고 말했다.

"정말 좋은 술이긴 한데 데워서 먹어야 맛있지."

"역시 손님께서 뭘 좀 아시네. 데워올 테니 맛 좀 보세요."

부인이 속으로 웃으며 말했다.

'빌어먹을 배군 놈이 제대로 죽을 짓거리를 하는구나. 데워 먹었다가는 오히려 약효가 빨리 생기니 저놈은 내 손바닥 안으로 굴러온 물건이로구나.'

뜨겁게 데운 다음 가져와 세 사발에 따르고 웃으며 말했다.

"손님, 이 술 맛 좀 보세요."

두 공인은 갈증을 참지 못하여 사발을 들고 한 번에 마셨고, 무송은 슬쩍 부인의 주의를 돌리려고 말했다.

"부인, 나는 원래 안주 없이 술만 먹지 못하니 다시 고기 좀 잘라오라고."

부인이 몸을 돌려 들어가는 것을 보고 술을 구석지고 어두운 곳에 따라버리며 거짓으로 혀를 쩝쩝거리며 말했다.

"좋은 술이네. 입 안에서 톡 쏘는군!"

부인이 고기를 자르러 가는 시늉만 하고 다시 나와 손뼉을 치며 말했다.

"쓰러진다. 쓰러져라!"

두 공인이 하늘과 땅이 빙빙 도는 것을 보며 아무 말도 못하고 뒤로 풀썩 하며 바닥에 쓰러졌다. 무송 또한 두 눈을 꼭 감고 하늘을 바라보며 의자 옆에 풀썩 쓰러졌다. 웃음소리가 들리더니 부인이 말했다.

"걸렸다. 너 이 간사하기가 귀신같은 놈, 아줌마 발 씻은 물 한번 처먹어봐라!"

곧 소리를 질렀다.

"소이, 소삼, 빨리 나오너라!"

멍청이 둘이 달려 나오는 소리가 들리더니 두 공인을 먼저 안으로 짊어지고 들어갔다. 부인이 탁자로 가 보따리와 공인의 전대를 들고 여기저기 만져보면서 안에 있는 금은을 어림잡아 계산했다. 그녀의 웃음소리가 크게 들리더니 다시 말소리가 들렸다.

"오늘 물건을 셋이나 잡았으니 여러 날 동안 만두를 만들어 팔 만큼 되고 또 여러 물건도 조금 얻었구나."

그녀가 보따리를 집어 들어가는 소리가 들리더니 얼마 뒤 다시 나와 두 사내가 무송을 들려는 것을 바라보았다. 하지만 둘이 어떻게 무송을 들 수 있겠는가? 뻣뻣하게 바닥에 누워 있는 것이 한 500근은 되는 것 같았다. 부인이 욕하는 소리가 들렸다.

"이런 병신 같은 놈들, 밥이랑 술이나 처먹을 줄 알지 아무짝에도 쓸모가 없구나. 내가 직접 손을 써야 한단 말이냐! 이놈이 나를 놀릴 줄도 알다니. 이렇게 뚱뚱하니 황소고기로 팔아먹고, 삐쩍 마른 두 놈은 물소고기로 팔아야겠다. 들고 들어가 먼저 이놈 껍질부터 벗겨 써야겠다!"

그녀가 하는 말을 듣고 있자니 녹색 적삼을 벗고 붉은 명주 치마를 벗었으리라는 생각이 갑자기 늘었다. 이때 맨 팔뚝으로 다가와 무송을 가볍게 들어올렸다. 무송이 들리는 척하면서 부인을 끌어안고 두 손을 꼼짝 못하게 가슴 앞으로 감쌌다. 두 다리로 부인의 하반신을 조이니 돼지 잡을 때 나는 비명 소리가 들려왔다. 두 사내가 서둘러 앞으로 다가 오려다 무송의 고함 소리에 놀라 넋을 잃었다. 부인이 바닥에 눌려 소리만 질렀다.

"호걸님, 용서해주세요!"

감히 발버둥도 치지 못했다.

그때 문밖에서 한 사람이 장작 한 짐을 지고 문 앞에 내려놓으며 무송이 부인을 땅바닥에 누르는 것을 보고 한걸음에 달려오며 소리쳤다.

"호걸님 참으십시오! 용서해주시면 소인이 드릴 말씀이 있습니다."

무송이 벌떡 일어나 왼발로 부인을 밟고 두 주먹으로 그 사내를 겨냥했다. 사내는 머리에 푸른 실로 만든 오목한 두건을 쓰고 몸에는 하얀 베적삼을 걸쳤고 아래에는 무릎 보호대를 차고 발에 미투리를 신었으며 허리에 전대를 묶었다. 얼굴 생김새는 광대뼈가 툭 튀어나오고 수염이 몇 가닥 났으며 나이는 35~36세쯤 되어 보였다. 사내가 무송을 바라보며 두 손을 조금도 떨어지지 않게 모아 잡고 말했다.

"호걸의 큰 이름을 여쭤 듣고 싶습니다!"

"나는 앉으나 서나 어디서나 당당한 사내로 아무에게도 속일 것 없고 아무 꺼릴 것 없는 도두 무송이 바로 나다!"

"혹시 경양강에서 호랑이를 때려잡은 무 도두 아니십니까?"

"그렇다!"

그 사람이 머리를 조아리며 절하고 말했다.

"그 유명한 함자를 들은 지 이미 오랜데 이렇게 뵙게 되어 영광입니다."

"네가 혹시 이 여자의 남편 아니냐?"

"네, 소인의 여편네인데 눈이 있어도 태산을 알아보지 못하고 어떻게 도두께 무례한 짓을 했는지 모르겠습니다. 별볼일 없지만 소인의 얼굴을 봐서라도 용서해주시기를 간절히 바라옵니다!"

무송이 서둘러 부인을 풀어주고 바로 물었다.

"내가 보기에 당신 부부도 평범한 사람들은 아닌 것 같소. 성명이 어떻게 되시오?"

그 사람이 부인에게 옷을 추스르도록 하고 서둘러 앞으로 나와 무송에게 절했다. 무송이 말했다.

"방금 시비를 걸었다고 형수님 너무 나무라지 마시오."

그 부인이 곧 말했다.

"눈이 있어도 대단한 사람을 몰라보았습니다. 모두 제 잘못이니 아주버니께서 용서해주시기 바랍니다. 아주버니, 안으로 들어가서 앉으시지요."

무송이 다시 물었다.

"두 분 부부의 존함이 어떻게 되십니까? 어떻게 제 성명을 알고 계십니까?"

그 사람이 말했다.

"소인의 성은 장張이고 이름은 청淸입니다. 원래 이 자리는 광명사光明寺에서 채소를 심던 정원이었습니다. 사소한 일로 절의 중과 다투다가 일시적인 분을 참지 못하고 광명사 중을 모두 죽이고 불을 질러 빈 땅으로 만들어버렸습니다. 나중에 소송할 대상도 없으므로 관아에서도 물으러 오지 않았습니다. 소인은 이 큰 나무 언덕 아래에서 길을 막고 강도질을 했습니다. 어느 날 노인 한 사람이 멜대를 지고 지나가기에 소인이 막고 강도질을 하려다 싸움이 붙어 20여 합을 싸우다 노인의 멜대에 맞고 쓰러졌습니다. 원래 그 노인은 젊었을 적에 강도질을 전문적으로 했는데 소인의 동작이 민첩한 것을 보고 성안으로 데려가 여러 재주를 가르쳤으며 또 저를 데릴사위로 삼아 딸을 시집보냈습니다. 그러나 제가 성질이 괄괄하여 성안에서 제대로 살 수가 없었습니다. 그래서 예전처럼 여기에 초가집을 짓고 외면상 술을 팔아 생계를 이었지만 실제는 지나가는 상인을 기다려 눈에 띄는 사람이 있으면 몽한약을 먹여 죽였습니다. 큰 덩어리의 좋은 고기[5]는 잘라 황소고기로 팔고, 자질구레한 작은 고기는 만두소로 만들었습니다. 소인이 매일 마을에 가지고 가서 팔면서 살았습니다. 소인은 강호의 호걸들과 사귀기를 좋아하여, 사람들은 저를 채원자菜園子[6] 장청이라고 부릅니다. 제 집사람의 성

---

[5] 사람을 고깃덩어리로 보고 있음.

은 손孫이고 장인의 재주를 모두 배워 사람들은 모야차母夜叉7 손이랑孫二娘이라고 부릅니다. 소인이 돌아오자마자 마누라의 고함을 듣고 쫓아 들어와 도두를 민나리고 '상상이나 했겠습니까.'"

장청은 잠시 숨을 돌리고 하던 이야기를 이어갔다.

"소인이 이미 여러 번이나 집사람에게 '세 종류의 사람은 해쳐서는 안 된다고 분부했습니다. 첫째, 떠도는 중과 도인입니다. 과분한 향락을 누린 적이 없고 또 출가한 사람입니다. 말은 비록 이렇게 하지만 정말 대단한 사람을 해칠 뻔했습니다. 원래 연안부 노종 경략상공 휘하에서 제할을 하던 노달이 주먹 세 방으로 진관서를 때려죽이고 오대산으로 도망가 머리를 깎고 중이 되었습니다. 그는 등에 꽃무늬 문신을 새겨 강호에서 화화상花和尙 노지심이라고 부릅니다. 순철 선장을 사용하는데 무게가 60여 근입니다. 예전에 여기를 지날 적에 부인이 뚱뚱하고 살찐 것을 보고 술에 몽한약을 타 주방으로 옮겼습니다. 막 껍질을 벗기려고 할 때 소인이 때마침 돌아와 선장이 보통 물건이 아닌 것을 보고 황급하게 해독약으로 구하여 의형제를 맺었습니다. 근래 소식을 들으니 이룡산 보주사를 점령하여 무슨 청면수 양지라는 사람과 그곳에서 도적이 되었다고 합니다. 소인이 몇 차례 부르는 편지를 받았는데 갈 수가 없었습니다."

6_ 채원자菜園子: 채소밭.
7_ 모야차母夜叉: 난폭한 여자.

무송이 말했다.

"그 두 사람의 이름은 나도 강호에서 많이 들었습니다."

"다만 애석하게 키가 7~8척인 두타승[8] 하나를 마취시켜 쓰러뜨렸습니다. 소인이 너무 늦게 놀아와 이미 사족四足을 해체해버렸더군요. 지금 머리에 두르는 철로 만든 띠와 검은 장삼 한 벌 그리고 도첩이 여기 있습니다. 다른 것은 별것 아니지만 두 가지 물건은 정말 구하기 어려운 것입니다. 하나는 사람 정수리 뼈로 만든 108염주이고, 다른 하나는 눈꽃 같은 단철鍛鐵[9]로 만든 계도 두 개입니다. 그 두타가 사람을 죽인 것이 적지 않았으리라 생각되고 지금까지 그 칼이 밤만 되면 소리내어 웁니다. 소인이 이 사람을 구하지 못한 것이 한스러워 항상 속으로 그를 애석하게 생각합니다. 둘째는 강호의 기녀들입니다. 그들은 강호를 여기저기 돌아다니며 가는 곳마다 공연을 하면서 많은 사람을 조심스레 접대하여 버는 돈 아닙니까. 만일 이런 사람을 끝장낸다면 서로 소문을 전하여 무대에서 우리 같은 강호 호걸들이 영웅이 아니라고 할 겁니다. 셋째는 각지에서 범죄를 짓고 유배가는 사람들입니다. 그중에 호걸이 많아 절대 죽이지 말라고 아내에게 분부했습니다. 생각과 다르게 아내가 소인의 말을 따르지 않고 오늘 도두를 건드렸는데 다행히 소

8_ 두타頭陀: 두타dhuta(범어), 행각승. 산과 들로 다니며 온갖 괴로움을 무릅쓰고 불도를 닦는 일 또는 그런 승려.

9_ 설화단철雪花鍛鐵: 서역에서 나오는 눈같이 밝은 최상의 철.

인이 일찍 돌아왔습니다. 당신 어째서 이런 마음을 먹게 된 거야?"

모야차 손이랑이 말했다.

"원래 손쓸 생각이 없었는데 아주버니의 보따리가 묵직하고 또 미친 소리를 하기에 갑자기 그런 생각이 일었지."

무송이 말했다.

"나는 정의를 지키기 위해서라면 생사를 돌보지 않는 사람입니다. 어찌 양갓집 부녀를 희롱하겠습니까! 형수의 두 눈이 내 보따리를 바라보는 것을 보고 먼저 의심이 생겨 일부러 미친 소리를 해서 손을 쓰도록 속임수를 쓴 것입니다. 그 술은 이미 버려버리고 중독된 것처럼 위장했습니다. 과연 오셔서 나를 들기에 손을 쓴 것입니다. 형수님 너무 질책하지 마십시오."

장청이 크게 웃으며 무송을 청하여 뒤쪽 객석 안에 자리를 정했다. 무송이 말했다.

"형님, 두 공인을 풀어주시면 좋겠습니다."

장청이 무송을 불러 인육을 다루는 곳에 데려갔다. 벽에 사람 가죽이 묶여 있었고 대들보에는 사람 다리 5~7개가 매달려 있었다. 두 공인이 하나는 엎어지고 하나는 뒤집어져 껍질을 벗기는 도마 위에 뻗어 있었다.

"형님, 두 사람을 살려주십시오."

"도두님께 물어보겠습니다. 지금 무슨 죄를 지었습니까? 어디로 유배가는 겁니까?"

무송이 서문경과 형수를 죽인 이유를 하나하나 설명했다.

장청 부부 둘이 무송의 이야기를 모두 듣고 매우 기뻐하며 무송에게 말했다.

"소인이 할 말이 있는데 도두께서 어떻게 생각할지 모르겠습니다."

"형님, 괜찮으니 말씀하십시오."

제 2 7 회

 # 뜻밖의 인연[1]

장청이 무송에게 말했다.

"소인이 모질어 하는 소리가 아니라 도두께서 맹주 배소에 가서 고생하시기보다 공인 둘을 죽이고 한동안 여기에 머무는 것이 어떻습니까? 만일 산적이 되고자 하시면 소인이 직접 이룡산 보주사로 모시고 가서 입산하시도록 노지심에게 소개시켜주겠습니다. 어떻게 생각하십니까?"

"형님이 진심으로 저를 돌봐주려는 것은 알겠습니다. 다만 한 가지, 무송이 평생 동안 흉악한 사람들은 두들겨 팼지만, 이 두 공인은 나를

1_ 27장 무송이 안평채에서 위엄을 떨치다武松威震安平寨. 시은이 무송에게 의지하여 쾌활림을 되찾으려 하다施恩義奪快活林.

잘 보살피고 매우 조심스럽게 대했습니다. 이들을 해친다면 하늘이 나를 용납하지 않을 것입니다. 정말 나를 공경하고 사랑하신다면 두 공인을 구해주고 해치지 마시기 바랍니다."

"도두가 이렇게 의리를 지키시니 소인은 그늘을 깨우겠습니다."

장청은 일꾼을 불러 도마에서 두 공인을 부축했고, 손이랑은 해독약을 만들었다. 장청이 공인의 귀를 붙들고 약을 입에 부었다. 한 시간쯤 지나 두 공인이 꿈에서 깨어난 듯이 일어나 무송을 보고 말했다.

"우리가 어째서 이렇게 취한 겁니까? 이 집 술이 정말 좋은가보군요. 얼마 마시지도 않았는데 이렇게 취하다니! 이 집을 기억했다가 돌아갈 때도 사서 마셔야겠습니다."

무송이 웃자 장청과 손이랑도 따라 웃었고, 두 공인은 무슨 영문인지 알 리가 없었다.

일꾼들은 닭과 거위를 잡아 삶아 쟁반에 통째로 들고 왔다. 장청이 포도나무 시렁 아래에 음식을 차리게 하고 탁자와 의자를 놓았다. 장청은 무송과 공인을 후원 안으로 불렀다. 무송이 공인을 상좌에 앉히고 장청과 무송은 아래에 상좌를 향하여 앉았으며 손이랑이 말석에 앉아 두 사내에게 번갈아 술을 따라주고 음식을 날랐다. 장청이 무송에게 술을 권했다. 저녁에 단철로 만든 계도 두 자루를 꺼내 무송에게 보여주는데 하루 이틀의 공력으로 만든 것이 아니었다. 두 사람은 강호 호걸과 살인 방화를 화제로 이야기를 나누었다. 무송이 또 말했다.

"산동 급시우 송 공명은 의리를 중시하고 재물을 아끼지 않는 대단한 호걸입니다. 지금 사고를 치고 시 대관인의 장원에 도망가 있습니다."

두 공인이 무송과 장청이 나누는 이야기를 듣고 놀라 넋을 잃고 기가 죽어 고개를 숙일 따름이었다. 무송이 말했다.

"당신 두 사람이 어렵사리 나를 여기까지 호송해왔는데 해치려는 마음은 전혀 없소. 우리 강호의 호걸들 이야기를 듣고 너무 놀라지 마시오. 우리는 결코 선량한 사람을 해치지 않소. 당신들은 아무 걱정 말고 술이나 마시오. 내일 맹주에 도착하면 보답하겠소."

그날 밤은 장청의 집에서 묵었다.

다음 날 무송이 떠나려고 하자 장청이 어떻게 그냥 보내겠는가? 무송을 붙잡고 연속하여 3일 동안 잘 대접했다. 무송이 갑자기 장청 부부의 대접에 감격하여 나이를 따져보니 장청이 무송보다 9세가 많았다. 장청은 결의형제를 맺어 무송을 동생으로 삼았다. 무송이 다시 이별하여 떠나고자 하니, 장청이 다시 술을 준비하여 송별하고 짐과 보따리, 전대를 돌려주며 은자 10냥을 무송에게 주었고 공인에게는 은자 2~3냥을 나누어주었다. 무송이 10냥 은자를 두 공인에게 주고 다시 칼을 차고 이전처럼 봉인 용지를 붙였다. 장청과 손이랑이 문 앞까지 배웅하니, 무송은 갑자기 감격하여 눈물을 흘리며 맹주로 향했다. 정오가 안 되어 일찍 성안에 도착했다. 바로 관아로 가서 동평부에서 보낸 문서를 즉시 제출했다. 주윤州尹이 문서를 읽어보고 무송을 인수하는 수결을 하며 두 공인에게 주어 보냈다. 무송은 즉시 맹주 배소로 보내졌다. 그날 배소 앞에 도착하니 편액에 '안평채安平寨'라는 세 글자가 적혀 있었다. 공인이 무송을 독방에 넣고 문서를 제출했으며 완수 문건을 받았다.

무송이 독방에 도착하자 일반 죄수 10여 명이 몰려와 무송에게 말했다.

"여보시오, 새로 여기에 왔으니 보따리에 만일 인정을 쓰는 편지나 뿌릴 돈이 있으면 미리 손에 준비해두시오. 잠시 후 차발差撥이 오거든 바로 건네주시오. 그러면 살위봉殺威棒2을 때릴 때 살살 때릴 것이오. 만일 인정을 쓰지 않는다면 정말 낭패요. 나는 당신처럼 일반 죄수이니 일부러 알려주는 것이오. '토끼가 죽으면 여우가 슬퍼하고, 만물은 같은 무리끼리 서로 아낀다'고 하지 않소? 당신이 여기에 처음 와서 잘 모르므로 알려주는 것이오."

무송이 말했다.

"여러분, 알려주셔서 감사합니다. 소인이 쓸 만한 물건을 몸에 조금 지니고 있습니다. 만일 내게 좋은 말로 달라고 하면 얼른 주겠지만, 억지로 바쳐야 한다면 한 푼도 주지 않겠습니다!"

"여보시오, 그런 소리 마시오. 옛말에 '직위가 높아서 무서운 것이 아니라 따지고 간섭해서 무서운 것이다'라고 했고 '남의 집 처마 밑에서 어찌 감히 고개를 낮추지 않겠는가?'라고 하지 않았소? 그러니 조심하는 것이 좋지 않겠소."

말이 다 끝나기도 전에 한 사람이 외쳤다.

2_ 살위봉殺威棒: 죄인의 기세를 누르기 위하여 금방 잡히거나 압송된 죄인의 허벅지 또는 둔부를 때리는 것.

"차발 관인이 오신다."

사람들이 각자 흩어졌다. 무송은 짐을 풀고 독방에 앉아 있었다. 차발이 들어서서 말했다.

"새로 온 죄인이 누구냐?"

"바로 소인입니다."

"너도 눈썹이랑 눈이랑 다 달렸는데 내가 꼭 입을 열어 말을 해야 알겠느냐? 네가 경양강에서 호랑이를 잡은 호걸이고 양곡현에서 도두 노릇을 해 처먹어서 사리를 알고 있는 줄 알았더니 어찌 그리 눈치가 없냐. 네놈이 어르신이 계시는 여기에 왔으니 고양이 한 마리도 때려잡지 못하도록 만들어주마!"

"당신 내게 그 따위로 지껄이면서 어르신에게 인정을 바란다면 반 푼도 없소. 내 잘생긴 주먹이라면 한 쌍 보내드리리다! 은자 부스러기가 조금 남아 있지만 남겨두었다가 술이나 사서 마셔야겠소. 당신 맘대로 하시오. 아무리 그래도 설마 나를 양곡현으로 돌려보내지는 않겠지!"

차발은 화가 머리끝까지 나서 밖으로 나갔다. 다시 죄수들이 모여들어 말했다.

"여보시오. 당신 그 사람이랑 고집 부려봤자 잠시 후면 고생만 합니다. 지금 나가서 관영管營 상공에게 알리면 반드시 당신을 해치려 할 것입니다."

"무섭지 않소! 나는 남들이 대해주는 것에 따라 다릅니다. 부드럽게 나오면 부드럽게 대하고, 거칠게 나오면 나도 거칠게 대할 것이오!"

말이 다 끝나기도 전에 서너 사람이 독방에 와서 불렀다.

"새로 온 죄수 무송이 누구냐?"

무송이 대답했다.

"어르신 여기 계시다. 도망가는 것도 아닌데 왜 그렇게 큰 소리를 치고 지랄이냐!"

그 사람들이 무송을 죄인을 점고하는 곳으로 데려갔다. 관영 상공은 바로 점고하는 대청에 앉아 있었고, 군졸 5~6명이 무송을 앞세우고 관영 앞으로 끌고 왔다. 관영이 군졸들에게 칼을 제거하라고 소리 지르고 말했다.

"너는 태조 무덕황제의 제도를 아느냐? 처음으로 배소에 왔으면 반드시 살위봉 100대를 맞아야 한다. 형틀 위에 올려 엎어놓아라."

"괜스런 소란 피울 필요 없소. 형틀 위에 올릴 필요 없이 때리려면 그냥 때리시오. 내가 한 대라도 피한다면 호랑이를 잡은 사나이가 아니오. 만일 피하면 이미 몇 대를 때렸건 말건 아무것도 따질 것 없이 처음부터 다시 때리시오. 신음을 한마디라도 내뱉는다면 양곡현에서 일을 벌였던 진정한 사내가 아니오."

양쪽에 서서 보던 사람들이 모두 웃으며 말했다.

"저 멍청한 녀석이 맞아 죽으려고 지랄을 하는구나! 얼마나 견디는지 구경이나 한번 해보자!"

"치려거든 봐주지 말고 마음껏 세게 쳐라!"

사람들이 다시 웃기 시작했다. 군졸이 몽둥이를 들고 기합을 질렀다. 그때 관영 상공 옆에 한 사람이 서 있었는데 키가 6척이 넘었으며 24~25세 나이에 얼굴색은 하얗고 세 갈래 수염이 늘어졌으며 하얀 수건으로 이마를 감싸 묶었고 몸에 푸른 비단 외투를 입고 하얀 비단 전대로 팔을 칭칭 감고 있었다. 그 사람이 관영 상공의 귀에 몇 마디를 했다. 관영이 말했다.

"새로 온 죄수 무송은 도중에 무슨 병에 걸린 적이 없었느냐?"

"그런 적 없소. 술도 고기도 잘 먹었고, 밥도 실컷 먹었으며, 길도 별일 없이 잘 걸었소."

"이놈이 도중에 병에 걸려 여기에 왔구나. 얼굴색도 안 좋아 보이니 살위봉은 나중으로 미뤄야겠다."

양쪽에 곤장을 때리는 군졸이 낮은 소리로 무송에게 말했다.

"빨리 병에 걸렸다고 해. 상공이 그냥 넘어가려고 하니 병에 걸렸다고 핑계대면 된다."

"걸린 적 없다. 그런 적 없다고. 때리면 도리어 깨끗하잖아! 나는 몽둥이 빚을 남겨놓고 싶지 않아. 남겨두면 항상 마음에 걸릴 텐데 언제 끝나겠어!"

양쪽에서 보던 사람들이 모두 웃었다. 관영도 웃으며 말했다.

"이놈이 열병에 걸려도 단단히 걸려 땀을 내지 못했는지 헛소리를 지껄이는구나. 그놈 말 듣지 말고 끌고 가서 독방에 가두어라."

군졸 3~4명이 무송을 다시 독방으로 보냈다. 죄수들이 물었다.

"당신 혹시 어떤 아는 사람 편지라도 관영에게 건넨 것 아니오?"

"그런 적 없소."

"그러면 곤장을 치지 않았다고 좋아할 것 없네. 분명히 저녁에 끝장내려는 것이야!"

"어떻게 끝장낸단 말이오?"

"저녁이 되면 관창官倉에 오래 보관하여 누렇게 마른 쌀로 만든 밥 두 그릇을 가져와 먹인다네. 배가 부를 때 지하 감옥으로 데려가 밧줄로 묶어 쓰러뜨리고 짚방석으로 자네를 둘둘 밀아 열굴의 일곱 구멍을 모두 막고 벽에 거꾸로 세워놓으면 한 시간 안에 끝장나고 만다네. 이것을 '분조盆弔'라고 한다네."

"나를 처치할 또 다른 방법이 있소?"

"또 한 가지가 있지. 역시 자네를 묶고 포대에 모래를 담은 다음 자네 몸 위에 포대를 올려놓으면 한 시간도 안 되어 죽게 되지. 이것을 '토포대土布袋'라고 한다네."

"또 무슨 방법으로 나를 해칠 수 있나요?"

"이 두 가지가 무섭고 나머지는 별것 아니지."

사람들의 말이 다 끝나지 않았을 때 군졸 하나가 작은 상자를 들고 들어와서 말했다.

"새로 귀양온 무 도두가 누구요?"

"나요. 무슨 할 말이 있습니까?"

"관영이 여기 간식을 보냈습니다."

무송이 보니 술 한 주전자, 고기 한 판, 밀가루 음식 한 판, 또 탕 한 그릇이 있었다. 무송은 생각했다.

'감히 이 정도 간식을 먹여 나를 처리하려고? 깨끗하게 먹어치우고 어떻게 나오는지 기다려보자.'

무송이 술을 단숨에 마셔버리고 고기와 면도 모두 먹어치웠다. 군졸이 남은 그릇을 수습하여 가지고 돌아갔다. 무송이 독방에 앉아 생각하다가 냉소를 띠며 말했다.

'나를 어떻게 처리하는지 한번 기다려보자.'

날이 차츰 저물고 저녁이 되자 먼저 그 사람이 상자를 머리에 이고 들어왔다. 무송이 물었다.

"당신 또 웬일이오?"

"저녁밥을 가지고 왔습니다."

몇 가지 반찬과 커다란 술주전자, 큰 쟁반의 고기전, 물고기탕 한 사발 그리고 밥 한 그릇을 차렸다.

무송이 보고 속으로 생각했다.

'이 음식을 먹으면 분명히 나를 죽이겠구나. 그러라고 해라. 죽더라도 배부른 귀신이 되어야겠다. 일단 먹고 다시 생각하자!'

그 사람은 무송이 밥을 다 먹자 그릇을 가지고 돌아갔다. 얼마 지나지 않아 그 사람과 다른 사내가 목욕통과 뜨거운 물 한 통을 가지고 와서 무송을 바라보았다.

"도두님, 목욕하시지요."

무송이 생각했다.

'죽이려면 그냥 죽이지 목욕은 또 무슨 목욕이야? 아무것도 무서울 것 없다. 하라면 하지 뭐.'

두 사내가 뜨거운 물을 통에 따르자, 무송이 목욕통 안에 들어가 씻고 건네주는 옷과 수건을 받아 닦고 입었다. 한 사람은 남은 물을 따라 버리고 통을 들고 나갔고, 남은 한 사람은 등나무 자리를 깔고 휘장을 치며 시원한 베개를 놓아 잠자리를 마련해주고 돌아갔다. 무송은 문이 닫히고 잠기자 속으로 생각했다.

'이건 또 무슨 짓이야? 맘대로 하라고 해라. 어떻게 되거나 말거나.'

머리를 거꾸로 놓고 잠이 들었다. 밤에도 아무 일 없었다.

날이 밝아 방문이 열리자 밤에 왔던 사람이 세숫물을 가지고 들어와 무송에게 세수를 시키고 양치질도 하게 했다. 또 이발사를 데려와 머리를 빗고 쪽을 지어 두건으로 감아주었다. 또 한 사람은 상자를 가지고 들어와 반찬, 고깃국과 밥을 꺼냈다. 무송이 생각했다.

'니들 맘대로 해라. 나는 주는 대로 처먹어줄 테니.'

무송이 밥을 다 먹으니 차를 한잔 주었고 차를 마시자마자 밥을 가지고 오는 사람이 말했다.

"여기는 쉬기에 좋지 않습니다. 도두께서 저기 방 안에서 쉬신다면 밥이나 차를 먹기에 편할 겁니다."

'이제 갈 때가 되었나보구나. 따라가서 어떻게 되는지 한번 보자!'

한 사람은 짐과 침구를 정리하고, 다른 사람은 무송을 독방에서 나오게 하여 앞쪽 다른 곳으로 안내했다. 방문을 밀고 들어오니 안에 깨끗한 침상이 있었고, 양쪽으로 새로 준비한 탁자와 의자 등 물건들이 배치되어 있었다. 무송이 방 안에 와서 보고 속으로 생각했다.

'지하 감옥에 끌려갈 거라고 생각했는데 어째서 이런 곳으로 데리고 왔나? 독방보다 훨씬 잘 꾸며놓았네.'

무송이 앉아 있다가 정오가 되자 그 사람이 또 상자와 술주전자를 손에 들고 들어왔다. 방 안에 들어와 열어보니 네 가지 과일, 삶은 닭

한 마리, 만두 여러 종류가 들어 있었다. 그 사람은 삶은 닭을 찢어놓고 주전자의 술을 따라 무송에게 먹였다. 무송은 영문을 몰라서 생각했다.

'이게 도대체 뭐하자는 수작이야?'

저녁이 되자 또 여러 가지 음식을 가져왔다. 다시 무송을 목욕시키고 더위를 피하게 했으며 편히 쉬게 해주었다.

'나도 다른 죄수들이 죽일 거라고 하기에 그러려니 생각했는데 그게 아닌가? 이렇게 대접하는 이유가 뭐지?'

사흘째 되는 날 여전히 그렇게 밥과 술이 나왔다. 그날 무송이 아침밥을 먹고 안평채 바깥으로 걸어 나와 한가롭게 거닐었고, 일반 죄수들은 태양 아래에서 물도 긷고 장작도 패며 잡일을 하고 있었는데, 날씨는 맑았지만 강렬한 햇볕이 내려쬐고 있었다. 6월은 무더운 여름 날씨라 열기를 피할 때가 어디 있겠는가?[3] 무송이 뒷짐을 지고 물었다.

"당신들은 어째서 태양 아래에서 일을 하고 있습니까?"

죄수들이 모두 웃으며 대답했다.

"여보게, 자넨 어떤지 모르겠지만, 우리는 여기에 일하러 뽑혀 나와 진짜 천상의 인간이나 다를 바 없다네! 그런데 어떻게 또 감히 더위를 피해 앉기를 바라겠나? 다른 인정을 쓰지 못한 사람들은 이 무더운 날씨에 감옥 안에 갇혀 살고 싶어도 살 수 없고 죽고 싶어도 죽을 수 없

3_ 음력 6월은 대략 양력 7월일 터이니 가장 더운 날씨임.

이 커다란 쇠사슬을 채운 채로 지내야 한다네!"

무송이 그 말을 다 듣고 천왕당 앞뒤를 한 바퀴 돌았다. 종이를 태우는 화로 옆에 커다란 석회암 받침대가 보였는데 나무를 꽂아 세우는 구멍이 있었다. 무송이 돌 위에 잠시 앉았다가 방으로 돌아와 앉으니 그 사람이 술과 고기를 가지고 왔다.

방을 옮겨와 며칠이 지났다. 매일 맛있는 술과 고기를 가져와 먹이며 해치려는 의도는 전혀 보이지 않았으므로 무송은 속으로 어떻게 해야 할지 결정을 내리지 못했다. 이날 정오에 그 사람이 또 술과 고기를 가져왔다. 무송이 참지 못한 채 상자를 꽉 잡고 그 사람에게 물었다.

"너는 어느 집 종이냐? 어째서 내게 술과 음식을 대접하느냐?"

"소인이 전에 이미 도두님께 말씀드렸습니다. 소인은 관영 상공의 심복입니다."

"좀 물어보자. 도대체 누가 너를 시켜 매일 술과 음식을 보내주는 것이냐? 나더러 먹고 어쩌라는 것이냐?"

"관영 상공의 아들이 저를 시켜 도두에게 드시라고 보내는 것입니다."[4]

"나는 죄를 지은 죄수다. 범죄자로 관영 상공에게 아무런 일도 해준 적이 없는데 왜 내게 음식을 보내느냐?"

---

[4] 김성탄 왈: 대개 무송과 노달은 한쌍을 이루는 영웅이다. 노달에게는 노종 경략상공과 소종 경략상공이 있듯이, 무송에게는 노종 관영 상공과 소관영이 있다.

"소인이 어떻게 알겠습니까? 소관영이 소인에게 3개월이나 반년이 지나면 다시 말씀드리라고 분부했습니다."

"그깃도 이상히잖아! 나를 살찌운 뒤에 죽이려는 것은 결코 아닐 테고. 이렇게 아리송한 일을 어떻게 알아맞힌단 말이냐? 이 정체불명의 술과 음식을 어떻게 마음 놓고 먹을 수 있겠느냐? 소관영이 어떤 사람인지 어디서 본 적이 있는지만 알려주면 내가 술과 음식을 먹겠다."

"전에 도두가 처음 왔을 때 점고받던 곳에 하얀 수건으로 이마를 묶고 전대로 오른손을 감싸고 서 있던 사람이 바로 소관영입니다."

"혹시 푸른 비단 외투를 입고 관영 상공 옆에 서 있던 그 사람 아니냐?"

"그렇습니다."

"살위봉을 맞을 때 그가 말해 나를 구한 것이 맞느냐?"

"그렇습니다."

"거참, 이상하네! 나는 청하현 사람이고 그는 맹주 사람이라 본래 서로 알 수가 없을 텐데 왜 나를 돌봐주는 것인가? 분명히 연고가 있을 텐데. 여보게, 소관영의 이름이 무엇인가?"

"함자는 시은施恩이옵니다. 권법과 봉술을 잘합니다. 사람들이 '금안표金眼彪' 시은이라 부릅니다."

"분명 좋은 사람 같군. 네가 가서 모셔와 만나게 해주면 가져오는 술과 음식을 먹고 아니면 조금도 먹지 않겠다."

"소관영께서 소인에게 분부하시길 '도두에게 내 정체를 말하지 말라'고 하셨습니다. 3~6개월 뒤에나 만나겠다고 하셨습니다."

"헛소리 말아라! 너는 소관영을 데리고 와서 나와 만나게 하면 그만이다."

그 사람이 무서워서 어떻게 감히 아뢰겠는가? 그러나 무송이 화를 내기 시작하자 가서 알릴 수밖에 없었다.

얼마가 지난 후 시은이 안에서 달려와 무송을 보고 엎드려 절을 했다. 무송이 서둘러 답례하며 말했다.

"소인은 관영 관할 하의 죄인으로 원래 얼굴을 뵌 적도 없는데 전에 몽둥이 맞을 것을 구해주시고 또 매일 술과 음식으로 대접해주시니 매우 부당한 처사입니다. 공이 없으면 녹봉을 받지 않는다고 하는데 아무런 일도 하지 않고 이렇게 얻어먹고 있으니 마음이 편치 않습니다."

"소생은 형장의 크신 명성을 익히 들어 알고 있습니다. 다만 멀리 떨어져 있다보니 서로 만나볼 수 없음이 한스러웠습니다. 오늘 다행스럽게 형장이 이곳에 오셔서 존안을 뵙게 되었으나 대접할 물건이 없어 부끄러워 감히 뵙지 못했습니다."

"금방 하인의 말을 들으니 3~6개월 이후에나 무송에게 할 말이 있다고 하던데 소관영께서 소인에게 맡길 일이라도 있습니까?"

"미련한 하인이 아무것도 모르고 나오는 대로 형장께 알린 모양인데 갑자기 말하기 송구스럽습니다."

"소관영께서 왜 이렇게 수재秀才같이 얌전을 피우십니까! 무송이 답답해서 어떻게 그냥 지나치겠습니까? 말씀해주십시오! 도대체 나더러 어쩌라는 것입니까?"

"종놈이 이미 이야기를 꺼냈으니 할 수 없이 제가 말씀드려야겠군요.

형장께서 진정한 사내대장부라 형장만이 할 수 있는 일을 부탁드리려고 했습니다. 다만 형장이 여기까지 먼 길을 오시느라 기력도 쇠진하고 몸도 안전하지 못하니 3~6개월 휴양하여 회복하면 말씀드리겠습니다."

무송이 듣고 하하 웃으며 말했다.

"관영께서는 들어보십시오. 내가 작년에 3개월 동안 학질을 앓고도 경양강에서 술에 취해 호랑이를 주먹과 발만으로 때려잡았는데 하물며 지금은 어떻겠습니까!"

"그래도 오늘은 이야기할 수 없습니다. 형장이 한동안 쉬고 귀체가 완전해지면 그때나 감히 말씀드리겠습니다."

"내가 힘이 없다고 하시는 거죠? 이렇게 말하신다면 내가 어제 천왕당에서 돌 받침대를 보았는데 무게가 대략 얼마나 될까요?"

"적어도 300~500근은 될걸요."

"저랑 함께 가서 뽑아낼 수 있을지 어떨지 한번 보시지요."

"술을 마저 들고 가시지요."

"갔다가 돌아와서 먹어도 늦지 않습니다."

천왕당 앞에 오니 죄수들이 무송과 소관영이 함께 오는 것을 보고 모두 몸을 굽혀 인사를 했다. 무송이 돌 받침대를 한번 흔들어보더니 크게 웃으며 말했다.

"소인이 정말 연약하고 게을러서 어떻게 뽑아낼 수 있겠습니까!"

"바위가 족히 300~500근은 될 테니 가벼이 볼 수 없습니다!"

"소관영께서는 정말 뽑을 수 없다고 믿으십니까? 모두 물러나 무송이 어떻게 드는가 보시오."

무송이 상반신의 옷을 벗어 허리에 묶고 돌 받침대를 가볍게 끌어안았다. 두 손으로 돌 받침을 뽑으니 쑥 하고 한 척 깊이의 흙에서 번쩍 들렸다. 죄수들이 보고 모두 경악했다. 무송이 다시 오른손으로 바닥에서 들어 공중을 향해 던져올리니 땅에서 1장 높이까지 올라갔다. 무송이 다시 두 손으로 받아 가볍게 원래 놓여 있던 자리에 놓았다. 몸을 돌려 시은과 죄수를 바라보는데 얼굴은 붉어지지 않았고 심장도 정상적이었으며 숨도 헐떡거리지 않았다. 시은이 앞으로 와서 무송을 껴안고 다시 절하며 말했다.

　"형장은 범부가 아니라 정말 천신天神 같습니다!"

　죄수들도 함께 절하며 말했다.

　"당신 정말 신인神人 아니오!"

　시은이 무송을 청하여 자기 집 방 안에 데리고 왔다. 앉기를 청하자 무송이 말했다.

　"소관영, 이번에는 내게 무슨 일을 시키려는지 꼭 알려주시오."

　"잠시만 앉아 기다리시면 아버님께서 나오시니 뵙고 말씀드리겠습니다."

　"남에게 일을 시키려 하면서 여자처럼 우물쭈물하는 것은 일을 도모하려는 사람이 할 짓이 아닙니다. 한칼에 베어버리는 일이라면 무송이 대신 해주겠소. 내가 만일 조금이라도 망설인다면 사람도 아니오!"

제 2 8 회

맹주도孟州道를 제패하다[1]

시은이 앞으로 나와 말했다.

"우선 앉기나 하십시오. 제가 속사정을 자세하게 말씀드리겠습니다."

"소관영, 이리저리 돌리지 말고 단도직입적으로 말해보시오."

"소생은 어려서부터 강호의 스승에게 창봉을 배웠습니다. 맹주 일대에서는 저를 '금안표'라고 부릅니다. 여기 동문 밖에 쾌활림快活林이라는 시장이 있습니다. 산동, 하북의 상인들이 여기에 몰려와 장사를 하여 큰 객점이 100여 개이고 도박장과 전당포가 20~30곳이 있습니다. 과

1_ 28장 시은이 다시 맹주도를 제패하다施恩重覇孟州道. 무송이 술에 취해 장문신을 때려눕히다武松醉打將門神.

거에 몸에 익힌 무예 실력도 있고 또한 배소에 목숨을 아끼지 않는 80~90명 죄수도 있는지라 술과 고깃집을 열어 시장 안 상점과 도박장 그리고 전당포兌坊2에 독점 공급했습니다. 다른 지역에서 온 기녀들은 먼저 소생을 만나 허락을 받아야 쾌활림에서 일을 할 수 있었습니다. 그 많은 곳에서 매일 보호비가 들어와 매달 200~300냥을 벌었습니다. 이렇게 벌다가 근래 영내 장 단련張團練3이 동로주東潞州에서 새로 왔는데 키가 9척인 장충蔣忠이라는 놈을 데려왔습니다. 강호에서는 그를 장문신蔣門神이라고 부릅니다. 그놈은 키만 큰 것이 아니라 실력도 출중하여 창봉도 잘 다루고 주먹질과 발길질에 능숙하며 씨름을 가장 잘합니다. 그놈은 항상 '태산 씨름대회에 3년 연속으로 나갔는데 적수가 없었다. 하늘 아래 나를 이길 사람이 하나도 없었다!'고 자랑이 대단했습니다. 그런데 소생의 주점을 빼앗으려 하기에 양보하지 않고 맞서다가 그놈에게 주먹질과 발길질을 당해 두 달 동안 자리에서 일어나지 못했습니다. 전에 형장께서 오셨을 때도 여전히 머리를 묶고 팔을 동여매고 있었는데 오늘까지 상처가 다 낫지 않았습니다. 원래는 사람들을 보내 그놈을 두들겨 패려고 했는데, 그놈한테는 장 단련과 장정들이 있는

2_ 전당포兌坊: 주 업무가 전당이 아니라 화폐 교환이었다. 송대에는 동전, 철전, 종이돈이 유통되었다. 동전은 1000개가 1관貫이라 몹시 무거워 불편하므로 큰 거래에는 은과 금을 사용했다. 시기와 장소에 따라 다르지만 1관은 은자 1냥쯤으로 보면 된다.
3_ 단련團練: 단련은 송대에서 민국 초기까지 정규군 이외의 장정을 뽑아 훈련시킨 지방 토족의 무장 세력이다. 두목도 단련이라 부른다.

데다 소란이 일어나기라도 한다면 군영에서 먼저 이치상 꺾이게 될 것입니다. 그런 까닭에 이런 무궁한 원한이 있어도 갚을 수가 없었습니다. 형장께서 대단한 호걸이라는 명성은 오래전부터 들어왔습니다. 만일 소생을 도와 이 끝없는 원한을 갚아주신다면 죽어도 여한이 없습니다. 다만 형장이 먼 길을 오셔서 기력이 완전하지 않을까 두려워 3~6개월 정도 조리하여 체력을 회복한 다음에 상의하려고 했습니다. 그런데 하인이 아무 생각 없이 발설해서 소생이 할 수 없이 형장께 사실대로 말씀드리는 것입니다."

무송이 듣고서 하하 하고 크게 웃으며 물었다.

"그 장문신은 대가리가 몇 개고 팔뚝은 몇 개입니까?"

"당연히 머리는 하나고 팔은 두 개 아니겠습니까?"

"나는 나타那吒[4]처럼 머리가 세 개이고 팔이 여섯 개에 실력마저 대단한 줄 알고 무서워했습니다. 원래 머리는 하나고 팔은 두 개군요. 이미 나타의 외모를 가진 것도 아닌데 왜 그를 두려워합니까?"

"소생이 힘도 약하고 재주도 미약하여 대적할 수 없기 때문에 그렇습니다."

무송은 이때부터 시은보다 마음이 더욱 급해서 허풍을 떨었다.

---

[4] 나타那吒: 불교의 호법신으로 전설에 따르면 비사문천왕의 아들이다. 어려서부터 용감하고 싸움을 잘하여 민간에서는 영웅의 상징이 되었다. 중국 소설 『봉신연의』 『서유기』의 등장인물이다.

"허풍을 떠는 것은 아니지만 평생 제가 가지고 있는 실력으로 천하의 포악하고 부도덕한 자만을 두드려 팼습니다. 이미 그렇게 말씀하셨으니 여기에서 뭐하겠습니까? 남은 술은 가지고 가서 도중에 마십시다. 지금 당장 같이 가서 내가 이놈을 경양강 호랑이 꼴로 만드는 것을 구경하시구려! 너무 세게 쳐서 죽어버리더라도 내가 책임지겠습니다!"

"형님 잠시 앉으십시오. 저희 아버님이 나오면 먼저 뵙고 가라고 하면 가야지 서둘러서는 안 됩니다. 내일 사람을 보내 살펴보고 집에 있으면 모레 가시지요. 만일 그놈이 집에 없다면 나중에 다시 이야기하시지요. 오늘 갔다가 만일 헛걸음한다면 경계심만 높이게 되어 그가 몰래 수작이라도 쓸 경우 오히려 좋지 않습니다."

무송은 조급해서 말했다.

"소관영, 그러니 그런 놈한테 맞는 것 아닙니까. 이렇게 우물쭈물하는 것은 원래 남자가 할 짓이 아닙니다. 가려면 당장 갑시다. 오늘이 뭐고 내일은 또 어디 있소. 가려면 가는 거지 대비할까 두렵다니, 도대체 뭐가 두렵소!"

도저히 말릴 수가 없는 지경이 되자 병풍 뒤에서 관영이 돌아 나오며 소리질렀다.

"의사義士, 이 늙은이가 병풍 뒤에서 의사의 말을 한참 들었습니다. 오늘 다행스럽게 의사를 보게 되니 어리석은 제 아들에게 구름이 걷히고 해가 보이는 것 같습니다. 후당에 옮겨서 잠시 한 말씀만 나누시지요."

무송이 뒤를 따라 안으로 들어갔다.

"의사, 앉으십시오."

"소인은 죄수인데 어찌 감히 상공과 마주앉겠습니까?"

"의사께서는 그런 말씀 마십시오. 어리석은 아들이 당신 같은 분을 만난 것은 둘도 없는 행운인데 무슨 겸양을 이렇게 부리십니까?"

무송이 이 말을 듣고 '그럼 실례하겠습니다'라며 인사를 하고 맞은편에 앉았다.

"소관영은 어찌하여 서 있습니까?"

"아버지께서 계신데 어찌 감히 앉겠습니까. 형님은 편히 앉으십시오."

"그러면 제가 불편합니다."

관영이 말했다.

"의사께서 그렇게 말씀하시고 여기 또 우리끼리 있으니 그렇게 하지요."

시은을 자리에 앉혔다. 하인들은 술과 안주, 과일 등을 가져왔고 노관영은 친히 무송에게 술을 따라주며 말했다.

"의사같이 이렇게 대단한 영웅을 누가 존경하지 않겠습니까! 제 아들은 원래 쾌활림에서 장사를 하며 재물을 탐내지 않았고 정말로 장대한 우리 맹주 땅에 웅대한 기상을 보탰습니다. 그러나 지금 장문신은 권세를 등에 업고 횡포를 부려 공공연히 남의 사업을 빼앗았습니다. 의사와 같은 영웅이 도와주지 않는다면 도저히 원수를 갚을 수 없을 것입니다. 의사께서 버리지 않고 이 잔을 깨끗하게 비우시면, 어리석은 제 아들이 형님으로 모시고 사배를 하여 공경하는 마음을 표하고자 합니다!"

"아무런 학문도 없는 소인이 어찌 감히 소관영의 예를 받겠습니까? 주제에 몹시 과분하여 몸 둘 바를 모르겠습니다."

시은은 머리를 조아려 사배를 했고, 무송은 황급하게 답례를 하고 의형제를 맺었다. 이날 무송이 기분이 좋아 술을 마시고 크게 취하자 사람을 불러 방 안에 부축하여 쉬게 했다.

다음 날 시은 부자가 상의하여 말했다.

"어제 도두가 많이 마셨으니 틀림없이 취해 아직 깨어나지 않았을 것이다. 그러니 오늘 보내지 않는 것이 좋지 않겠니? 사람을 보내 알아봤더니 그놈이 집에 없다고 핑계 대고 하루 연기하여 내일 다시 얘기하자."

그날 시은이 무송을 보고 말했다.

"오늘은 갈 수 없습니다. 제가 이미 사람을 보내 알아봤는데 그놈이 집에 없습니다. 내일 밥을 먹고 가시지요."

"내일 가는 거야 별것 아니지만 하루 더 기다리자니 화가 치밀어 죽겠네!"

아침밥을 먹고 차를 마신 다음 시은과 무송은 배소에서 하릴없이 보냈다. 방으로 돌아와 창법을 이야기하고 권법과 봉술을 서로 비교했다. 시간이 흘러 점심때가 되자 무송을 집으로 초청해 술을 준비하여 대접했는데 반찬과 안주가 무수히 많았다. 무송이 술을 마시고 있는데 자꾸 안주를 집어 권하자 기분이 좋지 않았다. 점심을 먹고 일어나 인사하고 방 안으로 돌아와 앉았다. 하인 둘이 다시 들어와 무송을 부축하여 목욕을 시켰다. 무송이 물었다.

"너희 소관영이 오늘 자꾸 고기는 권하고 술은 많이 내오지 않았다. 무엇 때문이냐?"

하인이 대답했다.

"솔직히 말씀드리겠습니다. 오늘 아침에 관영께서 소관영과 상의하셔서 원래는 오늘 도두에게 가시도록 하려 했는데, 어젯밤에 술을 많이 드셔서 아직 깨지 않아 일을 그르칠까 두려워 감히 술을 내오지 않았습니다. 내일은 일을 처리하러 가시자고 할 것입니다."

"그렇다면 내가 취해서 너희의 일을 망칠까 두려워 그런 것이란 말이냐?"

"그렇습니다."

그날 밤 무송은 당장에라도 날이 밝기를 기다렸다. 일찍 일어나 씻고 닦으며 머리에 만자두건을 썼다. 몸에 흙색 베적삼을 입고 허리에 붉은 실로 만든 요대를 찼다. 아래에는 행전을 묶고 미투리를 신었다. 또한 고약을 얻어 금인 위에 붙여 죄수라는 표식을 가렸다. 시은이 청하여 아침 일찍 밥을 먹었다. 무송이 차를 마시자 시은이 말했다.

"마구간에 말을 준비해두었으니 타고 가시지요."

"내가 발에 전족을 한 것도 아닌데 말은 타서 뭣하게? 한 가지만 내 말대로 해주게."

"말씀만 하시면 무엇을 따르지 않겠습니까?"

무송은 경양강을 지날 때 '삼완불과강'을 생각해냈다.

"성을 나가서부터 '무삼불과망無三不過望'하겠네."

"형님, '무삼불과망'이 무엇입니까? 저는 무슨 말인지 모르겠습니다."

무송이 웃으며 말했다.

"가르쳐주지. 네가 장문신을 이기고 싶다면 성문을 나가 주점을 만날 때마다 내게 술 석 잔을 사주고, 만일 석 잔을 사주지 않는다면 주점 망자뭊子(깃발)를 지나가지 않는다는 말이네. 이것이 바로 무삼불과망일세."

시은이 듣고 생각하며 말했다.

"쾌활림은 동문에서 거리가 14~15리는 됩니다. 술집이 적어도 12~13개가 있으니 주점마다 석 잔씩 마시면 35~36잔은 마셔야 그곳에 도착할 것입니다. 그랬다간 형님이 크게 취할 텐데 어떻게 싸움을 하시겠습니까?"

무송이 크게 웃으며 말했다.

"내가 취하면 실력이 안 나올까봐 두렵니? 나는 술에 취하지 않으면 도리어 실력이 나오지 않는 사람이다. 술 한 잔이면 한 푼의 실력이 나오지. 다섯 잔이면 다섯 푼의 실력이 나온다고. 내가 열 잔을 마시면 힘이 어디서 나오는지도 모른다니까. 술에 취해 담이 커지지 않았다면 경양강에서 어떻게 호랑이를 잡을 수 있었겠는가? 나는 술에 잔뜩 취해야 비로소 실력이 좋아지고 힘도 솟아난다니까!"

"형님이 원래 그런 줄은 몰랐습니다. 좋은 술은 집에 널려 있습니다. 다만 형님이 취해서 일을 그르칠까 두려워 어젯밤에도 감히 술을 내놓지 못했습니다. 술을 마셔야 진짜 실력이 나온다면 하인 두 명에게 집 안의 좋은 술과 과일, 안주를 가지고 미리 출발하여 앞에서 기다리게 할 테니 천천히 술을 마시면서 가시지요."

"이래야 내 뜻에 딱 들어맞지! 장문신을 작살내려면 나노 배짱이 있어야지. 숲도 없이 어떻게 실력을 발휘하겠어. 오늘 그놈을 반드시 쓰러뜨리고 다 같이 한바탕 웃자고!"

시은은 하인 두 명에게 음식 광주리와 술통을 짊어지고 동전을 가지고 먼저 가게 했고, 관영 또한 몰래 10~20명의 건장한 장정을 골라 천천히 뒤따라가서 돕도록 분부했다.

한편 시은과 무송 두 사람이 평안채를 떠나 맹주 동문 밖으로 나와 300~500보를 걸어가니, 관도 옆쪽 처마 앞에 망자(깃발)가 걸려 있는 주점이 눈에 들어와 음식을 짊어진 하인 두 명에게 그곳에 먼저 가서 기다리게 했다. 시은이 무송을 안으로 모셔 앉히고 하인이 미리 준비한 안주를 놓고 술을 따랐다. 무송이 말했다.

"작은 잔 말고 큰 잔에 석 잔만 따르게."

하인이 큰 잔을 나란히 놓고 술을 따랐다. 무송이 전혀 사양하지 않고 연거푸 석 잔을 마시고 일어났다. 하인이 서둘러 그릇을 수습하고 한발 앞서서 출발했다. 무송이 웃으며 말했다.

"이제야 뱃속에서 조금 올라오는군. 우리도 가자."

무송과 시은은 주점을 나왔다.

이때는 바로 음력 7월 날씨라 더위가 가시지 않았는데 갑자기 가을바람이 불었다. 두 사람이 옷깃을 열어 헤치고 1리도 못 가 마을 같지도 않은 촌에 도착했고, 숲속 안에 높이 걸린 망자가 하나 보였다. 수풀 속에 와보니 탁주를 파는 조그만 주점이라 시은은 발을 멈추고 물었다.

"여기는 탁주를 파는 주점인데 망자로 쳐야겠습니까?"

"술집 망자 맞지. 반드시 석 잔을 마셔야지. 석 잔을 마시지 않으면 안 갈 테니 알아서 해."

두 사람이 들어가 앉으니 하인이 술잔과 과일을 놓았고 무송은 연달아 석 잔을 마시고 바로 일어났다. 하인이 서둘러 물건을 정리하고 먼저 나왔다. 둘은 주점을 나와 1~2리를 못 가 길에서 또 주점을 보았다. 무송이 들어가 또 석 잔을 마셨다.

무송과 시은은 가는 곳마다 주점만 만나면 들어가 석 잔을 마셨다. 대략 10곳의 주점에서 술을 마셨으나 무송은 많이 취하지 않았다. 무송이 시은에게 물었다.

"여기서 쾌활림까지 얼마나 남았는가?"

"멀지 않습니다. 바로 앞 멀리 보이는 숲입니다."

"이미 도착했으니 너는 다른 곳에서 나를 기다려라. 내가 알아서 찾아가겠다."

쾌활림에 들어올 때부터 내심 겁이 났던 시은은 무송의 말을 듣고 반색하며 말했다.

"그거 좋은 생각입니다. 저는 몸을 피할 곳이 있습니다. 형님, 제발 조심하시고 절대 우습게봐서는 안 됩니다!"

"그건 걱정 말고 하인들에게 길을 안내하도록 하면 좋겠다. 앞에 또 주점이 있으니 나는 또 마셔야겠다."

시은이 하인을 시켜 무송을 안내하도록 하고 자기는 사라져버렸다.

무송이 3~4리도 못 가서 또 10여 잔을 마셨다. 때는 이미 오시가 되어 날은 한창 더웠으나 약한 바람이 조금 불었다. 무송은 술이 올라오자 적삼을 열어젖혔다. 비록 술을 5~7푼 마셨으나 10푼 취한 것처럼 위장하여 앞으로 넘어질 듯 뒤로 자빠질 듯 이리저리 비틀거렸다. 수풀 앞에 이르니 하인이 손가락으로 가리키며 말했다.

"앞의 정자로丁字路에 장문신의 주점이 있습니다."

"이미 도착했으니 너도 알아서 멀리 피해라. 내가 때려눕히거든 나오너라."

무송이 숲속 뒤로 들어가니 금강역사 같은 커다란 사람이 보였다. 그는 하얀 베적삼을 걸쳤으며 교의交椅에 기대어 앉아 파리를 쫓는 총채를 들고 푸른 홰나무 아래에서 더위를 피하고 있었다.

무송이 거짓으로 취한 척하여 비틀거리며 곁눈으로 살펴보고 속으로 생각했다.

'덩치를 보니 장문신이 틀림없으렷다.'

곧바로 다가갔다. 30~50보도 못 갔는데 정자로 입구에 커다란 주점이 있었고 처마 밑에 장대를 세워놓고 그 위에 망자를 걸어놓았는데 '하양풍월河陽風月'이라는 네 글자가 쓰여 있었다. 돌아서서 바라보니 문 앞에 녹색 칠을 한 난간에 금박 글씨를 쓴 깃발이 두 개 꽂혀 있었는데 깃발마다 '취리건곤대醉裡乾坤大' '호중일월장壺中日月長'5이라는 다섯 글자가 각기 쓰여 있었다. 한쪽에는 고기 놓는 탁자, 도마, 잘라내는 칼 등의 집기가 있었고 다른 쪽에는 만두를 찌고 장작을 태우는 부뚜막이 있었다. 안에 한 줄로 술독 세 개가 나란히 있었고 반은 땅에 묻혀 있었으며 항아리 안에는 술이 절반쯤 들어 있었다. 한가운데에 계산대가 놓여 있고 안에 나이 어린 부인이 앉아 있었다. 그녀는 장문신이 맹주에 도착한 후 새로 얻은 첩인데 원래 오락장에서 제궁조諸宮調6를 노래하던 가기歌妓였다.

무송이 취한 척 눈을 가늘게 뜨고 주점 안으로 들어가 계산대와 마주하는 자리에 앉았다. 두 손으로 탁자를 누르며 눈길을 돌리지 않고 부인을 쳐다보았다. 부인이 보고 무안해서 머리를 돌려 다른 곳을 보았다. 무송이 술집 안을 보니 주보가 5~7명 있었다. 탁자를 두드리며 말했다.

"술 파는 주인장은 어디 있느냐?"

주보가 와서 무송을 보고 물었다.

"손님, 얼마나 드시겠습니까?"

"두 병 가져오너라. 먼저 맛 좀 보자."

주보는 계산대에 가서 술 두 병을 따라 통에 쏟아 넣고 데워가지고 와서 말했다.

"손님, 드셔보십시오."

무송이 들고 냄새를 맡더니 머리를 좌우로 흔들며 말했다.

5_ 취리건곤대, 호중일월장醉裡乾坤大, 壺中日月長: 두 문장 모두 '술 마신 이후에 또 다른 세상이 있다'는 의미다.
6_ 제궁조諸宮調: 송, 금, 원대에 유행하던 일종의 창이다. 북송에서 기원했다.

"아니야. 별로야. 다른 술로 가져오너라!"

주보는 그가 취한 것을 보고 계산대로 가져와서 말했다.

"부인, 아무거나 다른 걸로 바꿔주세요."

부인이 받아 술을 도로 따르고 상등의 술로 바꿔 따랐다. 주보가 가지고 다시 한 잔을 데워가지고 갔다. 무송이 들고 음미해보더니 말했다.

"이것도 별로구나. 빨리 가서 다시 바꿔오면 봐주마!"

주보는 꾹 참고 술을 가지고 계산대로 가서 말했다.

"부인, 더 좋은 걸로 바꿔주세요. 괜히 저 사람이랑 상종하지 마세요. 취해서 시빗거리를 찾는 것 같은데 좋은 것으로 바꿔주면 그만이에요."

부인이 다시 색도 좋은 일등급 술을 주보에게 주었다. 주보가 통을 앞에 놓고 데워 무송에게 갔다.

무송이 마시고 말했다.

"이 술은 맛이 괜찮군."

다시 물었다.

"거기, 너의 주인장 성이 무엇이냐?"

"장가입니다."

"왜 이가가 아니냐?"

부인이 듣고 말했다.

"이놈이 어디서 술 처먹고 취해 여기 와서 시비를 걸고 지랄이야!"

"보아하니 외부에서 온 잡놈 같은데 아무것도 모르는 척하고 저기서 헛소리하도록 내버려두세요!"

"너 지금 뭐라고 했냐?"

"우리끼리 하는 말이니 손님은 신경 쓰지 마시고 술이나 드십시오."

"거기, 계산대의 부인에게 이리 와서 술 한잔 따르라고 해라."

주보가 소리를 질렀다.

"헛소리 말아라! 이분은 주인의 부인이다."

"주인의 부인이면 어쩌라고? 나랑 술 한잔 먹는 게 뭐가 그리 대단한 일이라고!"

부인이 화가 나서 참지 못하고 욕을 퍼부었다.

"저런 죽일 놈이. 죽일 도적놈이!"

계산대를 밀고 뛰쳐나왔다.

무송은 일찌감치 흙색 베적삼을 벗어 가슴 안에 쑤셔넣고 술통의 술을 바닥에 뿌렸다. 단걸음에 계산대 앞으로 가 부인을 붙잡았다. 무송의 힘이 대단한데 어떻게 버둥거릴 수 있겠는가? 손으로 허리를 붙잡고 다른 손으로 머리에 쓰고 있던 관을 잡으니, 관이 박살나버리고 쪽이 잡히자 계산대 건너편에서 번쩍 들어 술독 안으로 던져버렸다. '풍덩' 소리가 나더니 불쌍한 부인은 커다란 술독 안에 빠졌다. 무송이 계산대 앞에서 뛰어 나오니 몇몇 민첩한 주보가 무송에게 달려왔다. 무송이 한 사람을 두 손으로 가볍게 잡아 들어 술독 안에 처박았다. 또 다른 주보가 달려오자 머리를 잡고 던지니 술독 안에 빠졌다. 다시 달려오는 주보 둘을 주먹으로 치고 발로 차니 모두 쓰러졌다. 처음 셋은 술독에 빠져 발버둥조차 칠 수 없었다. 나중의 둘은 술이 흥건한 바닥에 쓰러져 일어나지 못했다. 주점에서 일하는 몇몇 불량배가 된통 얻어

맞아 방귀가 나오고 오줌을 쌀 정도로 몹시 놀랐으나, 영리한 놈 하나가 살짝 빠져나갔다. 무송이 속으로 생각했다.

'저놈은 분명히 장문신을 부르러 가는 것이겠지. 가서 맞이해줘야지, 큰길에서 보기 좋게 쓰러뜨려 사람들에게 웃음거리를 만들어야겠다.'

무송이 성큼성큼 큰 걸음으로 쫓아 나왔고, 불량배 한 놈은 가서 장문신에게 알렸다. 장문신이 듣고 놀라 교의를 차서 뒤집어엎고 총채를 던져버리며 뛰어왔다. 무송이 맞으러 나와 대로 위에서 마주쳤다. 장문신은 비록 덩치가 장대했으나 근래에 주색에 빠져 정력을 아낌없이 소진해서 무송과 마주치자 자기가 먼저 깜짝 놀랐다. 달려오던 탄력을 받으려고 속도를 늦추지 않았다. 하지만 무송은 호랑이 같은 건장한 사람이었고 또 속으로 대비책을 가지고 있는데 어떻게 당할 수 있겠는가? 장문신은 무송이 취한 것을 보고 무작정 달려들었다. 눈 깜짝할 사이에 무송이 먼저 두 주먹으로 장문신의 얼굴을 향하여 헛손질을 하더니 갑자기 몸을 돌려 달아났다. 장문신이 크게 화를 내며 덤벼들자 무송은 발을 날려 장문신의 아랫배를 차고 두 손으로 눌러 꿇렸다. 장문신이 주저앉자마자 몸을 돌려 오른발을 날려 관자놀이에 명중시켜 뒤로 쓰러뜨렸다. 쫓아가서 가슴을 밟고 식초 사발만 한 주먹을 들고 장문신의 얼굴을 향해 내려쳤다. 원래 장문신은 씨름 고수라는 것을 알고 있었으므로, 무송은 주먹으로 치는 척하다가 몸을 돌려 먼저 왼발을 날려 차고 다시 몸을 돌려 오른발을 날린 것이다. 이것이 그 유명한 '옥환보玉環步, 원앙각鴛鴦脚'[7]이었다. 이것은 무송이 평생 배운 실제 실력으로 정말 대단했다. 장문신이 연신 얻어맞으며 용서를 빌었다. 무송이 소리쳤다.

"내가 너를 살려주면, 세 가지를 내 뜻대로 따르겠느냐!"

장문신은 바닥에서 소리쳐 대답했다.

"제발 살려주십시오! 세 가지뿐만 아니라 300가지라도 따르겠습니다!"

7_ 무송의 동작을 보고 해석해보면 뒷굽이 자세로 서서 양발로 번갈아 얼굴을 차는 동작인 듯하다.

제 2 9 회

비운포 飛雲浦 1

무송이 땅에 쓰러진 장문신을 밟고 말했다.

"내가 요구하는 세 가지 조건을 모두 따른다면 내가 너를 살려주마!"

"말씀만 하시면 모두 따르겠습니다."

"첫째, 너는 당장 쾌활림을 떠나되 강제로 빼앗은 물건들은 즉시 원주인 금안표 시은에게 돌려주어라. 누가 너에게 그의 재산을 강탈하라 시켰느냐?"

장문신이 황급하게 대답하며 말했다.

1_ 29장 시은이 무송을 만나러 세 번 사형수 옥에 들어가다施恩三入死囚牢. 무송이 비운포에서 큰 소동을 일으키다武松大鬧飛雲浦.

"알겠습니다. 그렇게 하겠습니다!"

"둘째, 지금 너를 용서해줄 테니 쾌활림의 우두머리들을 모두 불러 모아놓고 그 앞에서 시은에게 사과하도록 해라."

"그것도 그렇게 하겠습니다!"

"셋째, 너는 오늘 빼앗은 것들을 모두 돌려주고 즉시 쾌활림을 떠나 밤을 새서라도 고향으로 돌아가거라! 만일 떠나지 않고 맹주에서 살다가 들키면 한 번 볼 때마다 한 번 때릴 것이고 열 번이면 열 번 때릴 것이다. 가벼우면 반쯤 죽을 것이고 심하면 네 목숨이 끝장날 것이다. 따르겠느냐?"

장문신이 듣고 살기 위해 발버둥치며 거듭해서 대답했다.

"따르겠습니다. 따르지요! 제가 모두 따르겠습니다."

무송이 땅바닥에 쓰러진 장문신을 들어 세우고 바라보니 이미 얼굴은 퍼렇게 멍들고 입술은 잔뜩 부었으며 목은 반쯤 삐뚤어졌고 관자놀이에서 선혈이 흘러내리고 있었다. 장문신을 가리키며 말했다.

"너 같은 하찮은 멍청이는 한 주먹거리도 안 돼. 경양강에서 호랑이도 내 주먹 세 방과 발길질 두 방에 맞아 죽었다! 너 같은 건 아무것도 아니다. 빨리 건네주거라. 조금이라도 꾸물거리면 한 방에 보내버릴 테다!"

장문신은 이때 비로소 무송을 알아보고 연신 예, 예, 하며 허리를 굽실거렸다.

이때 시은이 건장한 군졸 20~30명을 데리고 도와주러 왔다. 무송이 장문신을 묵사발낸 것을 보고 기쁨을 참지 못하고 군졸과 함께 무송 주변을 둥글게 둘러쌌다. 무송이 장문신을 가리키며 말했다.

"본래 주인이 이미 여기에 돌아왔으니 너는 이삿짐을 싸면서 사람을 불러와 사죄를 드리거라!"

"호걸님, 가게 안에 들어가 앉아 계십시오."

무송이 시은 일행을 데리고 주점 안으로 들어와보니 바닥이 온통 술로 가득 차 발 디딜 틈이 없었고, 두 연놈은 항아리에 처박혀 벽을 더듬으며 발버둥치고 있었다. 부인은 금방 간신히 술항아리에서 기어 나왔는데 머리는 부딪혀 깨지고 하반신은 술에 흠뻑 젖어 있었다. 다른 일꾼과 주보들은 모두 도망가고 그림자도 찾을 수 없었다.

무송이 여러 사람과 주점 안에 앉아 소리질렀다.

"너희는 빨리 짐을 챙겨 꺼져라!"

장문신은 수레를 준비하여 짐을 수습하고 먼저 부인을 보냈다. 다른 한편 장문신이 시은에게 사과하는 자리를 마련하려고 다치지 않은 주보를 찾아 쾌활림을 대표하는 우두머리 10여 명을 주점으로 불렀다. 시은에게 사과하게 하기 위하여 가장 좋은 술을 꺼내고 안주를 잔뜩 내와 탁자에 차려놓고 사람들을 앉혔다. 무송은 시은을 장문신의 상좌에 앉혔으며 사람들 앞에 큰 잔을 놓고 술을 따르게 했다. 술이 여러 잔 돌자 무송이 입을 열었다.

"이 자리에 모이신 이웃 여러분. 나 무송은 양곡현에서 사람을 죽여 여기로 귀양을 왔습니다. 지금 여러분이 앉아 계신 쾌활림 안의 이 주점은 원래 '시은 관영이 세우고 열었던 사업 장소인데, 장문신이 권세를 등에 업고 횡포를 부려 함부로 빼앗아 공짜로 남의 밥그릇을 차지했다'

고 들었습니다. 여러분은 시은이 나를 부리는 주인이라고 추측하지 마시오. 나와 그는 아무 상관이 없소. 나는 원래 천하에 도덕을 지키지 않는 사람이 있으면 가만두지 않습니다. 나는 지나가다가 불공평한 일을 보면 칼을 뽑아 도와주며, 그 때문에 죽는다 한들 두렵지 않습니다! 내가 원래 장가 성 가진 해충을 한 주먹과 발길질로 때려죽이려 했습니다. 지금 여기 여러 이웃의 체면을 보아 이놈을 잠시 살려주겠소. 내가 오늘 이놈을 외지로 쫓아버릴 것입니다. 만일 떠나지 않았다가 나와 마주친다면 경양강의 호랑이처럼 될 것입니다!"

사람들은 그제야 그가 경양강에서 호랑이를 때려죽인 무송이라는 것을 알고 모두 일어나 장문신을 대신하여 사과하며 말했다.

"호걸님, 이제 노여움을 거두십시오. 그를 즉시 내쫓고 주점을 본래 주인에게 돌려주도록 하겠습니다."

장문신은 이미 무송에게 기가 꺾일 대로 꺾였는데 어떻게 감히 다시 딴소리를 하겠는가? 시은이 물건들을 점검하고 점포를 접수했다. 장문신은 수치로 가득 찬 얼굴로 사람들에게 인사하고 수레 한 대를 불러 이삿짐을 싣고 떠났다. 한편 무송이 이웃들을 초청하여 함께 취하도록 마시고서야 자리가 파했다. 저녁이 되어 모두 흩어졌고 무송은 다음 날 진시까지 자고 나서야 겨우 깨어났다.

관영은 아들이 다시 쾌활림 주점을 되찾았다는 것을 알고 말을 타고 주점에 찾아와 무송에게 감사 인사를 했다. 주점 안에서 연일 연회를 열어 술을 마시며 축하를 했다. 이 일로 해서 무송이 주점을 되찾은 사실이 알려지자 쾌활림 안의 사람치고 찾아와 보지 않은 사람이 없었다. 이로부터 시은이 가게를 다시 정돈하고 술집을 열었고, 관영은 안평채로 돌아가서 자기 직무를 수행했다. 시은은 사람을 보내 장문신의 소식을 탐문했으나 가족을 데리고 어디로 갔는지 알 수 없었다. 이때부터 주점을 운영하며 장문신을 더 이상 신경 쓰지 않았고 무송이 주점에 거주할 수 있도록 손을 썼다. 시은의 사업은 이전에 비하여 이익이 3~5할 늘었고 각 점포와 도박장과 전당포에서 시은에게 들어오는 보호비는 두 배나 늘었다. 무송 덕택에 체면이 살아난 시은은 그를 부모처럼 존중했다. 시은이 이때부터 쾌활림을 제패하여 다시 맹주가 되었음은 말할 필요가 없다.

세월은 덧없이 흘러 이미 한 달쯤 지나갔다. 더위가 한풀 꺾이고 서늘해져 이슬이 내리기 시작했다. 가을바람은 더위를 몰아내고 이미 초가을이 왔다. 하루는 시은이 무송과 가게 안에 한가롭게 앉아 이야기를 나누며 권법, 창법을 논하고 있었다. 점포 앞에 군졸 2~3명이 말을 끌고 와서 안으로 들어와 주인을 찾으며 물었다.

"어느 분께서 호랑이를 잡은 무 도두이십니까?"

시은은 바로 이 사람들이 맹주수어병마도감孟州守御兵馬都監 장몽방張蒙方의 측근임을 눈치챘다. 시은이 앞으로 나가 물었다.

"여러분이 무 도두는 무슨 일로 찾으시오?"

"도감 상공의 명을 받들고 왔습니다. 무 도두가 대단한 호걸이라는 명성을 듣고 우리에게 말을 끌고 가서 모셔오라고 했습니다. 여기에 상공의 초청장이 있습니다."

시은이 보고 생각했다.

'장 도감은 우리 아버지의 상사이므로 아버지도 그의 지휘를 받아야 한다. 오늘 무송도 귀양온 죄인이니 역시 그의 관할이므로 보낼 수밖에 없구나'

시은이 무송에게 말했다.

"형님, 여기 계신 사람들은 장 도감 상공의 명령으로 형님을 데리러 왔습니다. 말까지 보내 태우고 오라 했는데 형님의 의향은 어떠십니까?"

무송은 생각이 깊은 사람이 아니고 직설적이라 곡절을 몰라서 말했다.

"이미 나를 데리러 왔으니 가야 하는 것 아닌가? 무슨 말을 하려는지 가서 들어는 봐야지."

바로 옷과 두건을 갈아입고 어린 종을 데리고 말에 올라 그 사람들과 함께 맹주성 안으로 들어갔다. 장 도감의 집 앞에 도착하여 말에서 내려 군졸들의 뒤를 따라 대청 앞에 가서 장 도감을 알현했다.

장몽방이 대청 위에서 무송을 보고 크게 기뻐하며 말했다.

"올라오도록 해라."

무송이 대청 아래에서 장 도감에게 절하고 두 손을 모아 옆에 섰다. 장 도감이 무송에게 말했다.

"네가 사내대장부로 천하에 당할 자가 없으며 친구와 동생동사同生同死 한다는 말을 들었다. 지금 내 휘하에 너 같은 사람이 부족한데, 네가 내 심복이 될 생각이 있는지 모르겠다."

무송이 무릎 꿇고 감사하며 말했다.

"소인은 귀양지에 귀양온 죄수에 불과합니다. 만일 은상께서 발탁해 주신다면 어떤 일이라도 천하게 여기지 않고 따르겠습니다."

장 도감이 크게 기뻐하며 과일과 술을 내오도록 했다. 장 도감이 친히 술을 따라주었고 무송은 크게 취하도록 마셨다. 장 도감은 하인을 시켜 대청 곁채의 곁방을 정리하여 그곳에 무송을 머물게 했다. 다음 날 시은에게 사람을 보내어 짐을 가져다가 장 도감 집에 옮기고 계속 머무르게 되었다. 장 도감이 끊임없이 무송을 후원으로 불러 술과 음식을 대접하고 집 안을 마음대로 출입하게 하여 한 가족처럼 대했다. 또 재봉하는 사람을 불러 무송에게 가을 옷을 만들어 입게 했다. 무송은 장 도감이 자기를 대하는 것을 보고 기뻐하며 속으로 생각했다.

'도감처럼 이렇게 온 정성을 다하여 나를 발탁하려 하기는 정말 쉽지 않은 일인데. 여기에 머문 이후로 한 걸음도 떨어지려 하지 않으니 쾌활림에 가서 시은과 이야기할 시간도 없네. 번번이 사람을 시켜 나를 보자고 하는데 집으로 불러들일 형편도 안 되니 어쩐다?'

무송은 장 도감의 집에 머문 다음부터 상공에게 지극한 사랑을 받았다. 사람들이 무송에게 공적인 일을 부탁하여 상공에게 아뢰면 안 되는 일이 없었다. 그래서 외부 사람들이 답례로 항상 금은 재물과 비단을 보냈고 무송은 버들고리를 사다 받은 물건을 넣어두었다.

시간은 빠르게 흘러 또 8월 중추절이 되었다. 장 도감은 후당 깊은 곳 원앙루에 연회를 준비하여 중추절을 경축하고 즐겼으며 무송을 안으로 불러 술을 마셨다. 무송은 부인 등 가족이 모두 자리에 있는 것을 보고 한 잔만 마시고 몸을 돌려 나오는데 장 도감이 불러서 물었다.

"어디를 가느냐?"

"은상께 아룁니다. 부인 등 가족이 연회에 계시므로 소인이 이치상 피해야 마땅하옵니다."

장 도감이 크게 웃으며 말했다.

"아니네. 내가 자네를 의사로 존경하여 가족처럼 생각하고 일부러 청하여 술을 마시는데 무슨 까닭에 피하려 하는가?"

무송을 다시 자리에 앉게 했다. 무송이 말했다.

"소인은 죄수인데 어찌 감히 은상과 같이 앉겠습니까?"

"의사, 어찌하여 그렇게 남처럼 대하는가? 여기엔 남이 없으니 편하게 앉게."

무송이 여러 차례 사양하고 자리를 떠나려 했으나 장 도감이 어찌 그냥 보내려 하겠는가? 무송을 기필코 앉게 했다. 무송은 대답 없는 인사만 하다가 멀리 떨어져 비스듬히 앉았다. 장 도감이 계집종과 유모 등을 시켜 술을 한 잔 두 잔 따라주게 했다. 차츰 5~7잔을 마시고 장 도감은 과일을 가져오게 하여 술을 마시다가 또 한두 차례 먹을 것이 들어오고 심심풀이로 창법을 물어 이런저런 이야기를 나누었다. 장 도감이 말했다.

"대장부가 술을 마시는데 어찌 조그만 잔에 마시겠느냐!"

소리를 질렀다.

"은으로 만든 큰 잔을 가져와 의사에게 술을 따라주거라."

무송에게 끊임없이 술을 권했다.

달빛이 차츰차츰 동창으로 비쳐 들어왔다. 무송이 반쯤 취하여 예절도 잊고 한바탕 거나하게 마셨다. 장 도감이 아끼는 시녀 옥란玉蘭이를 불러 노래를 부르게 했다. 장 도감이 무송을 가리키며 옥란에게 말했다.

"이 자리에 있는 사람은 다른 사람이 아니라 내 심복 무 도두이다. 중추절에 달을 감상하는 광경을 부른 노래가 있다면 해보거라."

옥란은 상판象板2을 잡고 앞으로 나와 인사를 하고 목을 놓아 소동파蘇東坡의 중추中秋 「수조가두水調歌頭」를 부르기 시작했다.

명월은 언제부터 떠 있었는가?
잔을 잡고 하늘에 묻는다.
하늘의 궁궐에선
오늘이 언제인지 알 수가 없네.
바람을 타고 돌아가려 해도
월궁의 화려한 누각은 몹시 높아
추위를 이기지 못할까 두려울 뿐이네.
일어나 그림자와 어울려 춤을 추니
천상이라도 인간 세상보다 무엇이 나을까?
달빛은 붉은 누각을 비추며 돌아
나지막한 창문 휘장 사이로 스며들어

2_ 상판象板: 상아로 만든 박판. 박은 박자를 맞추는 일종의 악기다.

잠 못 드는 나를 비추는구나!
달빛이 내게 원한을 품을 리 없으련만
이별해 멀리 있을 때는 어찌 항상 그리 둥근가?
사람에게 슬픔과 기쁨, 이별과 만남이 있듯이
달에게는 어두움과 밝음, 둥긂과 이지러짐이 있어
옛날부터 이것은 완전해지기 어려웠다네!
다만 모든 사람마다 건강하여
천 리 멀리 떨어졌더라도 달구경 함께 하기 바라노라!

明月幾時有, 把酒問靑天. 不知天上宮闕, 今夕是何年? 我欲乘風歸去, 只恐瓊樓玉宇, 高處不勝寒. 起舞弄淸影, 何似在人間? 轉朱閣(高卷珠簾)[3], 低綺戶, 照無眠, 不應有恨, 何事常向別時圓? 人有悲歡離合, 月有陰晴圓缺, 此事古難全, 但願人長久, 千里共嬋娟.

옥란은 창을 끝내며 상판을 내려놓고 여러 방향으로 인사를 하고 한쪽에 섰다. 장 도감이 다시 말했다.

"옥란아, 술 한 잔씩 따라주도록 하여라."

옥란이 잔을 들고 여기저기 권했고, 계집종은 주전자를 들고 따라다

3_ 이 시의 이 구절은 송사 300수 등 대부분 "전주각轉朱閣"으로 되어 있고, 『수호전』에서만 "고권주렴高卷珠簾"으로 나온다. 송사 300수가 옳다.

니며 술을 따랐다. 먼저 장 도감에게 따르고 다시 부인에게 권했으며 세 번째로 무송에게 따랐다. 장 도감이 무송에게 가서 가득 따르도록 하니 무송이 어찌 감히 고개를 들겠는가? 몸을 일으켜 잔을 멀리 내밀어 받고 상공과 부인에게 인사를 한 뒤 단숨에 마시고 잔을 돌려주었다. 장 도감이 옥란을 가리키며 무송에게 말했다.

"이 여자는 자못 총명하고 음률에 능통할 뿐 아니라 바느질도 잘한다네. 만일 신분이 낮다고 꺼리지 않는다면 나중에 날을 골라 자네 처로 삼게 해주겠네."

무송이 일어나서 두 번 절하며 말했다.

"소인이 어떤 사람인데 어찌 감히 은상의 가족을 부인으로 삼겠습니까? 제겐 과분한 처사이옵니다!"

"내가 이미 말을 꺼냈으니 반드시 자네에게 주겠네. 자네는 괜히 거절하지 말고, 나도 약속을 어기지 않겠네."

무송이 연속해서 10여 잔을 마시고 술이 막 올라와 예를 잃을까 두려워 일어나 상공 부인에게 절하고 물러나왔다. 대청 앞 곁방 앞으로 와서 방문을 열었으나 뱃속이 부글부글 끓어 잠들 수가 없었다. 방에 가서 옷과 두건을 벗고 초봉을 들고 마당 가운데로 가서 달빛 아래에서 몇 가지 봉술을 연마했다. 고개를 들어 하늘을 보니 삼경이었다.

방 안에 들어가 옷을 벗고 잠을 자려 하는데 후당에서 '도둑이야'라는 소리가 들렸다. 무송이 듣고 속으로 생각했다.

'도감 상공이 이렇게 애정을 베푸는데 후당에 도둑이 들었다는 소리를 들었으면 당연히 가서 보호해야지.'

무송이 비위를 맞추려고 초봉을 들고 후당으로 들어갔다. 창을 하던 옥란이가 허둥거리며 걸어와 화원을 가리키며 말했다.

"도둑 하나가 후당 화원 안으로 들어갔어요."

이 말을 듣고 초봉을 들어 한걸음에 화원 안에 들어가서 찾았으나 한 바퀴를 돌아도 보이지 않았다. 몸을 돌려 나오다가 어둠 속에 긴 의자가 하나 있는 것을 보지 못하고 걸려 넘어지자마자 군졸 7~8명이 뛰어나와 소리를 질렀다.

"도둑 잡았다!"

즉시 무송을 붙잡아 밧줄로 묶었다. 무송이 다급하게 소리를 질렀다.

"나요!"

군졸들이 어디 말할 틈을 주겠는가? 대청 앞에 등롱과 촛불이 환하게 비추고 장 도감이 대청에 앉아서 소리를 질렀다.

"도적을 끌고 오너라!"

군졸들은 무송이 한 걸음 내디딜 때마다 곤봉으로 때리며 대청 앞에 이르렀다. 무송이 소리를 질렀다.

"나는 도적이 아니라 무송이오!"

장 도감이 보고 불끈 화를 내며 얼굴색을 바꾸더니 욕을 퍼부으며 말했다.

"너 이 죽일 놈, 본래 도적의 눈썹에 도적의 눈, 도적의 마음에 도적의 간덩이를 가지고 있는 놈이었구나! 내가 너를 조금도 저버리지 않고 발탁하여 사람을 만들려고 온갖 정성을 쏟았건만. 이제 막 너를 불러 함께 앉아 술도 같이 먹고 너를 밀어 관직까지 주려고 했건만, 네가 어떻게 이 따위 짓을 할 수 있단 말이냐.”

"상공, 이 일은 제가 한 일이 아닙니다! 도적을 잡으러 온 사람을 어째서 도적이라 하십니까? 무송은 천지간에 한 점 부끄럼 없는 사내로 이런 일은 절대 하지 않습니다!”

"네 이놈 우기지 말아라! 그놈을 끌고 방으로 가서 장물이 있는지 없는지 찾아라.”

군졸들이 무송을 끌고 방 안에 데리고 가서 버들고리를 열어보니 윗부분에는 옷이 있었고 아랫부분에서는 은 술잔과 그릇 등 장물 100~200점이 나왔다. 무송이 보고 어이가 없었으나 할 수 있는 일은 단지 억울하다고 외치는 것밖에 없었다. 군졸들이 상자를 들고 대청으로 나와 보여주니 장 도감은 크게 욕을 퍼부었다.

"이런 배은망덕하고 무도한 놈 같으니. 장물을 네 상자에서 찾아냈는데 어떻게 아니라고 잡아떼느냐! 속담에 '동물은 본성이 순수하여 제도하기 쉬워도, 사람은 꾸밈이 많아 건져내기 어렵다'더니 원래 네놈이 외모만 사람이고 속은 순전히 도적놈 심보로구나. 장물과 증거가 명백하니 아무 할 말이 없으렷다!”

밤새 장물을 봉하고 다시 소리쳤다.

"기밀방機密房에 가두어두었다가 내일 아침 이놈을 문초하겠다.”

무송이 억울하다고 큰 소리를 질렀으나 어디 말할 여지를 주겠는가? 군졸은 장물을 짊어지고 무송을 기밀방에 가두었다. 장 도감이 밤새 사람을 시켜 지부에게 알리고 위아래 가리지 않고 압사와 공목孔目에게까지 돈을 뿌렸다.

다음 날 날이 밝자 지부는 대청에 나오자마자 좌우 집포관찰을 불러 무송을 압송했고 장물도 모두 가져와 대청에 내놓았다. 장 도감 심복은 도둑맞았다는 문서를 지부에게 올렸다. 지부가 부하를 불러 무송을 밧줄로 묶었다. 간수와 절급節級이 심문하는 형구를 대청 앞에 가져왔다. 무송이 입을 열어 말을 하려고 하는데 지부가 호통치며 말했다.

"이놈은 원래 멀리 유배온 자인데 어찌 도적질을 하지 않았겠느냐? 분명 재물을 보고 욕심이 생겼을 것이다. 이미 장물과 증거가 명백하니 이놈 헛소리를 들을 것도 없이 있는 힘껏 두들겨 패거라!"

간수와 옥졸이 대나무로 만든 곤장으로 비 내리듯 두들겼다. 무송은 하고 싶은 말이 있어도 입 밖으로 꺼낼 수 없고 단지 시키는 대로 자백할 수밖에 없었음을 알았다.

"이달 15일 중추절에 본 관아에서 많은 은 술잔과 그릇을 보고 순간적으로 욕심이 생겨 밤에 어둠을 타고 몰래 들어가 훔쳐 가져왔다."

조서가 꾸며지자 지부가 말했다.

"이놈은 재물을 보고 욕심이 생겨 도둑질한 것이 틀림없구나. 칼을 가져다가 채우고 하옥하라!"

간수가 긴 칼을 가져다가 무송을 채우고 사형수 옥에 감금했다. 무송은 대옥 안에 갇혀 곰곰이 생각했다.

'장 도감 이 쳐죽일 놈이 이런 함정을 파놓고 나를 빠뜨렸구나. 만일 살아서 나가기만 한다면 가만두지 않겠다!'

간수와 옥졸은 무송을 감옥에 가두고 꼼짝 못하게 하루 종일 두 다리를 갑상匣床4에 채워놓았다. 두 손 또한 나무 수갑을 채우고 못을 박아 조금도 편안할 수가 없었다.

한편 시은은 이 일을 사람들에게 듣고 서둘러 성안으로 들어가 부친과 상의했다. 관영이 말했다.

"보아하니 장 단련이 장문신을 대신해 보복하려고 장 도감을 매수하여 이런 계책으로 무송을 해치려는 것이다. 분명히 사람을 시켜 위아래로 모두 돈을 뿌리고 선물과 뇌물을 썼을 것이다. 사람들은 이 때문에 그에게 변명하거나 반박할 여지를 전혀 주지 않고 그의 목숨을 해치려고 할 것이다. 그렇지만 아무리 생각해도 이것은 죽을 만큼 중한 죄가 아니다. 감옥을 관리하는 절급 두 명만 매수하면 그의 생명을 살릴 수 있다. 나머지는 나중에 상황에 따라 다시 상의하자."

"지금 감옥을 관리하는 강康 절급은 저와 매우 가까운 사이이니 가서 부탁하는 것이 어떻겠습니까?"

"무송은 너 때문에 송사를 하게 된 것인데 서둘러 가서 구하지 않고 무엇을 기다리느냐?"

시은이 은자 100~200냥을 가지고 강 절급의 집에 갔으나 아직 옥에서 돌아오지 않았다. 시은이 강 절급 식구에게 옥에 가서 알리고 데려오도록 했다. 얼마 지나지 않아 강 절급이 돌아와 시은과 만났다. 시은

4_ 갑상匣床: 갑상은 고대 감옥에서 중죄인의 움직임을 제한하기 위한 형구다. 수갑이나 족쇄는 죄인에게 채워도 활동은 할 수 있으나, 손발을 갑상에 묶으면 움직일 수 없다.

이 이 일을 자세하게 설명하자 강 절급이 말했다.

"형님께 솔직히 말씀드리면 이렇게 된 일입니다. 장 도감과 장 단련 둘은 동성 결의형제이고, 지금 장문신은 장 단련의 집에 숨어 장 도감을 매수하고 함께 상의해 이런 계책을 세웠습니다. 장문신은 위아래 사람들이 모두 호응하도록 매수하여 우리 모두 그 뇌물을 받았습니다. 관아의 지부가 온 힘을 다해 일을 주도하여 무송의 목숨을 끝장내려 하고 있습니다. 유일하게 문서를 담당하는 섭 공목 한 사람이 반대해서 무송을 죽이지 못하고 있습니다. 섭 공목은 정의롭고 충직한 사람이라 죄 없는 사람을 해치려 하지 않기 때문에 무송이 아직 살아 있는 것입니다. 오늘 시형의 말대로 옥 안의 일은 모두 내가 책임지겠습니다. 오늘부터 아무 고생 없이 편안하게 지낼 수 있게 하겠습니다. 시형은 빨리 섭 공목을 찾아가 일찌감치 판결을 내리도록 한다면 무송의 목숨을 구할 수 있을 것입니다."

시은이 100냥을 꺼내 강 절급에게 주니 어찌 기꺼이 받으려 하겠는가? 여러 번 사양하다가 겨우 받았다.

시은은 강 절급과 이별하고 관영으로 돌아와 다시 섭 공목의 친구를 찾아 100냥 은자를 주고 서둘러 판결하도록 부탁했다. 그 섭 공목은 그렇지 않아도 무송이 사내대장부임을 알고 구해주려 애쓰고 있었고 이미 문서도 살 수 있게 만들어놓았다. 지부는 장 도감의 뇌물을 받아먹었으므로 무송의 죄를 가볍게 판결하려 하지 않았다. 그러나 아무리 심사해도 무송의 죄는 단지 남의 재물을 훔친 것이라 함부로 죽일 수는 없었다. 그래서 시간을 끌면서 감옥 안에 갇혀 있을 때 무송을 해치려고 생각했다. 이때 강 절급이 마침 돈도 100냥을 얻었고 무송이 모함에 빠졌다는 것을 알고 있었으므로 문서의 죄를 가볍게 고쳐 기한만 채우면 판결하려고 했다.

다음 날 시은이 여러 가지 술과 음식을 준비하여 들고 강 절급에게 부탁하여 옥 안에 들어가 무송을 만났다. 이때 이미 무송은 절급의 보살핌으로 형구도 모두 풀고 있었다. 시은이 은자 20~30냥을 꺼내 간수들에게 골고루 나누어주고 술과 음식을 무송에게 먹였다. 시은이 무송의 귀에 대고 낮은 소리로 말했다.

"이 송사는 분명히 도감이 장문신의 부탁을 받고 형님을 죽여 복수하려는 것입니다. 형님은 걱정 마십시오. 이미 사람을 통하여 섭 공목에게 말해놓았고, 그도 형님에게 호감을 가지고 이미 돕고 있었습니다. 일단 기간이 다 차서 판결을 받고 나오시면 그때 다시 다른 방법을 생각해봅시다."

이때 무송은 감시가 약간 느슨해지자 탈옥할 마음을 먹고 있었지만 시은의 말을 듣고 그 생각을 버렸다. 시은이 감옥에서 무송을 위로하고 군영으로 돌아왔다. 이틀이 지나 다시 술, 음식과 돈을 준비하여 강 절급을 따라 옥 안으로 들어가 무송과 대화를 나누었다. 만나서 술과 음식을 대접하고 옥졸들에게 은자 부스러기를 술값으로 나누어주었다. 집으로 돌아와 여기저기 부탁하고 돈을 써서 문서를 빨리 처리하도록 재촉했다. 며칠이 지나 시은이 술과 고기를 준비하고 옷 몇 벌을 만들었다. 다시 강 절급에게 부탁하여 옥 안으로 들어가 옥리들에게 술을 먹였으며 무송을 만나 옷을 갈아입히고 술과 밥을 먹였다.

감옥 출입이 익숙해지면서 시은은 이렇게 연이어 며칠 동안 세 번을 방문했다. 그러나 장 단련 집안 심복들이 시은의 감옥 출입을 알아채고 돌아가 보고했다. 장 단련이 장 도감을 찾아가 말했다. 장 도감이 다시 사람을 시켜 지부에게 금과 비단을 보내 이 일을 알렸다. 그 지부는 탐관오리라 뇌물을 받고 사람을 시켜 항상 감옥에 가서 조사하도록 하여 관계없는 자를 잡아 심문했다. 시은이 이것을 알고 감히 찾아가 만나지 못했다. 무송은 강 절급과 옥리들에게 보살핌을 받았고, 시은은 이때부터 항상 강 절급 집으로 찾아가 소식을 얻었다.

이후 두 달이 흘렀고 문서 담당 섭 공목이 주장을 끝까지 관철시켜 결국 지부에게 사건의 내막을 모두 알렸다. 지부는 그때서야 장 도감이 장문신의 은자를 받고 장 단련과 내통하여 무송을 함정에 빠뜨리려 계획한 것을 알고 속으로 생각했다.

'너는 앉아서 돈 벌고, 나한테는 사람이나 해치게 했단 말이지!'

그리하여 지부는 마음에 열의가 사라져 송사에 별 주의를 기울이지 않았다. 60일 기간이 다 차자 옥에서 무송을 꺼내 대청에서 칼을 풀어 주었다. 문서 담당 섭 공목은 진술서를 낭독하고 죄명을 확정하여 척장 20대와 자자하여 은주恩州5로 유배보낼 것을 판결했다. 장물은 원래 주인에게 돌려주었다. 장 도감은 집안사람을 관아로 보내 장물을 받아

5_ 은주恩州: 산둥성山東省 더저우德州 남쪽의 언청진恩城鎭. 명대에 은현恩縣으로 고쳐 불렀다가 1956년에 없어졌다.

왔다. 대청 앞에서 무송에게 척장 20대를 때렸다. 무송에게 금인을 새기고 7근 반짜리 칼을 채웠으며 공문을 작성하여 압송 공인 두 사람을 보내 정해진 기한 안에 출발하도록 했다. 두 공인은 문서를 받고 무송을 압송하여 맹주 관아를 나섰다. 원래 무송이 곤장을 맞을 때 관영이 돈으로 사람을 매수했고 또 섭 공목이 돌보아주었으며 지부도 함정에 빠진 것을 알았기 때문에 척장을 심하게 때리지 않고 가볍게 흉내만 냈다.

무송은 분노를 참으며 칼을 차고 두 공인 앞에 서서 성을 나섰다. 대략 1리 길을 걸었을 때 길가 주점 안에서 시은이 튀어나와 무송을 보고 말했다.

"제가 여기에서 형님을 기다리고 있었습니다."

무송이 시은을 바라보니 머리를 싸매고 손에는 헝겊을 감고 있었다. 무송이 물었다.

"오랫동안 안 보이더니 어쩌다가 또 이런 꼴이 되었느냐?"

시은이 대답하며 말했다.

"형님께 무엇을 속이겠습니까? 제가 세 번 감옥 안에 가서 형님을 만난 후 지부가 알고 불시에 사람을 보내 옥 안을 철저하게 점검했습니다. 장 도감도 사람을 보내 옥 입구 좌측 두 군데에서 감시했습니다. 그래서 제가 옥 안에 들어가 형님을 만날 수 없었고 강 절급을 통해 소식을 접할 수밖에 없었습니다. 반달 전에 제가 쾌활림 주점 안에 있는데 장문신 그놈이 군졸들을 이끌고 와서 저를 폭행했습니다. 저는 한 차례 구타를 당하고 사람들에게 사과하게 했으며 다시 점포를 빼앗겼고 여러 물건과 도구를 그전처럼 돌려줘야 했습니다. 계속 아픈 몸으로 집에 누워 쉬고 있다가 오늘 형님이 은주로 귀양가는 판결을 받았다는 소식을 듣고 특별히 도중에 입으시라고 솜옷 두 벌을 가지고 왔습니다. 형님 드시라고 여기 거위도 두 마리 삶아왔으니 조금이라도 드시고 가십시오."

시은이 두 공인을 주점 안으로 청했다. 그들이 어찌 주점 안으로 들어가려 하겠는가? 조금도 망설이지 않고 바로 대답했다.

"무송 이놈은 도둑놈이다! 우리가 네 술을 받아먹었다가 내일 관아에서 알게 되면 반드시 시비가 일어날 것이다. 맞고 싶지 않거든 빨리 볼일 보고 꺼져라!"

시은은 사태가 심상치 않음을 알고 은자 10냥을 꺼내 두 공인에게 주었다. 두 사람이 은자는 받지 않고 성질을 내며 무송에게 빨리 출발하도록 재촉했다. 시은이 무송에게 술 두 잔을 먹이고 보따리는 허리에 묶어주며 익힌 거위 두 마리는 무송이 목에 찬 칼에 걸어주었다. 시은이 무송의 귀에 속삭였다.

"보따리 안에 솜옷 두 벌이 있습니다. 손수건으로 은자 부스러기를 싸서 넣었으니 도중에 노자로 쓰십시오. 또 미투리 두 개도 안에 넣어두었습니다. 도중에 조심하십시오. 저 죽일 두 놈이 아무래도 수상합니다."

무송이 고개를 끄덕이며 말했다.

"그렇게 당부하지 않아도 이미 알고 있다. 다시 두 놈이 더 온다 해도 두려울 것 없다! 너는 혼자 돌아가 아무 걱정 말고 쉬어라. 나는 내가 알아서 할 테니."

시은이 무송에게 절을 하고 울며 돌아갔다.

무송이 두 호송 공인과 출발하여 몇 리도 가지 않았는데 공인들이 몰래 수근거리며 말했다.

"어째 그 두 명이 아직 보이지 않네?"

무송이 듣고 속으로 생각하며 냉소했다.

'저런 비루먹은 것들이 감히 어르신을 기습하겠다고!'

무송의 오른손은 칼을 채웠으나 왼손은 자유로웠다. 칼 위에서 익힌 거위를 꺼내 먹으며 두 공인에게는 신경도 쓰지 않았다. 다시 4~5리를 가서 남은 거위 한 마리를 오른손으로 잡고 왼손으로 찢어 먹었다. 5리도 못 가 거위 두 마리를 모두 먹어치웠다. 성을 나와 8~9리쯤 지나 길 앞에 박도를 들고 허리에 요도를 찬 두 사람이 기다리고 있었다. 공인이 무송을 압송해오는 것을 보더니 옆에 붙어서 같이 걸었다. 두 공인이 박도를 든 두 사람과 눈빛으로 신호하는 것을 보았다. 바로 쳐다보면 아주 부자연스러울 것 같아 곁눈질로 슬쩍 보고 못 본 척했다. 또 얼마 못 가서 커다란 어촌 외딴 선착장에 도착했는데 사방으로 넓은 강물이 흐르고 있었다. 다섯 사람이 포구 옆 널따란 다리에 이르니 패루가 서 있었는데 편액에 '비운포飛雲浦'라는 세 글자가 쓰여 있었다. 무송은 패루를 바라보고 거짓으로 물었다.

"여기 지명이 어떻게 되나요?"

두 공인은 대답했다.

"너는 눈깔도 없니? 다리 옆 편액에 '비운포'라고 적혀 있는 것도 안 보이냐!"

무송이 서서 말했다.

"나는 소변 좀 봐야겠는데."

그때 박도를 든 두 사람이 가까이 다가오자 무송이 소리쳤다.

"떨어져라!"

발에 차여 공중에서 한 바퀴 돌더니 물에 떨어졌다. 나머지 하나가 놀라 급하게 몸을 돌리는데 무송의 오른 다리가 벌써 올라가 풍덩 하고 물속으로 차넣었다. 두 공인이 놀라 다리 아래로 달아나자 무송이 고함을 질렀다.

"어딜 가느냐?"

칼 한쪽을 잡고 비틀어 두 쪽을 내버리고 다리 아래로 내려갔다. 둘 중에 하나는 먼저 놀라자빠졌다. 무송이 앞으로 달려가 도망가는 자의 등을 주먹으로 쳐 넘어뜨리고 물가로 가 박도를 건져 쫓아가 몇 번 내려치니 쓰러져 죽었다. 몸을 돌려 놀라 쓰러져 있던 놈을 또 몇 번 내려쳤다. 발에 채여 물에 빠졌던 자들이 이때 겨우 발버둥치며 도망가려고 하는데 무송이 쫓아가 찍어 쓰러뜨렸다. 한 걸음 나가 한 놈을 잡고 소리쳤다.

"너 이놈 사실대로 말하면 목숨만은 살려주겠다!"

"우리 둘은 장문신의 제자입니다. 지금 스승님과 장 단련이 계책을 세우고 소인 둘이 호송 공인을 도와 당신을 없애라고 했습니다."

"너희 스승 장문신은 지금 어디 있느냐?"

"소인이 올 때 장 단련과 장 도감 집 후당 원앙루에서 술을 마시고 있었고, 지금은 우리의 소식을 기다리고 있을 겁니다."

무송이 말했다.

"원래 그랬구나, 하지만 너를 용서할 수 없다!"

칼을 들어 그를 죽였다. 그리고 네 명의 요도를 모두 풀어 가장 좋은 것을 골라 허리에 찼다. 시체 둘은 물속으로 내동댕이쳤고 또 둘이 죽지 않았을까 두려워 박도를 들어 몇 차례씩 더 내려치고 다리 위에 서서 잠시 흐르는 강물을 바라보며 생각했다.

'비록 이 졸개 네 놈은 죽었지만 장 도감, 장 단련, 장문신을 죽이지 않고서야 어떻게 이 한을 풀 수 있단 말이냐!'

박도를 들고 한참을 망설이다가 갑자기 생각난 듯이 마침내 맹주성 안으로 달려갔다.

제 30 회

 피로 물든 원앙루[1]

 한편 장 단련의 부탁에 따라 장문신을 위해 복수하고자 무송을 죽이려고 부하들을 보낸 장 도감은 소식을 기다리고 있었다. 그러나 생각과 달리 네 사람은 비운포에서 무송에게 살해당하고 말았다. 무송은 다리에 서서 한참을 생각하고 망설이고 있는데 가슴속 깊은 곳에서 분노가 하늘을 찌를 듯 치밀어올랐다.
 "장 도감을 죽이지 않고는 아무래도 이 한이 풀리지 않겠구나!"
 시체에 다가가 요도를 풀어 좋은 것을 골라 허리에 차고 박도를 골

---

[1] 30장 장 도감의 원앙루가 피로 물들다張都監血濺鴛鴦樓. 무 행자가 밤에 오공령을 지나가다武行者夜走蜈蚣嶺.

라들고 맹주성으로 돌아왔다. 성안으로 들어오니 이미 황혼이 붉게 물들어 있었다. 무송이 장 도감 집 후원의 화원 담 밖, 바로 말을 기르는 정원으로 몰래 들어갔다. 무송이 정원 옆에 숨어 살펴보니 마부는 관아에서 아직 돌아오지 않고 있었다.

얼마 후 작은 문이 '끼익' 하면서 열리더니 마부가 등롱을 들고 나와 안에서 문을 잠갔다. 무송이 어둠 속에 숨어 야경 북 치는 소리를 들어보니 이미 일경 사점[2]이었다. 그 마부는 건초 더미 위에 등롱을 걸고 이불을 깐 다음 옷을 벗고 올라가 잠이 들었다. 무송이 문 옆에 와 여니 소리가 났다. 마부가 잠이 들려다가 깨어 소리를 질렀다.

"어르신이 막 잠들려는 참인데 누구냐? 네가 내 옷을 훔치기에는 아직 이르다!"

무송이 박도를 문 옆에 기대어 세워놓고 손에 요도를 들고 또 '끼익' 하고 문을 열었다. 마부가 어찌 참고 누워 있을 수 있겠는가? 침상 위에서 홀딱 벗은 몸으로 튀어나와 말죽을 휘저어 섞을 때 쓰는 몽둥이를 잡고 빗장을 뽑으며 문을 열려고 하는데 무송이 먼저 강제로 밀고 들어와 마부의 머리를 잡았다. 마부가 소리를 지르려다 등불에 비쳐 번득이는 칼을 보고 먼저 놀라 잔뜩 겁을 먹고 말했다.

"살려주세요!"

---

[2] 고대에는 밤을 5경更으로 나누었고 또 1경을 5점點으로 나누었다. 일경은 밤 7~9시다. 1경 4점은 밤 8시36분이다.

"너 나를 아느냐?"

마부가 목소리를 듣자 비로소 무송임을 알고 서둘러 말했다.

"형님, 나랑은 상관없는 일이니 제발 살려주십시오!"

"빨리 사실대로 말해라, 장 도감은 지금 어디에 있느냐?"

"오늘 장 단련, 장문신과 셋이 하루 종일 술을 마셨습니다. 아직도 원앙루에서 마시고 있습니다."

"네 말이 정말이냐?"

"소인 말이 거짓이라면 등창에 걸려 뒈질 겁니다!"

"그래도 너를 살려둘 수 없다!"

한칼에 마부를 죽였다. 발로 시체를 차서 치우고 칼은 칼집에 넣었다. 등롱의 그림자 아래에서 시은이 허리에 묶어주었던 솜옷을 풀고 꺼내 몸에 입었던 옷을 벗고 갈아입었다. 옷을 꽉 묶으며 요도와 칼집을 허리에 차고 마부의 침대보로 은자 부스러기를 잘 싼 다음 전대에 넣고 문 옆에 걸어놓았다. 문 한 짝을 담에 세우고 등불을 불어 끈 다음 튀어나와 박도를 들고 문을 디디고 올라 벽을 기어오르기 시작했다.

이때 밝게 빛나는 달빛 속에서 무송은 담 위에서 안으로 뛰어 들어가 먼저 마구간 쪽문을 열었다. 다시 나와 문짝을 원래 자리에 옮기고 도로 들어가 쪽문을 끌어당겨 닫기만 하고 빗장을 채우지 않았다. 앞에 밝은 곳으로 가서 보니 바로 주방이었다. 두 계집종이 탕관湯罐[3] 옆에서 원망 섞인 목소리로 불평했다.

"하루 종일 시중들었는데 아직도 안 자고 차를 내오라고? 저 두 손님은 염치도 없나. 이렇게 취하도록 마시고 내려가 쉴 생각은 하지도 않고, 기껏 한다는 소리가 아직 멀었다고!"

두 시녀가 투덜투덜 불평을 쏟아내고 있는데, 무송이 박도는 기대어 세워놓고 허리에서 피 묻은 칼을 빼들고 문을 밀고 들어가 먼저 한 시녀의 쪽머리를 잡고 한칼에 죽였다. 다른 하나는 달아나려고 했으나 너무 놀라 두 다리가 못에 박힌 것 같았고 소리를 지르려고 했으나 벙어리가 된 것처럼 넋을 놓고 있었다. 두 계집종은 말할 것도 없거니와 이야기하고 있는 내가 보았더라도 놀라서 혓바닥을 조금도 놀리지 못했을 것이다.[4] 무송이 칼을 들어 나머지 시녀마저 죽였다. 시신 두 구를 부뚜막 앞에 놓아두고 주방의 등불을 끄고 창문 밖 달빛을 받으면서 한 발씩 후당 안으로 내디뎠다.

무송은 원래 관아 안을 출입하던 사람이라 이미 길을 모두 알고 있었으므로 곧바로 원앙루 옆에 와서 살금살금 계단을 올라갔다. 이때 측근과 수행원들은 모두 시중들다 질려 멀리 피해 있었고 장 도감, 장 단련, 장문신 세 사람만 남아 이야기를 하고 있었다. 계단 아래에서 몰래 엿듣는데 장문신이 아첨하는 소리가 들려왔다.

"상공 덕분에 소인이 원수를 갚았습니다. 당연히 다시 은상에게 후하게 보답하겠습니다!"

장 도감이 말했다.

3_ 탕관湯罐: 중국식 부뚜막에 묻어놓고 물을 끓이는 독.
4_ 여기서 "말하고 있는 사람"은 화자다.

"우리 장 단련의 체면이 아니었다면 누가 감히 이런 일을 하려고 하겠느냐! 네가 비록 돈은 좀 쓰더라도 그놈을 잘 처리해야 한다. 조만간에 손을 쓸 터이니 그놈은 꼼짝없이 죽은 목숨이다. 내가 비운포에서 그놈을 죽이도록 했다 그 네가 내일 돌아오면 알게 될 것이다."

장 단련이 말했다.

"네 명이 한 사람쯤이야 처리 못하겠습니까. 목숨이 몇 개 더 있더라도 살아날 방법이 없을 겁니다."

장문신이 말했다.

"소인이 제자들에게 명령했으니 그곳에서 손을 써서 끝내고 곧 돌아와 보고할 것입니다."

무송이 세 사람이 나누는 말을 듣고 마음에 형용할 수 없는 분노가 천장을 뚫고 하늘까지 치솟아올랐다. 오른손에 칼을 잡고 왼손의 다섯 손가락을 편 채 안으로 들어갔다. 등불 3~5개가 환하게 빛나고 밝은 달빛이 여기저기 비추어 원앙루 이층은 매우 밝았다. 탁자 위의 술잔들은 아직 치우지 않고 있었다. 장문신이 교의에 앉아 있다가 무송을 보고 놀라 오장육부가 튀어올라 허공에 매달린 것 같았다. 장문신이 다급하게 발버둥치려고 할 때 무송의 칼이 이미 얼굴을 내려쳐 교의와 함께 찍혀 뒤집어졌다. 무송은 칼을 잡고 몸을 돌렸다. 장 도감이 막 다리를 펴고 도망가려 하는데 무송이 칼로 머리를 내려쳐 귀와 목이 함께 잘려 푹 하고 바닥에 쓰러졌다. 둘 다 아직 꿈틀거리고 있었다. 장 단련은 무관 출신이라 비록 취했어도 아직 힘이 남아 있었다. 두 사람이 잘려나가는 것을 보고 도망갈 수 없음을 알았으므로 교의를 들고 휘둘렀다. 무송이 받아 잡고 밀어버렸다. 장단련이 술에 취하지 않고 정신이 멀쩡했더라도 어찌 무송의 괴력에 근접할 수 있겠는가! 맥없이 뒤로 풀썩 자빠졌다. 무송이 달려들어 한칼에 목을 베어버렸다. 장문신이 힘이 남아 막 발버둥치기 시작하는데, 무송이 왼발로 올려차니 몸이 허공에서 한 바퀴 돌면서 바닥에 떨어지자 누르고 목을 베었다. 뒤로 돌아 장 도감의 목마저 베었다. 탁자 위에 술과 고기가 있는 것을 보고 무송은 술잔을 들어 단숨에 모두 들이켰고 연달아 서너 잔을 더 마셨다. 죽은 시신의 옷을 잘라 피를 묻혀 하얀 벽으로 걸어가 크게 여덟 글자를 썼다.

"살인자는 호랑이를 잡은 무송이다殺人者打虎武松也."

무송이 탁자 위의 금은 그릇을 발로 밟아 찌그러뜨린 다음 몇 개를 옷 속에 넣었다. 막 원앙루를 내려가려고 하는데 일층에서 여자 목소리가 들렸다.

"위층의 나리들이 취했으니 두 사람은 빨리 올라가 부축하도록 하여라."

말이 다 끝나지도 않아 두 사람이 올라왔다. 계단 옆에 숨어 보니 원래 두 사람은 장 도감의 수행원으로 지난날 무송을 붙잡았던 자들이었다. 어둠 속에 숨어 있다가 둘을 지나가게 하고 나서 길을 막아섰다. 두 사람은 피가 흥건한 바닥에 시체 세 구가 늘어져 있는 것을 보고 놀라 서로 얼굴을 바라보며 아무 말도 하지 못했다. 마치 '여덟 개로 조각난 두정골頭頂骨 위에 얼음 물통을 기울여 쏟은 것처럼 온몸이 굳었다. 몹시 놀라 급히 몸을 돌렸다. 무송이 뒤를 따라 와서 손을 들어 내려치니 하나가 맞고 쓰러졌다. 남은 하나가 무릎을 꿇고 살려달라고 애원했다. 무송이 말했다.

"살려줄 수 없다!"

붙들고 찌르니 피가 벽을 적시고 시체가 등불 그림자에 어른거렸다. 무송이 말했다.

"한번 시작했으니 끝장을 봐야지. 한 명을 죽이나 백 명을 죽이나 마찬가지다!"

칼을 들고 아래층으로 내려갔다. 부인이 물었다.

"이층이 왜 이렇게 소란스러우냐?"

무송이 방 앞으로 다가가니 부인은 커다란 사내가 다가오는 것을 보고 물었다.

"너는 누구냐?"

무송의 칼이 날아가 얼굴을 박살내니 방 앞에 쓰러지며 외마디 비명을 질렀다. 무송이 누르고 칼을 들어 내려쳤으나 목이 잘라지지 않았다. 이상하게 생각한 무송이 칼을 들어 달빛 아래 비추어보니 칼날이 문드러지고 이가 빠져 있었다.

"어쩐지 목이 잘 잘라지지 않더라!"

무송이 이렇게 중얼거리더니 몸을 돌려 주방으로 가 요도를 내던지고 박도를 들고 나왔다. 몸을 돌려 다시 누각으로 돌아왔다. 지난번에 창을 했던 옥란이가 하녀 둘과 등불을 들고 오다가 부인이 쓰러져 죽은 땅에 비쳐보고 소리를 질렀다.

"에구머니, 이게 웬일이야!"

무송이 박도를 손에 쥐고 옥란의 심장을 찔렀고 두 하녀마저 죽여 셋이 박도의 밥이 되고 말았다. 중당으로 나와 빗상으로 앞문을 채우고 다시 들어가 부녀 2~3명을 찾아 찔러 죽였다.

"이제야 속이 좀 후련하구나. 그만하고 달아나야겠다!"

그제야 제정신을 차려 칼집을 던지며 박도를 들고 쪽문 밖으로 나가 말을 기르는 정원으로 다시 와서 요대를 챙겼다. 원앙루에서 밟아 눌러 가슴에 넣어왔던 은그릇들을 요대 안에 넣고 허리에 맨 다음 박도를 거꾸로 들고 발걸음을 뗐다. 장 도감의 집을 나와 성 근처로 가면서 생각했다.

'성문이 열리기 기다리다간 틀림없이 잡힐 텐데. 어둠을 틈타 담을 넘어 달아나는 것이 좋겠다.'

성벽을 밟고 위로 올라갔다.

맹주성은 작은 지방이라 토성이 그리 높지 않았다. 성벽 여장女墻5에서 아래를 바라보고 먼저 박도 칼날을 위로 향하게 하고 몽둥이 자루 끝 부분은 아래로 향해 잡고, 몸을 날려 뛰어내리며 몽둥이 부분으로 바닥을 짚어 중심을 잡고 해자 옆에 섰다. 달빛 아래에서 해자의 물을 자세히 살펴보니 깊이가 한두 자밖에 안 되는 듯했다. 이때는 바로 시월이 절반 정도 지난 날씨라 도처의 물이 말라버린 곳이 많았다. 무송이 해자 옆에 앉아 신발과 버선을 벗었으며 허벅지를 묶은 끈과 무릎

5_ 여장女墻: 요철 모양의 성벽에서 오목하게 낮은 부분을 이른다.

보호대를 풀어 옷을 걷어올렸다. 해자 안에 들어가 밖으로 건너가기 시작했다. 해자를 건너 버선을 다시 신고 시은이 준 짐 안에 미투리가 생각나 꺼내 신었다. 마침 성안에서 사경 삼점을 알리는 북소리가 들려왔다.

"이 분한 마음을 오늘에야 겨우 풀었네! 하지만 아무리 통쾌해도 오래 머물 곳은 아니니 빨리 떠나야겠다."

혼자 중얼거리며 박도를 들고 동쪽으로 향하는 샛길로 걷기 시작했다. 걷다가 시간이 오경쯤 되자 하늘은 희미했으나 아직 밝아지지는 않았다.

무송이 하룻밤 내내 갖은 힘을 다 써서인지 몸이 몹시 고단했고 척장을 맞은 상처가 덧나 아파오기 시작하여 견딜 수가 없었다. 마침 나무숲에 작은 사당이 하나 보이자 안으로 달려 들어가 박도를 기대 세우고 보따리를 풀어 베개로 베며 몸을 뉘이자 금세 잠에 빠져들었다. 막 잠이 들었는데 사당 밖에서 갈고리 두 개가 들어와 무송을 꼼짝 못하게 얽었다. 두 사람이 뛰어 들어와 무송을 제압하고 밧줄로 꽁꽁 묶었다. 네 명이 한꺼번에 나와서 말했다.

"요런 돼지 같은 놈이 살깨나 쪄서 형님에게 보내면 좋아하겠구먼!"

정신을 차리고 발버둥을 쳤으나 꼼짝할 수가 없었다. 넷은 보따리와 박도를 빼앗은 다음 양을 끌듯이 발이 땅에 닿지도 않게 들어 마을까지 무송을 끌어왔다.

"여기 봐라. 이놈 온몸이 피투성이네. 어디서 온 놈이야? 혹시 도적놈이 잡힌 것 아닌지 모르겠군."

넷이 자기들끼리 이야기를 주고받는데 무송은 아무 소리도 하지 않고 지껄이는 대로 내버려두었다. 3~5리도 못 와 초가집에 도착하여 무송을 밀어넣었다. 옆에 작은 문이 하나 있는데 안에는 아직 등불이 켜져 있었고 네 사람은 무송의 옷을 벗겨 기둥에 묶었다. 무송이 보니 부뚜막 옆 들보 위에 사람 허벅지 두 개가 걸려 있었다.

'하필 사람 잡아 죽이는 도적에게 걸렸으니 영 값어치 없게 죽겠구나. 이럴 줄 알았으면 차라리 맹주성 관아에 가서 자수할걸. 능지처참을 당하더라도 세상에 이름이나마 남길 텐데!'

무송이 속으로 그렇게 한탄하고 말았다.

네 놈이 보따리를 풀어보고 호들갑을 떨었다.

"형님, 형수님, 어서 나와 보세요! 우리가 제대로 한 건 올린 것 같습니다."

"내가 곧 나갈 테니 손대지 말거라. 껍질은 내가 벗겨야겠구나."

집 안에서 그렇게 대답했다. 그리고 차 한 잔 마실 시간이 지나지 않아 두 사람이 안으로 들어왔다. 무송이 바라보니 앞에 들어오는 것은 아낙네이고 그 뒤에 커다란 사내가 들어왔다. 두 사람이 두 눈을 무송에게 고정시키고 바라보았다.

"이게 누구야? 도련님 아니세요?"

"정말이네. 동생이 어쩐 일이야!"

무송이 바라보니 커다란 사내는 다른 사람이 아니라 바로 채원자 장청이었고 아낙네는 모야차 손이랑이었다. 네 놈이 놀라 밧줄을 풀고 무송에게 옷을 입혔다. 두건은 이미 발기발기 찢어졌으므로 삿갓을 씌

워주었다. 원래 장청의 십자파 주점이 한 군데가 아니라 여러 군데 있었으므로 무송은 당연히 알 수가 없었던 것이다. 장청이 무송을 앞 객석 안으로 데리고 나갔다.

서로 예를 마치고 장청이 크게 놀란 얼굴로 서둘러 물었다.

"동생, 어쩌다 이런 몰골이 되었는가?"

"한마디로 대답하기 어렵습니다! 형님과 헤어진 뒤 유배지 영내에 도착했습니다. 그곳에서 금안표 시은이라 불리는 관영의 아들이 보자마자 친구처럼 대하며 매일 좋은 술과 고기로 저를 대접했습니다. 성 동쪽 쾌활림이라고 하는 곳에 술과 고기를 파는 주점을 열었는데 그 주점으로 많은 돈을 벌었습니다. 그런데 장 단련이 데려온 장문신이라는 놈의 횡포에 그냥 거저 주점을 빼앗기고 말았습니다. 억울하게 당한 이야기를 듣고 제가 술에 취한 상태에서 장문신을 때려눕혀 다시 쾌활림을 찾아주었습니다. 이 일로 시은이 저를 존중하게 되었습니다."

무송이 숨을 가다듬고 이야기를 계속했다.

"나중에 장 단련이 장 도감을 매수하여 흉계를 꾸미고 저를 수행원으로 삼아 함정에 밀어넣은 뒤에 장문신의 복수를 하려고 했습니다. 8월 15일 밤에 거짓으로 도적이 들었다고 하고 저를 속여 함정에 몰아넣었고 금은 그릇을 미리 제 상자 안에 넣어놓았습니다. 그러고는 저를 잡아 맹주성 관아에 보내 강제로 도적을 만들어 감옥에 가두었습니다. 시은이 여기저기 돈을 써서 감옥에서 해를 당하지는 않았습니다. 문서 담당 섭 공목이 의로운 사람이라 일반 백성을 해치려고 하지 않았습니다. 또 감옥을 담당하는 강 절급이 시은과 관계가 매우 좋은 사람이었습니다. 두 사람이 버텨 기한이 만기가 되어 척장을 맞고 은주로 유배를 가게 되었습니다. 어젯밤에 성을 나오는데 가증스런 장 도감이 흉계를 꾸미고 장문신이 제자 두 명을 보내 호송 공인 두 사람과 힘을 합쳐 노상에서 저를 죽이려고 했습니다. 비운포에 도착하여 손을 쓰려고 할 때 제가 두 발로 차 제자 두 놈을 물에 빠뜨렸습니다. 쫓아온 두 버러지 같은 공인은 박도로 쳐죽여 물에 던져버렸습니다."

장청과 주변 사람들이 무송을 둘러싸고 앉아 숨을 죽여가며 들었다.

"이 분노를 어떻게 풀까 생각하다가 다시 맹주성 안으로 들어갔습니다. 일경 사점에 말을 기르는 정원에 들어가 먼저 마부를 죽였습니다. 그리고 담장에 기어 올라가서 안으로 들어가 주방 안에서 시녀 두 명을 죽이고 바로 원앙루로 올라가 장 도감, 장 단련, 장문신 셋을 모두 죽이고 또 수행원 둘을 베었습니다. 아래로 내려와 장 도감의 마누라, 자식, 집안 가기를 찔러 죽였습니다. 사경 삼점에 맹주성을 뛰어넘어 성 밖으로 나왔습니다. 길을 걷다가 오경에 몸도 피곤했고 척장을 맞은 것이 덧나 통증이 심했습니다. 몹시 피곤해 길을 갈 수가 없어서 조그만 사당에서 잠시 쉬려다가 이 네 사람에게 잡혀온 것입니다."

네 놈팡이가 당황하여 땅에 풀썩 엎드려 도리깨질하듯 머리를 조아렸다.

"우리 넷은 모두 장청 형님의 부하입니다. 며칠 동안 노름판에서 도박을 하다 모두 잃는 바람에 숲에 들어가 돈이 될 만한 일을 찾고 있는데 오솔길로 들어오는 형님을 보았습니다. 온몸에 피칠갑을 하고 사당 안으로 들어가셨고 우리는 형님이 누구인지 몰랐습니다. 일찍이 장청 형님이 사람을 잡아올 땐 반드시 산채로 데려오라고 하셨습니다. 그래서 갈고리로 꼼짝 못하게 묶어 잡아온 것입니다. 만일 그런 분부가 없었더라면 큰형님 목숨을 해칠 뻔했습니다. 정말 두 눈을 멀쩡히 뜨고도 태산 같은 분을 알아보지 못하여 돌발적인 실수로 형님을 괴롭혔습니다. 부디 너그럽게 용서해주십시오."

장청 부부가 이야기를 다 듣고 즐거운 듯 웃으며 네 놈팡이를 보고 말했다.

"내가 어쩐지 마음에 걸리는 게 있어 당분간은 살아 있는 물건만 가져오라고 했지. 네 놈이 우리 마음을 어떻게 알 수 있겠느냐? 만일 우리 동생이 피곤하지만 않았더라면 너희 네 명만이 아니라 마흔 명이 있었더라도 근처에 가지도 못했을 거다!"

네 놈이 엎드린 채 머리로 콩콩 바닥을 찧으며 용서를 비니 무송이 불러 일으켜 세웠다.

"여러분이 돈이 없어 노름을 하러 갈 수 없다니 내가 좀 보태주겠소."

보따리를 열고 은 부스러기 10냥을 꺼내 네 사람에게 나누어주었다. 네 놈이 무송에게 감사 인사를 올렸다. 장청도 은자 2~3냥을 꺼내 그들에게 주고 나누어 가지도록 했다.

장청이 무송을 바라보며 말했다.

"동생은 내 마음 모를 걸세! 자네가 여기에서 떠난 다음에 혹시 뭔가 착오가 생겨 조만간에 돌아오지 않을까 두려웠다네. 그래서 저놈들에게 지난번에 분부했다네. 물건을 가지고 오더라도 산 것만 가져오라고.

저놈들은 약한 상대를 보면 산 채로 잡아오겠지만 대적하지 못한다면 반드시 죽여버렸을 거라네. 그래서 놈들에게 칼을 가지고 나가지 말고 갈고리를 가지고 나가게 했지. 방금 저놈들 말을 듣고 의심이 생겨 기다리라고 하고 서둘러 와서 봤는데 아우일 줄은 생각도 못했네!"

같이 앉아 있던 손이랑이 한마디 거들었다.

"도련님이 장문신과 싸울 때 술에 취한 채 때려눕혔다는 소문을 오가는 길손들에게 들었어요. 그런 소문을 듣고 어느 누가 놀라지 않았겠어요! 쾌활림에서 장사하는 사람들이 항상 여기를 지나면서 도련님 이야기를 해서 우리가 듣고 알기는 했지만, 그 뒤에 일어난 일은 알 수가 없었어요. 피곤하실 텐데 먼저 객방에 가서 쉬고 나머지는 내일 다시 얘기해요."

장청이 무송을 객방으로 데리고 가서 재웠다. 둘은 주방으로 가 무송에게 대접하기 위하여 맛있는 각종 음식과 술을 준비했다. 무송이 잠에서 깨자 음식을 차려 함께 앉아 지난일을 서로 나누었다.

한편 맹주성 안 장 도감의 관저에 들키지 않고 숨어 있던 몇 사람은 무서워서 감히 나오지 못하다가 오경이 넘어서야 겨우 나왔다. 그들은 안에 수행원 심복들을 깨우고 밖에 당직을 섰던 위병을 모두 불러 주변을 살펴보았다. 다들 놀라 소동이 일어났으나 이웃 어느 누구도 감히 밖으로 나오지 못했다. 날이 밝을 무렵이 되어서야 겨우 맹주 관아에 가서 사실을 알렸다. 소식을 듣고 깜짝 놀란 지부는 서둘러 사람을 보내 죽은 사람의 수와 범인의 출몰 경로를 간단하게 조사하며 장부에 기록하고 화상을 그렸다. 조사를 맡았던 관원이 돌아와 지부에게 상세하게 알렸다.

"먼저 말을 기르는 정원 안에 들어와 마부 한 명을 죽인 뒤 입고 있던 옷 두 벌을 벗겼습니다. 다음 주방 부뚜막 아래에서 시녀 두 명을 살해하고 주방 문 옆에 사용하던 이빨 빠진 칼 하나를 버렸습니다. 이층으로 올라가 장 도감 한 사람과 수행원 둘, 밖에서 초청한 손님 장단련과 장문신 두 사람을 죽였습니다. 그리고 피를 찍어 묻힌 옷 조각으로 '살인자는 호랑이를 잡은 무송이다'라고 하얀 회벽에 커다랗게 적었습니다. 건물 일층에 내려와 부인 한 명을 죽이고 밖에서 옥란이 한 명, 유모 둘, 자녀 셋을 찔러 죽였습니다. 모두 합쳐 남녀 15명을 죽이고 금은 술잔 6개를 약탈해갔습니다."

지부가 문서를 모두 살펴보고 사람을 보내 맹주의 4대문을 모두 잠그고 군병과 포도 인원에게 성내 각 지역 이정을 점고하고 각 동네를 차례대로 수색하여 무송을 잡으라고 명령했다. 다음 날 비운포에서 지역 보정이 보고했다.

"포구 안에서 네 명을 살해했습니다. 사람을 죽인 혈흔은 모두 비운포 다리 아래에 있었고 시체는 모두 물속에 있었습니다."

지부가 소장을 받고 본현 현위縣尉6에게 맡겨 시신 네 구를 건지고 모두 검시하도록 했다. 시신 두 구는 맹주현 공인이고 다른 두 사람은 가족이 있어 각자 관을 준비하여 시신을 담아 염을 하게 하고, 모두 고소장을 제출하여 범인을 잡아 처벌하도록 재촉했다. 성문을 3일간 닫고 가가호호 수색했다. 5가가 1연連이고 10가가 1보保로 묶여 있으므로 어디를 수색하지 못하겠는가? 지부는 문서에 도장을 찍어 각 직속 향鄕, 보保, 도都, 촌村에 명을 내려 한 집 한 집 하나도 빼놓지 않고 뒤져 범인을 수색하여 체포하도록 했다. 무송의 고향, 나이, 얼굴과 모습을 적고 형상을 그려 현상금 3000관을 걸었다. 만일 무송의 거처를 알아 주 관아에 가서 알리면 방문대로 상금을 주기로 했다. 만일 범인을 집에 은닉시켜 머물게 하면서 숙식을 제공했다가 관아에서 알게 되면 범인과 같은 죄로 처벌하게 했다. 인근에 있는 모든 주와 부에 공문을 돌려 함께 협조하도록 알렸다.

한편 무송은 장청의 집에서 3~5일을 쉬면서 계속 소식을 탐문했다. 일이 갈수록 긴급해지고 소란스러워지더니 공인들이 성에서 나와 각 향촌을 수색하기 시작했다. 장청이 이 소식을 알고 무송에게 알리지 않을 수 없었다.

"동생, 내가 무서워서 동생을 오래 머물지 못하게 하려는 것이 아니네. 지금 관아에서 긴박하게 가가호호 수색을 시작했네. 내일 당장이라도 잘못되면 우리 부부를 원망하게 될까 걱정이라네. 내가 동생을 위하여 거처할 수 있는 곳을 생각해보니 전에 말했던 그곳이 동생 마음

6_ 현위縣尉: 송대 행정구역에서 부는 여러 개의 현을 관할했다. 지부 관할 소재지에 따로 지현 관할지가 있었다. 예를 들면 맹주 지부와 맹주 지현이 모두 맹현에 있었다. 맹주성 안의 안건은 지부가 직접 처리했으나 성 밖의 안건은 반드시 지현에게 넘겼으므로 현위는 지현의 일 처리를 돕는 조수가 된 것이다.

에 들지 모르겠네."

"저도 요 며칠 생각해보니 이 일은 반드시 들통이 날 터인데 어떻게 여기에 아무 일 없이 편안하게 있겠습니까? 내게 하나밖에 없던 형님이 어질지 못한 형수에게 살해당했고 우여곡절 끝에 겨우 여기까지 올 수 있었는데, 또 남에게 이렇게 모함을 받았습니다. 한 핏줄로 내려오는 친척 하나도 없습니다. 오늘 형님이 좋은 거처를 찾아 무송에게 가라고 하면 제가 어찌 가지 않겠습니까? 다만 어디인지 궁금할 따름입니다."

"청주부 관할 이룡산에 보주사라는 절이 있다네. 내 의형 노지심과 청면수 양지라는 사람이 산적이 되어 그곳을 장악하고 있다네. 청주 관군들도 정면으로 쳐다보거나 함부로 덤비지 못한다더군. 그곳을 빼고는 동생이 재난을 피할 곳이 없다네. 혹시 다른 곳으로 가더라도 시간이 지나면 분명 잡히고 말 것이네. 그곳에서 항상 편지를 보내 나더러 한패가 되자고 한다네. 내가 이곳을 좋아하여 옮기지 못하고 지금까지 가지 못했다네. 내가 편지를 써서 동생의 실력을 자세히 설명하겠네. 내 체면을 본다면 어떻게 자네를 받아주지 않겠는가?"

"형님, 그 말씀이 옳습니다. 저도 본래 그런 마음이 있었지만 시기가 되지 않았고 인연도 맺어지지 않았습니다. 오늘 이미 사람을 죽이고 사태가 커져 몸을 숨길 데도 없으므로 이 길 외에 다른 길은 없습니다. 형님, 서둘러 편지를 써주시면 제가 오늘이라도 떠나겠습니다."

장청이 즉시 종이를 가져와 편지에 자세하게 써서 무송에게 주고 술과 음식을 준비하여 송별연을 벌였다. 모야차 손이랑이 장청의 얼굴을 가리키며 말했다.

"당신, 어떻게 그냥 이렇게 도련님을 보내? 이렇게 가다간 분명히 잡힐 거야!"

"형수님, 왜 제가 가면 안 됩니까? 왜 사람들에게 잡힌단 말입니까?"

"도련님, 지금 관아에서 도처에 공문을 보내고 현상금을 3000관이나 걸었으며, 모습을 그리고 고향과 나이를 명확하게 적어 사방에 붙였습니다. 도련님, 얼굴에 금인도 두 줄이나 새겨져 있는데 그냥 이렇게 길에 나갔다간 잡아떼지도 못할 것입니다."

장청이 아무 고민도 없이 말했다.

"얼굴에는 고약 두 개를 붙여 가리면 되지."

"세상 사람이 모두 당신처럼 그렇게 어수룩한지 알아? 무슨 그런 말도 안 되는 소리를 하고 앉아 있어! 그래서 어떻게 공인들을 속인단 말이야? 나한테 방법이 있는데 도련님이 따를지 모르겠네요?"

손이랑이 무송을 보며 실실 웃었다.

"내가 도망가는 처지에 못할 일이 뭐가 있겠습니까?"

"2년 전에 두타 하나가 여기를 지나다가 나한테 잡혀 여러 날 동안 만두 속 걱정이 없었어요. 그때 쇠로 만든 머리 테, 옷 한 벌, 검정 장삼 가사 한 벌, 여러 색이 섞인 짧은 허리띠 하나, 도첩 하나, 사람 정수리 뼈로 만든 108염주 하나, 상어 가죽으로 만든 칼집에 꽂힌 하얀 단철로 만든 계도 두 개가 여태 남아 있어요. 이 계도가 밤만 되면 항상 울어요. 도련님도 전에 보셨잖아요. 지금 도망가기가 쉽지 않은데 머리를 밀어 행자行者7가 된다면 이마의 금인을 가릴 수 있을 겁니다. 게다가 또 이 도첩으로 호신부를 삼으면 누가 알겠어요? 나이나 얼굴이 도련님과 같아서 혹시 전생의 인연이 아닌가 하는 생각이 들 정도로 비슷해요. 누가 도련님에게 물을 때 그 사람 이름을 댄다면 길에 나서도 감히 꼬치꼬치 따지겠어요? 이 일은 이렇게 하는 게 좋지 않을까요?"

손이랑은 득의만만하게 웃고 장청은 손뼉을 치면서 장단을 맞추었다.

"이랑, 당신 말이 옳아. 내가 이 수는 전혀 생각도 못했네! 동생, 자네 생각은 어떤가?"

"해볼 만하기는 한데 제가 생긴 게 출가인과는 거리가 멀어서요."

"내가 한번 똑같이 잘 꾸며보겠네."

손이랑이 방 안에서 보따리를 가지고 나와 풀어 옷가지를 여러 개 꺼내며 무송에게 안팎으로 입혔다. 무송이 입고 만족해서 말했다.

"내 옷처럼 몸에 딱 맞는군요."

장삼을 입고 허리띠를 매며 삿갓을 뒤로 넘기고 머리카락을 푼 다음 접어 머리테 안에 끼우고 염주를 목에 걸었다. 장청과 손이랑은 여기저기 자세히 살펴보고 갈채하며 말했다.

"세상에. 이건 뭐 전생에 미리 맞추어놓은 것 같네!"

7_ 행자行者: 본래 사찰에서 머리를 깎고 중이 되지 않은 잡역을 가리킴. 두타頭陀를 가리키기도 하니 고정된 사원이 없는 행각승을 말한다.

무송이 그 말을 듣고 거울에 비추어보면서 혼자 껄껄거리며 웃기 시작했다.

"동생, 왜 그렇게 크게 웃나?"

"내 모습을 비추어보니 저절로 웃음이 납니다. 어쩌다 행자가 되었는지도 알 수가 없네요. 형님, 머리도 깎아주십시오."

장청이 가위를 들고 무송의 앞뒤 머리를 모두 잘랐다.

무송은 일이 점점 긴박해지자 보따리를 들고 떠나려고 했다. 장청이 다시 침착하게 말했다.

"동생, 내 말을 들으면 욕심낸다고 자네가 오해할지도 모르겠지만 장도감 집에서 가져온 술잔들은 여기에 남겨놓게. 내가 은 부스러기로 바꾸어줄 테니 가다가 여비로 삼게. 만에 하나라도 실수해서는 안 되니 말일세."

"형님이 정말 제대로 보았네요."

은그릇을 모두 꺼내 장청에게 주어 금은 부스러기 한 주머니로 바꾸어 요대 안에 묶고 다시 허리에 붙들어 맸다. 그날 밤 무송이 밥과 술을 배부르게 먹고 허리에 계도 두 자루를 차고 짐을 모두 수습한 뒤 장청 부부에게 인사했다. 손이랑이 도첩을 꺼내 비단 주머니에 넣고 꿰맨 다음 무송의 가슴 앞에 걸치도록 했다.

장청이 막 출발하려고 하는 무송에게 다시 한번 당부했다.

"동생, 도중에 아무쪼록 조심하고 무슨 일이라도 방심해서는 안 되네. 술도 조금만 마시고 남과 싸우지 말고 출가한 스님답게 처신해야 하네. 모든 일에 서두르지 말고 남들에게 들키지 않도록 조심하게. 이룡산에 도착하거든 꼭 편지로 소식을 전하게. 우리 부부도 여기에 남는 것은 긴 계책이 아니라네. 나중에라도 집 안을 정리하고 산에 올라가 함께 지낼 작정이야. 동생, 부디 몸조심하고 또 조심해야 해! 노지심, 양지 두 두령에게도 인사 전해주게."

무송이 인사를 마치고 문을 나서 소매에 두 손을 집어넣고 흔들흔들 여유롭게 걸어갔다. 장청 부부는 등 뒤에서 무송을 바라보며 다시 감탄했다.

"과연 나무랄 데 없는 행자로구먼!"

그날 밤 무 행자가 십자파를 떠나 대로는 피하여 외딴길로만 걸었다. 이때가 10월이라 낮이 짧아 얼마 가지도 못하고 날이 저물었다. 대략 50리 길을 못 걸어 멀리 높은 고개가 보였다. 밝은 달빛에 의지하여 한 걸음씩 재를 넘다보니 초경쯤이 되었다. 언덕 위에 올라 바라보니 달빛이 동쪽에서 비추어 언덕 위 초목을 밝게 비추고 있었다. 잠시 언덕 아래를 바라보고 있는데 앞쪽 숲속에서 사람 웃음소리가 들려왔다.

"거참, 이상한 일도 다 있네! 이렇게 고요하고 높은 고개에서 누가 이렇게 웃고 있는 거야."

소리가 나는 숲 가까이 다가가 바라보니 소나무 숲속 무덤 옆에 암자가 하나 있었고 10여 칸 초가집이 있었으며 문 두 짝과 작은 창을 모두 열어놓았는데 도사 하나가 부녀를 끌어안고 창가에서 달을 보며 웃고 있었다. 무 행자가 바라보다가 분노가 일어나고 악한 마음이 쓸개에서 끓어올랐다.

'이런 산속에서 출가한 도사가 저런 짓거리를 하고 있다니!'

곧 허리에서 새하얀 은빛 계도 두 자루를 꺼내 달빛 아래에서 바라보며 중얼거렸다.

'이런 훌륭한 칼이 내 손에 들어와도 마수걸이 한번 안 해봤는데 여기서 저 도사 놈에게 시험해봐야겠다!'

칼 하나는 손에 걸고 다른 하나는 칼집에 넣어두고 장삼의 두 소매는 등 뒤로 묶고 암자 앞에 와서 문을 두들겼다. 그 도사가 듣고 뒤창을 잠가버렸다. 무 행자가 돌을 들고 문으로 가서 두드렸다. 끼익 소리가 나더니 옆문이 열리더니 동자 하나가 소리치며 말했다.

"당신 도대체 누구요? 무슨 까닭으로 감히 야밤 삼경에 소란을 피우고, 또 문을 두드려서 어쩌자는 것이오?"

무 행자가 두 눈을 동그랗게 뜨고 크게 소리질렀다.

"먼저 이 동자 놈을 칼에 제물로 바치노라!"

말이 다 끝나기도 전에 손이 올라가 '쨍' 소리와 함께 동자의 머리가 한쪽으로 날아가고 몸뚱이는 바닥에 쓰러졌다. 암자 안의 그 도사가 큰 소리를 지르며 풀쩍 하고 뛰쳐나오며 말했다.

"누가 감히 내 동자를 죽였느냐!"

그 도사가 보검 둘을 손으로 돌리며 무 행자에게 달려들었다.

"내 평생의 실력을 발휘할 필요도 없다! 네놈이 내 간지러운 곳을 긁어주는구나."

무송이 크게 웃으며 칼집에서 다시 남은 계도를 꺼내 쌍계도를 돌리며 도사를 맞았다. 둘은 밝은 달빛 아래에서 들어가면 물러서고 물러나면 들어가며 네 개의 차가운 빛이 둥근 냉기를 뿜었다. 둘이 10여 합을 어울리다 큰 소리가 나더니 한 사람이 거꾸러졌다. 차가운 빛 속에서 머리 하나가 날아가고 살기 속에서 피가 분수처럼 솟아올랐다.

제 3 1 회

용두사미

  둘은 10여 합을 겨루다가 무송이 허점을 보이자 도사가 칼 둘을 들고 내리치며 들어왔다. 무송이 몸을 돌리며 정확하게 보고 계도를 휘두르니, 도사의 목이 한쪽에 떨어져 데굴데굴 굴렀고 시신은 돌 위에 쓰러졌다. 무송은 암자를 향해 소리를 질렀다.
  "암자 안의 계집은 죽이지 않을 테니 어서 나오거라. 내가 물어볼 것이 있다!"
  그러자 암자 안에 있던 부인이 나와 땅에 엎드리며 머리를 조아렸다.

1_ 31장 무송이 술에 취해 공량을 두들겨 패다武行者醉打孔亮. 금모호가 송강을 풀어주다 錦毛虎義釋宋江.

"내게 절할 필요 없다! 네가 말해보거라. 여기는 어디이며 그 도사는 네게 누구냐?"

무송이 준엄한 목소리로 추궁했다. 부인이 울며 대답했다.

"저는 이 고개 아래 장 태공 집 딸로, 이 암자는 저희 조상 무덤의 암자입니다. 이 도사는 어디 사람인지는 알 수 없으나 우리 집에 머물면서 말로는 음양에 정통하고 풍수를 잘 안다고 했습니다. 저희 부모님이 그를 집에 머물게 하지 않고 여기 묘지에서 풍수를 살피게 했다가 유혹에 넘어가 다시 며칠을 머물게 했습니다. 저놈이 하루는 저를 보더니 저희 집에서 떠나려 하지 않았습니다. 2~3개월 머물면서 저희 부모와 오빠 부부를 살해했으며 저를 강제로 범하고 여기에 머물게 했습니다. 아까 동자도 다른 곳에서 빼앗아온 아이입니다. 이 고개의 이름은 오공령蜈蚣嶺(오공은 지네다)입니다. 저 도사는 이 고개의 풍수가 좋다고 하여 스스로 호를 '비천오공飛天蜈蚣' 왕 도인이라고 지었습니다."

사연을 모두 듣고 무송은 말투를 누그러뜨리며 말했다.

"다른 친척은 없소?"

무송은 어이도 없고 측은하게 여기기도 하며 물어보았고 여자는 울먹이며 대답했다.

"당연히 친척이 몇 집 있으나 모두 농사짓는 사람이라 누가 감히 그와 다투겠습니까."

"이놈에게 재물이 좀 있소?"

"금은 100~200냥은 족히 될 것입니다."

"있으면 빨리 들어가서 챙기시오. 나는 암자에 불을 질러 태워버리겠소."

부인은 마음이 조금 풀리는지 무송에게 물었다.

"스님, 술과 고기 좀 드시겠습니까?"

출출하던 터라 무송은 사양하지 않고 말했다.

"있다면 내게도 좀 나누어주면 좋겠소."

"스님 암자 안으로 들어와서 드시지요."

"다른 사람이 있어서 나를 해치려는 것 아니오?"

"제가 머리가 몇 개라고 감히 스님을 속이려들겠습니까?"

무 행자는 그 부인을 따라 암자 안으로 들어가 창문 옆 탁자 위에 술과 고기가 놓여 있는 것을 보았다. 큰 대접을 얻어 술 한 잔을 마셨다. 부인은 금은 비단을 모두 챙겼고, 무송은 암자 안에 들어가 불을 질렀다. 부인이 금은을 싼 보따리 하나를 무 행자에게 바치자 무송이 말했다.

"내가 물건을 달라는 것이 아니고 당신이 가지고 가서 앞으로 쓰면서 살라는 것이오. 빨리 가시오. 어서 떠나시오!"

부인은 엎드려 감사하고 고개를 내려갔다. 무 행자는 시체 두 구를 불 속에 던져 태워버렸다. 계도를 칼집에 넣고 밤새 고개를 넘어 외진 길만 골라 청주를 향하여 걸었다. 다시 10여 일을 걸으면서 보니 시골 마을과 객점, 비교적 큰 마을 등등 가는 곳마다 과연 무송을 잡으라는 방문이 붙어 있었다. 무송은 이미 행자로 변복하여 도중에 캐묻는 사람은 없었다.

11월이 되자 날이 매우 추워졌다. 어느 날 무 행자가 가는 길에 술과 고기를 사서 먹었으나 추위를 견딜 수가 없었다. 한 황토 언덕에 올라 바라보니 앞에 매우 험준하고 높은 산이 있었다. 무 행자가 황토 언덕을 내려와 3~5리 길을 더 걸으니 시골 주점 하나가 눈에 들어왔다. 문 앞으로는 맑은 시내가 흐르고 있었고, 집 뒤로는 오통 어지럽게 펼쳐진 바위산이었다. 무 행자가 황토 언덕을 지나 주점으로 들어가서 자리에 앉아 소리 질렀다.

"주인장, 먼저 술 두 병과 고기가 있으면 먹게 파시오."

주인이 나와 미안한 듯 말했다.

"스님, 솔직하게 말씀드리겠습니다. 술은 저희가 담은 싸구려 백주가 있지만 고기는 다 팔아서 없습니다."

"그럼 술로 추위를 달래야겠으니 가져오시오."

주인은 가서 두 병을 가져와 큰 잔에 술을 따라 무 행자에게 먹이고 이미 만들어놓은 요리를 안주로 가져왔다. 잠시 후 두 병을 모두 먹고 두 병을 더 시켰다. 주인이 두 병을 가져다 큰 잔에 따랐고, 무송은 아무 말 없이 마셨다. 원래 황토 언덕을 지날 때 이미 술에 3~5할쯤 취해 있었다. 한 번에 네 병을 마시고 또 삭풍이 불자 술이 취해 올라오기 시작했다. 무송은 큰 소리를 버럭 지르며 말했다.

"주인장, 당신 정말 여기에 아무것도 팔 물건이 없단 말이야? 당신이 먹으려던 고기라도 가져다주면 안 되겠소? 돈은 내가 줄 테니."

주인은 어이없다는 듯 웃으며 말했다.

"내가 장사하면서 술과 고기 내놓으라고 하는 출가인은 오늘 처음이오. 없는데 어디서 가져오겠습니까? 스님, 없으니 포기하십시오!"

"내가 당신 고기를 거저 먹겠다는 것도 아닌데 왜 나한테는 팔지 않는 거야?"

"제가 당신에게 술밖에 없다고 말했지 않소. 다른 물건은 팔고 싶어도 어디에서 구해 팔겠습니까."

주점 안에서 한참 말다툼을 하고 있는데 밖에서 몸집이 커다란 사내가 일행 3~4명을 데리고 들어왔다. 주인은 만면에 웃음을 띠고 맞으며 말했다.

"이랑二郎, 앉으시죠."

"내가 시킨 대로 준비했느냐?"

"닭과 고기를 이미 삶아놓고 오시기만 기다리고 있었습니다."

"내가 말한 청화옹주青花瓮酒는 어디 있느냐?"

"여기 있습니다."

그 사람은 일행을 이끌고 무 행자의 맞은편 상좌에 앉았고, 같이 온 사람들은 옆자리에 앉았다. 주점 주인이 청화옹주를 가져와 진흙 뚜껑을 열고 흰 그릇에 부었다. 무 행자가 곁눈으로 슬쩍 훔쳐보는데 항아리 안의 술 냄새가 솔솔 풍겨왔다. 무 행자는 향기로운 냄새에 목구멍이 근질근질거리며 군침만 꿀꺽 삼켰다. 뺏어서라도 마시고 싶었다. 주인이 다시 주방에 들어가 삶은 닭 한 판과 살코기 한 판을 그 사람의 탁자에 올려놓고 요리를 펼쳐놓으며 국자로 술을 떠서 데웠다. 무 행자는 자기 앞에 안주 한 접시를 보고 속이 뒤틀리지 않을 수 없었다. 눈으로만 호강했고 뱃속에선 꼬르륵 소리가 절로 나왔다. 술기운이 올라오기 시작하면서 한 주먹에 탁자를 박살내버리고 싶었다.

"주인장, 이리 오너라! 너 이 자식 손님을 가지고 장난하는 거야?"

"스님, 진정하십시오. 술을 달라 하시면 가져다드리겠습니다."

주인이 서둘러 다가와서 말하자 무송은 두 눈을 동그랗게 뜨고 소리를 질렀다.

"너 이놈 정말 이럴 수가 있느냐! 내게는 왜 청화옹주와 닭과 고기를 팔지 않느냐? 나도 똑같이 네게 돈을 주마."

"청화옹주와 고기는 모두 이랑께서 집에서 가지고 온 것이고, 여기는 술을 드시려고 자리만 빌린 것입니다."

무송이 속으로 너무나 먹고 싶은데 주인의 말이 어떻게 귀에 들리겠는가? 소리를 지르며 발악했다.

"웃기지 마. 헛소리 말아라!"

"이렇게 억지 부리는 스님은 또 보다보다 처음 보겠네!"

"이 어르신께서 괜히 억지를 부리시냐. 내가 거저 먹자는 거냐?"

"제 입으로 어르신 운운하는 중은 또 처음 보네!"

무 행자가 듣고 벌떡 일어나 손바닥으로 주점 주인의 얼굴을 한 대 갈기니 휘청거리며 맞은편 좌석에 부딪히면서 쓰러졌다.

주인이 맞아 얼굴 한쪽은 잔뜩 붓고 한참을 발버둥쳤으나 일어나지 못했고, 맞은편의 사내가 그 광경을 보고 크게 화를 냈다. 사내는 벌떡 일어나 무송에게 삿대질하며 나무랐다.

"이런, 보아하니 땡중이로구나. 어디서 함부로 주먹질이냐. 출가한 중은 화를 내서는 안 된다고 하지 않더냐!"

"내가 때리겠다는데 너랑 무슨 상관이냐!"

"좋은 말로 곱게 말리려 했더니 이런 상놈의 중이 주둥이를 함부로 놀려 사람 열받게 만드네!"

무송이 그 말을 듣고 몹시 화가 나 탁자를 밀어젖히고 걸어와 고함을 질렀다.

"너 이놈 지금 누구한테 하는 소리냐."

사내가 웃으며 말했다.

"너 이 중대가리야 나랑 한번 붙어보자. 네가 감히 잠자는 호랑이 코털을 건드리다니."

사내가 손짓하며 불렀다.

"너 이 죽일 놈의 행자야. 나와라. 내가 너에게 할 말이 있다!"

"내가 겁먹을 줄 알고? 너를 가만 내버려둘 것 같으냐."

서둘러 문 옆으로 다가갔다. 사내는 문밖으로 나갔고 무송도 문밖으로 쫓아나갔다. 그 사내는 무송이 건장한 것을 보고 가볍게 여길 수 없어 자세를 잡고 기다렸다. 무송이 갑자기 다가와 사내의 손을 잡았다. 사내는 힘을 다하여 무송의 손아귀에서 빠져나가려고 했으나 수백 근의 힘을 어떻게 당해낼 수 있겠는가? 손을 당기니 끌려 품안에 들어왔고, 단 한 번 비틀었을 뿐인데 마치 아이가 자빠지듯이 저항 한번 못하고 바닥에 뒤집어졌다. 같이 왔던 3~4명의 촌놈이 보고 손발을 벌벌 떨며 아무도 나서지 못했다. 무 행자가 그 사내를 밟고 주먹을 들어 다짜고짜 두들겨 패기 시작했다. 20~30대를 치더니 일어나 바닥에서 들어 문밖 개울에 던져버렸다. 3~4명의 촌부는 '아이고' 소리를 외치며 물의 깊이를 가늠하지도 않고 모두 시내에 뛰어들어 정신을 잃고 물에 빠진 사내를 구해 부축하여 남쪽으로 사라져버렸다. 주점 주인은 한 대 맞고 나서 몸이 마비되어 꼼짝도 못하다가 일어나 방 안으로 들어가 숨어버렸다.

무송이 주점 안으로 들어와 아무도 없는 것을 보고 혼자 중얼거렸다.
"잘됐다! 모두 사라져버렸으니 어르신은 술이나 먹어야겠다."

잔으로 하얀 그릇에 담긴 청화옹주를 떠서 마셨다. 탁자 위의 닭과 고기 한 판은 아직 손도 대지 않은 채로 남아 있었다. 젓가락도 쓰지 않고 두 손으로 찢어 닥치는 대로 먹기 시작하여 반 시진도 안 되어 술과 고기와 닭을 거의 다 먹어치웠다. 취하기도 하고 배도 불러 장삼 소매를 등 뒤로 묶고 주점을 나와 개천을 따라 걸었다. 세차게 불어오는 북풍에 밀리지 않으려고 발걸음도 멈추지 못하며 계속 맞바람을 뚫고 걸었다. 주점에서 4~5리가 채 안 되는 곳에 오니, 옆의 흙담 안에서 누런 개가 한 마리 튀어나와 무송을 보고 짖기 시작했다. 누런 개는 계속 무송을 따라오며 짖어댔다. 무 행자가 크게 취하여 아무한테나 시비를 걸고 싶던 차에, 개가 따라오며 짖어대자 짜증이 나서 아무것이나 찾으려다가 왼손으로 계도를 빼들고 발을 크게 내디디며 쫓아갔다. 누런 개는 무 행자를 피해 시냇가로 도망가서 짖었다. 단칼에 처치하려고 내려치다 허공만 베고 말았다. 너무 세게 내려치니 원래 사람의 대가리는 무겁고 발은 가벼운지라 중심을 잃고 개천에 굴러떨어져 일어나지 못했다. 개는 그 자리에 서서 짖기 시작했다. 한겨울 날씨에는 개천 깊이가 비록 한두 척밖에 안 되지만 추위를 감당할 수가 없었으므로 물에 젖은 몸을 억지로 일으켰다. 한편 계도가 물에 빠져 빛을 반사하며 번쩍번쩍 빛이 났다. 물가에 쭈그리고 앉아 계도를 집으려고 손을 내밀다가 앞으로 그대로 굴러 처박혀 다시 일어나지 못하고 개울 안에서 허우적거렸다.

시내 옆 담장 안에서 사람들이 무리지어 뛰어나왔다. 맨 앞에 선 사내는 머리에 삿갓을 쓰고 몸에는 담황색 모시 겹저고리를 입었으며 손에 초봉을 들었다. 뒤따라오는 10여 명은 모두 하얀 몽둥이가 달린 나무 써레를 들고 있었다. 사람들은 개 짖는 소리를 듣고 물에 빠져 일어나지 못하는 무송을 가리키며 말했다.

"저 시내에 빠진 행자 놈이 작은 형님을 때렸습니다. 지금 작은 형님이 큰 형님을 찾지 못해 장객 20~30명을 데리고 주점으로 잡으러 갔는데 이놈은 오히려 여기에 있었군요."

그때 멀리서 얻어맞았던 사내가 이미 젖은 옷을 갈아입고 손에 박도를 든 채 장객 20~30명을 이끌고 달려오고 있었다. 창과 몽둥이를 가지고 신호를 주고받으며 무송을 찾았다. 담 옆에 달려와 무송을 가리키며 담황색 저고리를 입은 사람에게 말했다.

"저 죽일 중놈이 나를 때렸습니다!"

"저놈을 잡아 장원에 끌고 가 찬찬히 혼쭐 좀 내주자!"

"끄집어내라!"

30~40명이 한꺼번에 달려들었다. 가련한 무송은 취하여 마음은 일어서고 싶었으나 발버둥 한번 치지 못하고 사람들에게 붙잡혀 질질 끌어올려졌다. 시내 옆 담장을 돌아 끌려간 곳에 커다란 장원이 있었는데, 양쪽이 모두 높은 흰색 담장이었고 수양버들과 소나무들이 장원을

두르고 있었다. 사람들이 무송을 질질 끌고 들어와 옷을 벗기고 계도와 보따리를 빼앗았다. 장객에게 커다란 버드나무에 매달게 하고 소리질렀다.

"이놈을 실컷 두들겨 패게 등나무 가지를 꺾어오너라."

겨우 3~5대 때렸을 때 집 안에서 한 사람이 걸어 나오더니 물었다.

"너희 두 형제는 도대체 누구를 그리 때리느냐?"

두 사내가 두 손을 모아 고개를 숙이며 말했다.

"사부님, 들어보십시오. 제가 오늘 서너 이웃과 앞의 작은 주점에서 술 석 잔 먹으려고 했습니다. 그런데 여기 이 죽일 중놈이 소란을 피우며 동생을 두들겨 패고 물속에 던져버렸습니다. 머리와 얼굴이 터지고 거의 얼어 죽을 뻔했는데 이웃들이 구해주었습니다. 집에 돌아와 옷을 갈아입고 사람을 데리고 찾으러 갔더니, 저놈이 제 술과 고기를 다 먹어버리고 크게 취해 우리 집 문 앞 시내에 쓰러져 있었습니다. 그래서 여기로 잡아와 매질 좀 하고 있었습니다. 이 죽일 중놈은 보아하니 중도 아닙니다. 얼굴에 금인을 두 개나 새겼는데 머리카락을 늘어뜨려 가린 것을 보니 분명히 도망가는 죄인입니다. 이놈 정체를 물어보고 관아에 넘겨 처리하려고 합니다."

얻어터진 사내가 말했다.

"물어보긴 뭘 물어봐요? 저 죽일 빡빡이한테 맞은 상처는 한두 달 안에는 낫지도 않을 거예요. 차라리 빡빡이를 때려죽이고 태워버리지 않으면 이 분노가 풀리지 않을 것 같아요!"

말을 마치고 등나무 가지로 다시 때리려고 하는데 금방 나온 그 사람이 말했다.

"동생, 잠깐만 멈추게. 이 사람도 호걸 같은데 내가 잠시 살펴보겠네."

이때 무 행자는 이미 깨어나 이야기를 모두 듣고 있었다. 다만 눈을 감은 채 때리는 대로 맞고 아무 소리도 내지 않을 뿐이었다. 그 사람은 먼저 등 쪽에 가서 맞은 상처를 보더니 중얼거렸다.

"이상하네. 흔적을 보니 상처가 얼마 전에 생긴 것들이네."

앞으로 돌아와 무송의 머리카락을 잡고 얼굴을 뚫어지게 보더니 말했다.

"이 사람 우리 동생 무이랑 무송 아닌가?"

무 행자가 그 말을 듣고 눈을 번쩍 떠 그 사람을 보더니 말했다.

"아니 형님 아니오?"

"빨리 풀어라. 이 사람은 내 형제다!"

담황색 저고리를 입은 사람이나 얻어맞은 사람이나 모두 놀라 당황해서 말했다.

"이 행자가 어째서 사부님 형제입니까?"

"이 사람이 내가 항상 너희에게 말하던 저 경양강에서 호랑이를 때려잡은 무송이다. 나도 이 사람이 어째서 지금 행자가 됐는지 모르겠다."

그 두 형제는 황급하게 무송을 풀고 마른 옷 몇 벌을 찾아 입혀 부축해 초당 안으로 들어갔다. 무송이 바로 허리를 굽혀 절하려고 하는데, 그 사람은 놀라고 또 즐거움이 반반 섞여 무송을 부축하며 말했다.

"동생, 술도 아직 깨지 않았는데 잠시 앉아 얘기 좀 나누세."

무송은 그 사람을 보고 좋아서 술이 이미 반은 깨었다. 뜨거운 물로 씻고 양치질하고 해장국을 마신 다음 그 사람에게 절을 끝내고 서로 회포를 풀었다.

그는 다름 아닌 운성현 송강으로 자는 공명이었다.

"형님이 시 대관인 댁에 있으리라 생각했는데 여기는 어쩐 일이십니까? 혹시 내가 형님과 만난 것이 꿈은 아닙니까?"

"자네와 시 대관인 장원에서 이별한 후 그곳에서 반년을 지냈다네. 집안이 어떤지도 모르고 부친이 걱정할까 두렵기도 해서 동생 송청을 먼저 돌려보냈네. 나중에 집에서 편지를 받았네. '송사는 주동과 뇌횡 두 도두의 도움으로 이미 집안은 무사하게 해결되고 범인을 체포하기만 하면 되게 되었다. 그래서 이미 공문을 각처에 보내 너를 체포하려고 한다.' 이 일은 이미 흐지부지해지기 시작했네. 그런데 여기 공 태공孔太公이 여러 번 우리 집에 사람을 보내 소식을 물었고, 나중에 집으로 돌아간 송청으로부터 내가 시 대관인 집에 머물고 있다는 말을 듣고 일부러 시 대관인 집으로 사람을 보내 나를 여기로 데리고 왔다네. 여기는 백호산白虎山이고 공 태공의 장원이라네. 마침 자네와 싸우던 사람은 공 태공의 작은아들이라네. 그는 성질이 급하고 사람들과 싸우기를 좋아하여 '독화성獨火星 공량孔亮'이라고 부른다네. 여기 노란 저고리를 입은 사람은 공 태공의 큰아들로 사람들은 '모두성毛頭星 공명孔明'이라고 부른다네. 이 둘이 창봉 배우기를 좋아하여 내가 조금 가르쳐줬더니 나를 사부라고 부른다네. 내가 여기에서 반년을 보냈고, 지금 막 청풍채淸風寨에 가려던 참이라 요 이틀 새에 떠나려고 했다네. 내가 시 대관인 장원에 있을 때 사람들이 자네가 경양강에서 호랑이를 잡았다는 이야기를 들었네. 양곡현에서 도두가 되었고 또 서문경을 죽였다는 이야기도 들었네. 그다음에 어디로 유배갔는지 몰랐는데, 그나저나 자네는 어쩌다 행자가 되었는가?"

"제가 시 대관인 집에서 형님과 이별하고 돌아가다 경양강에서 호랑이를 잡아 양곡현에 보냈는데, 지현이 저를 발탁하여 도두로 임명했습니다. 나중에 형수가 어질지 못해서 서문경과 정을 통하고 친형님 무대를 독살했습니다. 제가 둘 다 죽이고 양곡현 관아에 자수하여 동평부에서 판결을 받았습니다. 나중에 진 부윤이 온 힘을 다하여 저를 구제하여 맹주로 유배당하는 판결을 받았습니다."

십자파에 이르러 어떻게 장청과 손이랑을 만났고, 맹주에서 어떻게 시은을 만났으며, 어떻게 장문신을 꺾었고, 어떻게 장 도감 등 15명을 죽였으며, 또 장청의 집으로 도망가 모야차 손이랑이 중으로 변장시킨 곡절까지 이야기했다. 오공령을 지나면서 계도를 사용하여 도인을 죽이고 주점에서 취하여 공량을 때린 것을 말했다. 자기에게 벌어졌던 모든 일을 송강에게 토로했다. 공명, 공량이 옆에서 모두 듣고 대경실색했다. 바닥에 풀썩 주저앉아 머리를 조아리며 절을 하자 무송이 황망하게 답례하며 말했다.

"조금 전에 몹시 큰 실례를 범했습니다. 크게 꾸짖지 마시고 용서해 주십시오!"

"우리 형제가 눈만 달고 태산을 알아보지 못했습니다. 제발 용서해주십시오!"

"두 분이 무송을 우습게보시지 않는다면 도첩과 서신, 짐과 의복을 불에 좀 말려주십시오. 그리고 계도 둘과 염주는 잃어버려서는 안 됩니다."

"그것은 걱정하실 필요 없습니다. 동생이 이미 사람을 시켜 수습하러 갔습니다. 단정하게 정돈하여 돌려드리겠습니다."

무송이 절하며 감사 인사를 했다. 송강은 공 태공을 청하였고 무송의 인사를 받게 하자 공 태공이 술을 준비하여 대접했다.

그날 밤 송강은 무송을 불러 한 침상에서 1년여 동안 벌어진 일들을 이야기하며 기뻐했다. 무송은 다음 날 날이 밝자 씻고 이를 닦은 다음 중당으로 나와 함께 밥을 먹었다. 공명은 스스로 옆에서 시중했으며 공량은 아픔을 참으며 대접했다. 공 태공은 양을 잡고 돼지를 죽여 연회를 열었다. 이날 동네 이웃 친척들이 모두 무송에게 인사하러 찾아왔고 문하의 사람들도 와서 인사를 했다. 송강은 그런 모습을 보고 크게 기뻐했다. 그날 연회가 끝나고 송강이 무송에게 물었다.

"동생, 이제 어디로 가서 몸을 숨길 작정인가?"

"어젯밤에 이미 형님께 말씀드렸잖아요. 채원자 장청이 편지에 써준 대로 이룡산 보주사 화화상 노지심 무리에 들어갈 겁니다. 그도 나중에 이룡산에 오기로 했습니다."

"그것도 괜찮기는 하네. 솔직히 말하면 우리 집에서 근래에 편지가 왔다네. 청풍채 지채 소이광小李廣2 화영花榮이 내가 염파석을 죽였다는 것을 알고 매번 편지를 보내 제발 청풍채로 와서 한동안 지내라고 한다네. 여기서 청풍채는 멀지 않으니 요 이틀 새에 출발하려고 했는데 날씨가 개지 않아 출발하지 못했나네. 조만간 그곳으로 같이 가고 싶은데 자네 생각은 어떤가?"

"형님, 정분이 각별해서 저를 데리고 그곳에 며칠 머물게 하려는 것 아니겠습니까. 하지만 무송이 지은 죄가 몹시 무거워 나라에서 아무리 사면을 하더라도 용서받을 수 없습니다. 그래서 결단코 이룡산으로 가서 산적이 되어 난을 피하려고 합니다. 또한 내가 두타로 변장하여 형님과 같이 가기 어렵습니다. 도중에 사람들에게 의심이라도 받아 탄로 나기라도 한다면 반드시 형님도 연루될 겁니다. 형님과 저야 살아도 같이 살고 죽어도 같이 죽기로 맹세하여 괜찮다고는 하지만 화영 지채도 틀림없이 연루될 것입니다. 저는 이룡산 외에 갈 곳이 없습니다. 하늘이 가엾게 여겨 제가 죽지 않고 언젠가 조정의 부름으로 귀순한다면 그때 형님을 찾아 뵈어도 늦지 않을 것입니다."

"동생이 이미 조정에 귀순할 마음이 있다면 하늘이 반드시 도울 걸세. 만일 그렇게 하겠다면 억지로 권할 수도 없으니 나와 같이 며칠 더 머물다 가게나."

이때부터 두 사람은 공 태공의 장원에서 10여 일을 머물렀다. 송강과 무송이 떠나려고 하자 공 태공 부자가 보내려 하지 않아 다시 3일을

2_ 소이광小李廣: 이광은 전한前漢의 명장으로 활을 잘 쏘았다. 화영이 이광처럼 활을 잘 쏜다 하여 이런 별명이 붙었다.

더 머무르고, 송강이 떠나겠다고 고집을 부리자 공 태공은 연회를 준비하여 보낼 수밖에 없었다. 하루를 대접하고 다음 날 새로 만든 행자의 옷과 검은 장삼, 도첩, 서신, 머리 테, 염주, 계도 그리고 금은 등을 무송에게 주었다. 또 여비로 은 50냥씩을 주었다. 송강은 거절하고 받지 않았으나 태공 부자는 억지로 보따리 안에 묶어주었다. 송강은 옷과 무기를 정돈했고, 무송은 이전처럼 행자의 옷을 입었다. 쇠머리 테를 쓰며 두정골로 만든 108염주를 목에 걸고 계도를 찬 뒤 보따리를 챙겨 허리에 묶었다. 송강은 박도를 잡고 허리에 요도를 차며 머리에 삿갓을 쓴 뒤 공 태공과 작별했다. 공명, 공량은 장객을 불러 등에 짐을 지게 하고 형제 둘이 20여 리 길을 배웅했으며, 송강과 무 행자 둘과 절하며 헤어졌다. 송강은 스스로 보따리를 등에 메고 말했다.

"장객을 보내 멀리까지 배웅할 것 없네. 나는 무송 형제와 가겠네."

공명과 공량은 이별하고 장객과 집으로 돌아갔다.

송강과 무송 두 사람은 도중에 이런저런 이야기를 나누며 밤늦게까지 길을 가다가 하룻밤을 쉬었다. 다음 날 일찍 일어나 밥을 해먹고 다시 걸었다. 40~50리 길을 가서 서룡진瑞龍鎭이라는 마을에 도착했는데, 여기서 길이 세 갈래로 갈렸다. 송강이 진에서 사람들에게 길을 물었다.

"저희가 이룡산과 청풍진에 가려고 하는데 어느 길로 가야 할지 모르겠습니다."

"그 두 곳은 같이 갈 수 없습니다. 여기에서 이룡산으로 가려면 서쪽 길로 가야 하고, 청풍진으로 가려거든 동쪽 길로 가서 청풍산을 지나면 됩니다."

송강은 자세히 듣고 무송에게 말했다.

"동생, 내가 자네와 오늘 헤어지게 됐으니 여기서 석 잔 마시고 이별하세."

"제가 형님을 보내드리고 돌아오겠습니다."

"그럴 필요 없네. 옛말에 '천 리를 배웅해도 결국 헤어져야 한다'고 했네. 동생, 앞길이 만 리 먼 길이니 일찌감치 가야 그곳에 도착할 걸세. 도적이 되더라도 술을 조심하게. 만일 조정에서 귀순하도록 권하거든 노지심을 설득하여 투항하고, 나중에 변방에 창칼 들고 나가 상을 받아 처자식을 봉양하고 역사에 이름을 남긴다면 한평생 헛되지 않게 사는 것이라네. 내가 한 가지도 잘하는 것이 없어 나라에 충성하고 싶어도 나갈 길이 없네. 동생은 이렇게 대단한 영웅이라 분명 큰일을 할 것이니, 내 말을 마음에 깊이 새겨 듣고 나중에 다시 만나길 바라네."

무송이 듣고 주점에서 몇 잔을 마시고 술값을 지불했다. 두 사람이 주점을 나와 마을 끝 삼거리에 도착하자 무 행자가 사배를 올렸다. 송강이 눈물을 흘리며 차마 떠나지 못했다. 다시 무송에게 분부하며 말했다.

"동생, 내 말 잊지 말고 술 조심하게. 몸조심하게. 몸조심해!"

무송은 서쪽을 향하여 길을 재촉했다. 독자 여러분. 무 행자는 이룡산으로 가서 노지심, 양지와 한패가 되었다는 것을 똑똑히 기억해두십시오.

송강은 무송과 이별하고 동쪽으로 청풍산을 향하며 무 행자 생각만

했다. 다시 며칠을 걸어가는데, 멀리 모양도 괴상하고 나무가 빽빽하게 들어찬 높은 산이 눈에 들어왔다. 속으로 좋아하여 정신없이 보느라 머물 곳을 물어보지도 않고 아주 많이 걸었다. 날이 점점 저물자 속으로 당황하며 생각했다.

'만일 여름이라면 숲속에서 대강 하룻밤 쉴 텐데. 음력 11월 날씨라 춥기도 하거니와 밤은 더 차고 견디기 어려울 거야. 혹시 독충이나 맹수라도 나온다면 어떻게 막는담? 목숨을 잃지나 않을까 모르겠네.'

동쪽 작은 길만 보고 무작정 걸었다. 대략 일경까지 걸으니 마음이 더욱 조급해졌다. 길을 걷는데 땅바닥이 보이지 않아 그만 밧줄에 걸려 넘어졌다. 갑자기 산속에서 방울 소리가 들리더니 길에 매복해 있던 14~15명 졸개가 몰려나와 고함을 지르며 송강을 붙잡아 뒤집었다. 밧줄로 묶고 박도와 보따리를 빼앗고 횃불을 붙여 송강을 산으로 끌고 갔다. 송강은 꼼짝도 못하고 산채로 끌려갔다.

송강이 불빛 속에서 바라보니 사방은 모두 나무 울타리가 쳐져 있었다. 가운데 대청이 있었고, 대청 위에 호피 교의 셋이 놓여 있었으며, 뒤쪽에는 초가집이 100여 칸이 있었다. 졸개들은 송강을 칭칭 동여매어 대청 앞 큰 기둥에 묶었다. 대청 앞에 있던 졸개 몇 명이 말했다.

"대왕께서 방금 잠드셨으니 보고하지 말아라. 대왕이 술에서 깨어나면 모셔서 저 짐승의 심장과 간으로 해장국을 끓이고, 우리 다 같이 신선한 고기를 먹자."

송강이 기둥에 묶여 생각했다.

'내 운명이 이렇게 기구하구나! 기녀 하나 죽였다고 이런 지경이 되

다니. 이 몸이 여기서 끝날 줄은 상상도 못했는데.'

졸개 하나가 등불을 환하게 켜주었다. 송강은 추워서 이미 몸이 마비되어 움직이지 못했고, 눈만 사방을 두리번거리다가 고개를 숙이고 한숨을 쉬었다.

이경, 삼경쯤 되어 대청 뒤에서 졸개 3~5명이 걸어 나오며 소리쳤다.

"대왕께서 일어나셨다."

졸개들이 바로 대청으로 올라가 등불을 밝혔다. 송강이 슬쩍 훔쳐보니 대왕은 붉은 비단 헝겊으로 머리를 꼭지 달린 배처럼 칭칭 동여매고 대추색 베로 만든 솜저고리를 입고 걸어와 가운데 호피 의자에 앉았다. 그 사내의 본적은 산동 내주萊州로 이름은 연순燕順이며 별호는 금모호錦毛虎다. 원래 양과 말을 파는 상인 출신이었다. 본전을 까먹고 유랑하다가 산에 들어와 강도질을 했다. 연순은 술에서 깨어 일어나 가운데 교의에 앉아 졸개들에게 물었다.

"애들아, 저 짐승은 어디서 잡았느냐?"

"저희가 뒷산 길옆에 숨어 있다가 숲 안에서 방울 소리를 들었습니다. 원래 저 짐승이 혼자 보따리를 매고 산길을 걷다가 우리가 설치해 둔 밧줄에 걸려 넘어졌습니다. 그래서 잡아다가 대왕께 해장국 하시라고 바치는 것입니다."

"좋구나! 빨리 가서 두 대왕을 불러와 같이 먹자꾸나."

졸개들이 간 지 얼마 안 되어 대청 양쪽에서 두 사내가 걸어왔다. 왼쪽의 사내는 5척 단신으로 두 눈에서 빛이 났다. 고향은 양회兩淮로 성명은 왕영王英이고 강호에서는 왜각호矮脚虎라고 불렀다. 원래 마부였는데 도중에 손님의 재물을 보고 욕심이 생겨 약탈했고 관아에 잡혔다가 탈출하여 청풍산으로 도망가 연순과 함께 강도질을 하고 있었다. 오른쪽 사내는 하얀 얼굴에 수염이 위아래 세 갈래로 갈라졌으며 호리호리하고 날씬한 것이 외모가 빼어났고 머리에 진홍 두건을 싸매고 있었다. 절강 소주 사람으로 성명은 정천수鄭天壽이다. 용모가 빼어나며 희고 깨끗하여 백면낭군白面郎君이라 불렸다. 원래 은을 만지는 일을 하다가 어려서부터 창봉술 배우기를 좋아하여 강호를 떠돌아다녔다. 청풍산을 지나다가 왜각호를 만나 50~60합을 싸웠으나 승부가 나지 않았다. 연순이 그의 솜씨가 보통이 아닌 것을 보고 산에 머물게 하고 셋째 두령 자리를 주었다. 세 두령이 모두 자리에 앉자 왕왜호가 말했다.

"얘들아, 빨리 저 짐승의 심장과 간을 꺼내 쏸라탕3 해장국 세 그릇을 만들어라!"

졸개 하나가 동대야에 물을 받아오더니 송강 앞에 놓았다. 또 다른 졸개가 소매를 걷고 번쩍번쩍 빛나는 날카로운 칼로 심장을 도려내려고 했다. 물을 가져온 졸개는 두 손으로 송강의 심장 부위에 뿌렸다.

원래 사람의 심장은 뜨거운 피로 감싸여 있는데, 찬물을 뿌려 뜨거운 피를 식혀서 심장과 간을 꺼내면 쫄깃하여 더욱 맛있다고 했다. 그 졸개가 물을 얼굴까지 뿌리니 송강이 탄식하며 말했다.

"송강이 여기에서 죽다니, 애석하구나!"

3_ 쏸라탕酸辣湯: 시큼하고 매운 맛의 국.

연순은 '송강'이란 두 마디를 직접 듣고 바로 소리를 질러 졸개를 멈추게 했다.

"물을 뿌리지 말아라!"

연순이 다시 졸개에게 물었다.

"저놈이 무슨 '송강'이라고 하지 않았느냐?"

"저놈이 제 입으로 '송강이 여기에서 죽다니, 애석하구나'라고 하던데요."

연순이 몸을 일으켜 내려와 물었다.

"어이 거기 당신, 송강을 아느냐?"

"내가 바로 송강이오."

연순이 앞으로 다가가서 다시 물었다.

"너는 어디 사는 송강이냐?"

"저는 제주 운성현에서 압사를 하던 송강이오."

연순의 목소리가 높아지며 말했다.

"혹시 산동 급시우 송 공명으로, 염파석을 죽이고 강호로 도망간 송강이오?"

"당신이 어떻게 아시오? 내가 바로 흑삼랑 송강이오."

연순이 놀라며 서둘러 졸개의 손에서 칼을 빼앗더니 밧줄을 끊어버리고, 급히 자기가 입고 있던 대추색 솜저고리를 벗어 송강의 몸을 감쌌다. 바삐 송강을 끌어안고 가운데 호피 의자에 앉히더니 다급하게 왕왜호와 정천수를 불러 내려오게 했고, 세 사람이 함께 머리를 조아리며 절을 했다. 송강은 재빠르게 굴러 내려와 답례를 하며 물었다.

"세 분 장사께서 무슨 까닭에 소인을 죽이지 않고 도리어 이렇게 중한 예를 베푸십니까?"

송강도 엎드려 절을 했다.

그 세 사내는 일제히 무릎을 꿇었고 연순이 말했다.

"제가 칼로 제 눈을 파버려야겠군요! 좋은 사람을 못 알아보다니. 순간적으로 두루 살피지 못하고 까닭도 묻지 않은 채 의사를 죽일 뻔했습니다! 천운으로 형님께서 대명을 말씀해주시지 않았다면 제가 어떻게 알 수 있었겠습니까? 제가 강호에서 입산한 지 10여 년 동안 형님이 의를 중시하고 재물을 아끼지 않으며 어렵고 불쌍한 사람들을 도와준다고 들었습니다. 인연이 닿지 않아 존안을 뵐 수가 없었습니다. 지금 하늘의 도움으로 이렇게 만나볼 수 있으니 정말 여한이 없습니다!"

"송강에게 무슨 덕과 재주가 있다고 이처럼 과분한 사랑을 받겠습니까?"

"형님께서는 어진 이를 아끼시고 재주 있는 사람을 예우하며 호걸을 받아들여 그 이름이 세상에 가득한데 누가 흠모하지 않겠습니까! 양산박이 근래에 이렇게 발전한 것은 세상이 모두 아는 일인데, 이는 모두 형님 덕택이라고 사람들은 말합니다. 형님께서는 홀로 어디에서 여기로 오셨습니까?"

송강은 조개를 구한 일을 이야기하고, 또 염파석을 죽인 일을 설명했으며, 시진과 공 태공에게 머물 때의 이야기를 했고, 이번에 청풍채로 가서 화영을 찾으려던 생각을 하나하나 자세하게 말했다.

세 두령은 크게 기뻐하며 즉시 옷을 가져다가 송강에게 입혔다. 양과 말을 잡고 밤새 연회를 열었다. 그날 밤 오경까지 먹고 마시다가 졸개를 불러 송강을 데리고 가서 쉬게 했다. 다음 날 진시에 일어나 도중에 있었던 허다한 일들을 말하고 무송의 영웅적인 일들을 이야기했다. 세 두령은 발을 동동 구르며 안타까워하면서 말했다.

"우리가 인연이 없었네. 만일 무송이 이리로 왔더라면 아주 좋았을 텐데, 한스럽게 다른 곳으로 가다니!"

그들은 같이 아무리 얘기를 나누어도 질리지 않았다. 송강이 청풍산에 머문 지 5~7일이 되었고, 매일 좋은 술에 좋은 음식으로 대접을 받았다.

당시는 섣달 초순인데 산동 사람들은 의례적으로 8일에 조상의 산소에 제사를 지냈다. 졸개들이 산 아래에서 올라와 보고했다.

"지금 대로에 7~8명이 상자 두 개를 들고 교자 한 채를 호위하며 묘지에 지전을 사르러 가고 있습니다."

왕왜호는 여색을 좋아하는 사람인데 보고를 받고 교자 안에 탄 사람은 반드시 여자라고 생각하여 졸개 30~50명을 데리고 무기를 들고 징을 치며 산을 내려갔다. 송강과 연순이 어떻게 막을 수 있겠는가? 송강, 연순, 정천수 등 세 사람은 산채에서 술을 마셨다. 왕왜호가 나간 지 2~3시진 만에 멀리 염탐을 나갔던 졸개가 돌아와 보고했다.

"왕 두령이 반쯤 달려가니 군졸 7~8명이 보고 모두 달아나서 교자를 타던 여자를 붙잡았습니다. 향을 넣는 상자 외에 별다른 재물은 없었습니다."

연순이 졸개에게 물었다.

"그 부인을 들고 어디로 갔느냐?"

"왕 두령이 이미 몸소 들고 뒷방으로 갔습니다."

연순이 크게 웃자 송강이 말했다.

"원래 왕영 형제가 여색을 탐하는구려. 이것은 사내가 할 짓이 아니오."

"이 사람은 다른 것은 모두 괜찮은데 이것이 큰 결점입니다."

"두 분 나와 같이 가서 말립시다."

연순, 정천수가 송강을 데리고 바로 뒷산 왕왜호 방으로 가서 방문을 열었다. 왕왜호는 그 부인을 안고 즐기려다가 세 사람이 들어오는 것을 보고 서둘러 여자를 한쪽 밀치고 앉기를 청했다.

송강이 그 부인을 보고 물었다.

"부인, 당신은 어느 집 사람이오? 이런 시기에 무슨 중요한 일이 있기에 바깥나들이를 했소?"

부인이 부끄러움을 무릅쓰고 세 사람에게 정중하게 인사하며 대답했다.

"저는 청풍채 지채의 부인입니다. 오늘은 모친이 세상을 떠나신 지 1주기가 되는 날이라 일부러 산소에 지전을 태우러 나왔습니다. 어찌 감히 부녀자가 아무 일 없이 한가하게 밖에 나오겠습니까? 대왕, 제발 살려주십시오!"

송강이 듣고 놀라 속으로 생각했다.

'내가 지금 청풍채 지채 화영에게 의지하러 가는데 혹시 화영의 부인이 아닌가? …… 내가 구하지 않을 도리가 없네!'

"당신 남편 화 지채는 어째서 같이 분향하러 오지 않았소?"

"대왕께 아룁니다. 저는 화 지채의 부인이 아닙니다."

"방금 청풍채 지채의 부인이라 하지 않았소?"

"대왕께서는 잘 모르시겠지만 청풍채에는 지금 지채가 두 명입니다. 한 사람은 문관이고 다른 사람은 무관입니다. 무관은 화영 지채이고 문관은 제 남편인 유고劉高입니다."

'남편이 화영의 동료인데 내가 구하지 않는다면 내일 거기에 가더라도 체면이 서지 않을 것이다!'

이렇게 생각한 송강은 왕왜호에게 말했다.

"소인이 드릴 말씀이 있는데 들어주시겠습니까?"

"형님께서 하실 말씀이 있으시다면 거리낌 없이 해주십시오!"

"사내대장부가 지나치게 여색을 탐하다간 천하의 웃음거리가 됩니다. 내가 보니 이 여자는 조정 관리의 부인입니다. 제 체면을 보고 또 강호의 '대의'라는 말을 살펴 이 부인을 풀어주시어 남편에게 돌려보내는 것이 어떻겠습니까?"

"형님께 아룁니다. 저 왕영은 아직까지 부인이 없습니다. 게다가 지금 세상은 모두 저 관리라는 놈들이 망치고 있는데, 형님께서 이 일에 끼어들어 무엇을 하시려 합니까? 제발 저 좀 봐주시면 어떻겠습니까?"

왕왜호가 단호하게 거절하자 송강이 바로 무릎을 꿇고 말했다.

"동생이 만일 부인이 없다고 한다면 나중에 송강이 적당한 사람을 골라 정식 절차를 거쳐 동생을 시중들도록 하겠습니다. 이 사람은 소인 친구 동료의 정실부인인데 어떻게 인정을 베풀어 풀어줄 수 없겠습니까?"

연순과 정천수가 함께 송강을 도우며 말했다.

"형님, 일어나십시오. 어려울 것 없습니다."

"그렇게만 해준다면 동생의 혼사는 내가 어떻게 해보겠습니다."

연순은 송강이 어떻게 해서라도 부인을 구하려는 것을 보았으므로, 왕왜호가 동의하든 하지 않든 상관없이 가마꾼을 불러 지고 돌아가게 했다. 그 부인은 그 말을 듣고 초를 꽂는 것처럼 머리를 조아리며 송강에게 감사했고 입만 열면 외쳤다.

"감사합니다. 대왕!"

"부인, 내게 감사할 필요 없소. 그리고 나는 산채의 대왕도 아니고 운성현에서 온 길손이오."

그 부인은 감사 인사를 하고 산에서 내려갔고, 두 가마꾼도 목숨을 구하여 부인을 가마에 태우고 부모가 다리 두 개만 준 것을 원망할 정도로 날듯이 달렸다. 왕왜호가 부끄럽고 또 억울해서 아무 소리도 하지 않고 있다가 송강에게 이끌려 대청에 나갔다.

"동생, 서두르지 마세요. 송강이 나중에 어떻게 해서라도 마음에 드는 색시를 구해주겠습니다. 소인은 결코 약속을 어기는 사람이 아닙니다."

연순과 정천수가 모두 웃었다. 왕왜호는 일시에 송강이 예와 의로 얽어매자 비록 불만이 가득해 화가 났지만 말도 못하고 억지로 웃으며 함께 산채의 연회에 참석했다.

한편 청풍채의 군인들은 순식간에 부인을 빼앗기고 돌아가서 유 지채에게 보고하며 말했다.

"부인께서 청풍산 강도들에게 잡혀갔습니다!"

유고가 듣고 크게 화가 나 따라 간 군인들을 욕하며 몽둥이로 때렸다.

"일도 제대로 못하고 어떻게 부인만 남겨두고 도망왔느냐!"

"우리는 겨우 5~7명이고 도적들은 30~40명인데, 어떻게 대적하겠습니까?"

다들 이렇게 대꾸했다.

"헛소리 말아라! 네놈들이 가서 부인을 찾아오지 못한다면 모두 하옥시키고 죄를 묻겠다!"

군인들은 압박을 견디지 못하여 결국 어쩔 수 없이 청풍채 군졸 70~80명에게 간절하게 부탁하여 각자 창봉을 들고 부인을 되찾으러 나왔다. 그러나 뜻밖에 도중에 날듯이 달려오는 두 가마꾼과 마주쳤다. 군인들은 부인을 보고 물었다.

"어떻게 내려왔습니까?"

"그놈들이 나를 산채로 잡아갔다가 내가 유 지채 부인이라고 했더니 놀라 서둘러 내게 절하고 가마꾼을 불러 하산시켰다."

군졸들이 부인을 둘러싸고 애원하며 말했다.

"부인, 제발 우리를 불쌍하게 보아 상공에게는 부인을 되찾아 돌아온 것으로 해서 매질로부터 구해주십시오!"

"내게 좋은 방책이 있다."

군인들은 부인에게 감사하고 가마를 둘러싸고 돌아왔다.

사람들은 가마가 너무 빨리 달려가자 가마꾼에게 말했다.

"너희 둘은 평소에 마을에서 가마를 들 때는 거위나 오리보다 천천히 가더니 오늘 어째서 이렇게 서둘러 달리느냐?"

두 가마꾼은 숨을 헐떡이며 대답했다.

"본래 몹시 힘들어 걷지도 못하겠는데 뒤에서 대장이 자꾸 꿀밤을 때려서 그렇지요!"

사람들은 웃으며 말했다.

"너 혹시 귀신에 홀린 것 아니냐? 뒤에 있긴 누가 있다고?"

가마꾼이 그제야 고개를 돌려 뒤를 돌아보며 말했다.

"아이고! 내가 너무 달리다가 발꿈치로 계속 뒤통수를 때렸네."

사람들이 모두 웃으며 가마를 둘러싸고 청풍채로 돌아왔다. 유 지채는 크게 반가워하며 부인에게 물었다.

"누가 구해준 거야?"

"그러니까 그놈들이 나를 잡아다가 몸은 건드리지 않고 죽이려고 했습니다. 내가 지채 부인이라고 했더니 감히 손을 쓰지 못하고 당황하여 내게 절을 했습니다. 그리고 여기 이 사람들이 몰려와 나를 구해냈습니다."

유고가 이 말을 듣고 사람을 불러 술 열 병과 돼지 한 마리를 70~80명 군졸에게 상으로 주었다.

한편 송강은 그 부인을 구해 하산시키고 산채에 5~7일을 더 머무르다 화영을 찾아가려고 했다. 작별하고 산을 내려가려고 하는데, 세 두령이 더 머물라고 잡다가 붙잡지 못하고 송별연을 열었고 각자 금은을 송강의 보따리 안에 넣어주었다. 떠나는 날 송강은 아침 일찍 일어나 씻고 이를 닦았으며, 조반을 먹고 짐을 모두 챙겨 세 두령과 작별하고 산을 내려왔다. 세 두령은 술과 과일, 음식을 지고 산 아래 30여 리를 따라와 대로 옆에서 술을 나누어 마시고 이별했다. 세 사람은 섭섭해하며 부탁했다.

"형님, 청풍채를 떠나 돌아가실 때 반드시 여기 산채에서 다시 며칠 머물다 가세요."

송강이 보따리를 지고 박도를 들며 말했다.

"나중에 다시 만납시다."

두 손을 모아 정성껏 인사를 하고 떠났다.

六 화영·진명전

제 3 2 회

청풍채[1]

　청풍산은 청주靑州에서 멀지 않은 100리쯤 떨어진 곳에 있었다. 청풍채는 청주 삼거리에 있는데 지명은 청풍진淸風鎭이다. 이 삼거리는 세 개의 험한 산으로 가는 길이라서 일부러 청풍진에 청풍채를 세운 것이다. 인가가 3000~5000호이고 청풍산에서 역참 하나 정도 떨어진 거리다. 그날 세 두령은 산으로 돌아갔으며, 송강은 혼자 보따리를 지고 구불구불한 길을 지나 청풍진에 도착하여 화영의 거처를 물었다. 청풍진 사람이 송강에게 대답했다.

1_ 32장 송강이 밤에 등불놀이 구경을 가다宋江夜看小鰲山. 화영이 청풍채에서 큰 소란을 일으키다花榮大鬧淸風寨.

"청풍채 관아는 진 중심지에 있습니다. 남쪽에 소채가 있는데 문관 유 지채가 살고 있습니다. 북쪽에 있는 소채는 무관 화 지채의 집입니다."

송강이 다 듣고 나서 감사를 표하고 북채로 갔다. 문 앞에 도착하여 문을 지키는 군졸에게 성명을 말하고 들어가 통보하도록 했다. 채 안에서 소년 군관이 나와 군졸에게 보따리, 박도, 요도를 받도록 명하고, 송강을 부축하여 대청 가운데 침상에 앉히며 사배를 하고 일어나서 말했다.

"손으로 꼽아보니 형님과 이별한 지 벌써 5~6년이나 되었습니다. 그동안 항상 형님 생각을 했습니다. 형님이 기녀 하나를 죽였다고 관청에서 체포하라는 문서가 온 적이 있습니다. 제가 듣고 바늘방석에 앉은 것처럼 걱정되고 불안하여 댁에 소식을 묻느라 계속해서 편지 10여 통을 썼는데 받으셨는지요? 오늘 하늘이 돌보아 다행히 형님께서 여기까지 오셔서 만나니 평생에 더할 수 없는 영광입니다!"

말을 마치고 다시 절을 했다. 송강이 화영을 부축하여 일으키며 말했다.

"동생, 예의는 그만하면 됐네. 앉아서 내 얘기 좀 들어보게."

화영이 비스듬하게 앉아 송강을 바라보았다. 송강은 염파석을 죽인 일뿐 아니라 시 대관인과 공 태공 장원에서 무송을 만난 일, 청풍산에서 연순 등에게 사로잡힌 일 등을 자세하게 말했다. 화영이 이야기를 모두 듣고 말했다.

"형님께서 이렇게 고난을 겪으시다가 오늘에야 다행스럽게 여기에 오셨군요. 이왕 오셨으니 일단 여기서 몇 년 머무시지요."

"아우 송청이 공 태공 장원으로 편지를 보내지 않았다면 동생이 있는 이곳으로 오지 않았을 걸세."

화영이 송강을 후당에 데리고 들어가 부인 최씨를 불러 인사하도록 했다. 절이 끝나자 다시 여동생을 불러 송강에게 인사시켰다. 송강에게 옷과 신발과 버선을 갈아입게 하고 뜨거운 물을 받아 목욕시킨 뒤 후당에 연회를 준비하여 대접했다. 그날 연회에서 송강은 유 지채의 부인을 구한 일을 자세하게 이야기했다. 화영이 듣고 두 눈썹을 찌푸리며 말했다.

"형님 아무런 이유 없이 왜 그년을 구하셨습니까? 그 입을 막았어야 했는데!"

"거참, 이상하네! 청풍채 지채의 부인이라고 하기에 동생의 동료라고 여겨 일부러 왕왜호가 싫어하는 것도 무시하고 힘을 다해 산에서 내려오도록 구해주었는데, 자넨 어째서 그런 소리를 하는가?"

"형님께서는 이곳 사정을 모르실 겁니다. 제 자랑을 하는 것 같지만 청풍채는 청주의 요지로 만일 저 혼자 여기를 지킨다면 원근의 강도들이 어떻게 감히 청주를 침범하려 하겠습니까! 근래에 가난하며 앞뒤가 꽉 막힌 선비가 정지채로 임명되어 왔는데, 문관이면서 아무것도 모르는 놈입니다. 부임한 이후로 마을 사람들을 착취하고 조정의 법도를 어지립히지 않는 것이 없습니다. 저는 무관 부지채라 매번 그놈 때문에 울화가 치밀어 이 더러운 짐승을 죽이지 못하는 것이 한스럽습니다. 형님께서는 하필 왜 그놈의 부인을 구하셨습니까? 그 계집도 정말 어질지 못해서 남편이 나쁜 일을 하도록 충동질할 뿐 아니라 양민을 해치고 뇌물만 챙기려 합니다. 그런 천한 계집은 산도적에게 욕이나 보게 내버려두었어야 했는데, 형님이 구해주셨으니 쓸데없는 일 하셨습니다."

"동생, 그렇게 말하면 안 된다네! 자고로 '원수는 풀어야지 맺어서는 안 된다'고 했다네. 그는 자네와 같은 동료인데, 비록 잘못이 있더라도 자네가 나쁜 것은 숨겨주고 좋은 것을 널리 알려야 한다네. 동생 그렇게 옹졸한 소리를 하면 안 된다네."

송강이 잘 타이르자 화영이 대답했다.

"형님 말이 맞습니다. 내일 관청 안에서 유 지채를 보면, 그의 가족을 구한 일을 얘기해주겠습니다."

"동생이 만일 그렇게 한다면 자네의 의로움이 더욱 드러날 것이네."

화영 가족은 이날부터 아침저녁으로 성심성의껏 술과 음식을 제공하며 송강을 모셨다. 그날 밤은 후당에 침상을 놓고 편히 쉬게 했다. 다음 날도 술과 음식을 차려 연회를 열고 대접했다.

송강이 화영의 청풍채에 온 이후 4~5일 동안은 술만 마셨다. 화영은 수하에 심복이 몇 명 있었는데, 하루에 한 명씩 교대로 은자 부스러기를 주고 매일 송강을 데리고 청풍진 거리에 나가 떠들썩한 시장 구경도 하고 마을의 도관이나 사원을 돌아다니며 소일하도록 했다. 그날부터 심복들은 송강을 모시고 돌아다니며 시내에서 놀았다. 청풍채에는 작은 공연장과 찻집, 주점이 제법 많이 있었다. 그날 송강은 심복과 공연장 안에서 잡극을 보고 근처 사원과 도관을 유람한 뒤 시장 주점에서 술을 마셨다. 일어나 돌아갈 때 심복이 은을 꺼내 술값을 내려 하는데, 송강이 말리고 자기가 은 부스러기를 꺼내 지불했다. 송강은 집에 돌아와서 화영에게 이 일을 말하지 않았다. 같이 나갔다 들어온 사람은 은자도 생기고 몸도 편해서 좋아했다. 이로부터 매번 뽑혀 송강과 함께 가는 사람은 한가했으며, 또 돈은 매일 송강이 썼다. 이리하여 채 안에서 송강을 공경하지 않는 사람이 하나도 없었다. 송강이 화영의 채 안에서 한 달여를 머물면서 섣달이 다 지나가고 점차 봄이 가까워져 정월 대보름이 되었다.

한편 청풍진의 백성들은 정월 대보름 등불놀이에 대해 상의하고, 원소절元宵節2 준비를 위해 규정에 따라 돈과 물자를 나누어 걷었다. 토지대왕 묘 앞에 소오산小鰲山3을 쌓았으며 위에는 온갖 채색한 꽃을 매달고 등불 500~700개를 걸었다. 토지대왕 묘 안에서는 여러 소규모 극을 공연했다. 집집마다 앞 다퉈 등롱을 매다는 차양을 드리우고 등불을 내다 걸었다. 마을에는 별별 공연이 다 있었다. 비록 경사와 비교할 수 없었지만 사람 사는 세상은 다 같았다. 그때 송강은 채에서 화영과 같이 술을 마셨다. 이날은 날씨도 좋았는데 화영은 사시 무렵에 말을 타고 근무처에서 군졸 수백 명을 점고하여 밤에 마을에 가서 통제하도록 했다. 또 군졸을 사방으로 보내 청풍채 울타리를 지키도록 했다. 미

2_ 원소절元宵節: 정월 대보름.
3_ 소오산小鰲山: 옛날 중국에서는 정월 대보름에 등불을 쌓아 산을 만들었는데 그 모양이 전설 속의 커다란 자라 모양과 같았다고 한다.

시에 돌아와 송강과 간단한 음식을 먹었다. 송강이 화영에게 말했다.

"오늘 밤 마을에서 대보름 등불놀이를 한다는데, 가서 구경해도 괜찮겠는가?"

"본래 제가 형님을 모시고 가야 하는데 도저히 일을 뿌리치고 함께 갈 수가 없습니다. 오늘 밤 형님은 집안사람 두셋을 데리고 가서 구경하시고 일찍 돌아오십시오. 저는 집에서 술상을 차려놓고 형님을 기다리겠습니다. 같이 술 한잔 하면서 원소절을 보냅시다."

"그렇게 하세."

날이 저물고 동쪽에서 둥근 달이 떠올랐다. 송강이 화영 집의 수행 심복 2~3명을 천천히 따라갔다. 청풍진에서 구경하면서 보니 집집마다 문 앞에 등롱 차양을 드리우고 꽃등을 걸어놓았다. 등롱에 갖가지 고사를 담은 그림을 그리기도 했고, 백모란, 부용과 연꽃을 오려 종이를 붙여 만든 이색 등불도 있었다. 일행 4~5명은 서로 손을 끌며 대왕묘 앞에 도착하여 오산 앞에서 구경하고 빠져나와 남쪽으로 갔다. 500~700보를 못 가 앞에 등불이 휘황찬란하고 사람들이 커다란 집의 대문을 둘러싸고 소란스러웠다. 징 소리가 나는 곳에 사람들이 모여 환호하며 떠들썩했다. 그곳에 포로鮑老[4]가 춤을 추고 있었는데, 송강은 키가 작아 다른 사람 뒤에 서면 아무것도 볼 수 없었다. 같이 온 심복이 공연하는 사람 중에 아는 이가 있어서 송강이 앞에 나가 볼 수 있

---

[4] 포로鮑老: 고대 희극 배역. 대부분 가면을 쓰고 익살을 떨며 사람을 웃기는 배역이다.

게 했다. 포로가 온몸을 이리 틀고 저리 틀면서 갖은 촌스런 동작을 해 대니 송강이 보고 아주 정신없이 웃어댔다. 마침 담장 대문 안에서 유 지채와 부인이 여러 부녀자와 함께 공연을 구경하고 있었다. 웃음소리를 듣고 유 지채의 부인이 등불 아래에서 웃고 있는 송강을 알아보고 손가락으로 가리키며 남편에게 말했다.

"저기, 저기 웃고 있는 검고 작은 사람이 지난번 청풍산에서 나를 잡아간 도적들의 우두머리입니다!"

유 지채가 듣고 놀라 수행원 6~7명을 불러 웃고 있던 송강을 잡으라고 소리쳤다. 송강이 듣고 몸을 돌려 도망갔다. 10여 집도 지나지 못해 송강을 붙들어 채 안에서 네 가닥 삼베 밧줄로 묶고 대청 앞으로 끌고 갔다. 같이 갔던 세 수행원은 송강이 잡힌 것을 보고 뛰어 돌아와 화영에게 알렸다.

한편 유 지채가 대청에 앉아 소리질렀다.

"그놈을 끌고 오너라!"

사람들이 송강을 끌어다가 대청 앞에 꿇어앉혔다. 유 지채가 고함을 질렀다.

"너 이놈 청풍산에서 강도질이나 할 것이지 어찌 감히 함부로 등불 구경을 왔느냐! 오늘 이렇게 사로잡혔으니 무슨 할 말이 있느냐?"

"소인은 운성현에서 온 길손 장삼張三입니다. 화 지채와 친구이고 여기에 온 지 이미 여러 날이 되었으며, 청풍산에서 도적질한 적이 결코 없습니다."

유 지채의 부인이 병풍 뒤에서 나오며 소리쳤다.

"너 이놈 아직도 잡아떼려 하느냐! 네놈이 나더러 '대왕'이라고 부르게 한 것을 기억하느냐?"

"부인 그렇지 않습니다! 그때 소인이 부인에게 말하지 않았습니까. '소인은 운성현에서 온 길손인데 이곳에 붙잡혀 하산할 수 없습니다'라고요."

"네가 길손으로 그곳에 잡혔다면 오늘은 어떻게 하산해서 여기까지 와 한가하게 등불을 구경하고 있느냐?"

부인이 남편의 말을 받아 말했다.

"네놈이 산 위에 있을 때 거만하게 가운데 교의에 앉아 내가 대왕이라고 불러도 어디 신경이나 썼느냐!"

"부인, 내가 그때 온 힘을 다하여 당신을 구해 산을 내려오게 했던 것은 전혀 기억도 못하고, 오늘 도리어 나를 붙잡아 도적이라고 하십니까!"

부인이 듣고 크게 화내며 송강에게 손가락질을 하면서 욕을 퍼부었다.

"이런 뻔뻔하고 파렴치한 놈이 있나. 맞지 않고는 불 놈이 아니구나!"

"당신 말이 맞소. 몽둥이를 가져다가 이놈을 몹시 쳐라!"

양편에서 번갈아 두드려대니 송강은 피부와 살이 터지고 선혈이 흘렀다. 쇠사슬로 묶고 다음 날 죄인을 싣는 수레에 실어 운성현 장삼을 상부인 청주로 옮기도록 했다.

한편 송강을 안내하던 심복이 황급하게 돌아와 화영에게 알렸다. 화영이 듣고 크게 놀라 서둘러 편지 한 통을 쓰고 똑똑한 수행원 두 명을 골라 유 지채의 거처로 보냈다. 수행원이 편지를 가지고 서둘러 유

지채의 거처로 갔다. 문을 지키던 군사가 들어가서 아뢰었다.

"화 지채가 사람을 시켜 서신을 보내왔습니다."

심부름꾼이 편지를 바쳤다. 유 지채가 봉투를 뜯고 편지를 읽었다.

"화영이 상공에게 엎드려 한 말씀 올립니다. 소인의 친구 유장劉丈은 근래에 제주에서 왔습니다. 등불놀이를 구경하다 상공의 위엄을 범했습니다. 널리 용서하셔서 풀어주신다면 따로 감사드리겠습니다. 불경하고 두서없는 글이지만 간절하게 부탁하는 바입니다."

유고가 보고 벌컥 성을 내어 편지를 발기발기 찢으며 욕설을 쏟아냈다.

"화영, 이 무례한 놈! 네놈은 조정의 관원으로서 어떻게 강도와 내통하여 나를 속이려 하느냐. 이 도적놈이 이미 운성현 장삼이라고 실토했는데, 제주 유장이라고 썼단 말이냐? 내가 너한테 농락당할 사람이 아니다. 네가 그의 성을 유씨로 쓰면 나와 동성이라고 하여 그냥 풀어줄 줄 알았더냐!"

사람을 불러 편지를 가져온 심부름꾼을 끌어냈다. 그 심부름꾼이 밖으로 쫓겨나와 서둘러 돌아가 화영에게 알렸다.

"형님이 곤란하게 되었구나! 빨리 말을 대령하여라."

화영이 심부름꾼의 말을 듣자마자 투구와 갑옷을 입으며 활과 화살통을 챙겨 창을 들고 말에 올랐다. 군졸 30~50명에게는 창과 봉을 들게 하여 곧바로 유고의 남채로 달려갔다. 문을 지키는 군졸이 보고 놀라 감히 막을 생각도 못했다. 화영의 기세를 보고 모두 놀라 사방으로 달아났다. 화영이 대청 앞까지 가서 말에서 내려 손으로 창을 잡았다.

군졸 30~50명은 모두 대청 앞에 늘어섰다.

"유 지채에게 할 말이 있소!"

화영이 대청 앞에서 소리를 지르니 유고는 듣고 놀라 혼비백산했다. 더군다나 화영은 무관이라 무서워서 감히 나올 생각도 못했다. 화영은 유고가 나오지 않자 한동안 서서 기다렸다. 잠시 후 부하들에게 양쪽 곁방부터 뒤지게 하자, 군졸 30~50여 명이 한꺼번에 몰려가 곁채 아래 곁방부터 뒤지니 송강은 두 다리 살은 모두 터진 채 쇠줄에 묶여 대들보에 높이 매달려 있었다. 군졸이 밧줄을 끊고 자물쇠를 풀어 송강을 구했고, 화영은 송강을 군사들과 먼저 집으로 돌려보내고 말에 올라 손에 창을 잡고 입을 열었다.

"유 지채, 당신이 정지채라도 나를 어떻게 하진 못할 것이오! 어느 집이라고 친척이 없겠소. 내 이종사촌 형님을 잡아다가 도적이라고 강제로 누명을 씌워 어쩌자는 것이오? 내가 그렇게 만만하오! 내일 다시 얘기합시다."

화영이 부하들을 데리고 집으로 돌아와 송강을 보았다.

유 지채는 화영이 송강을 구해가는 것을 보고 급하게 서둘러 100~200명을 모아 화영의 집에 가서 사람을 빼앗아오도록 했다. 그 100~200명 안에 새로 온 교두 두 명이 있었다. 우두머리인 교두는 칼을 조금 쓸 줄 알았지만 화영의 무예에는 미치지 못했다. 그러나 유고의 명을 따르지 않을 수 없어서 군사를 데리고 화영의 집으로 찾아갔다. 문을 지키던 군사가 들어가 화영에게 알렸다. 이때 날은 아직 밝지 않았고 군졸 200여 명이 문 앞에 모였으나 화영의 실력을 두려워했으므로 누구도 앞장서려 하지 않았다. 날은 점점 밝아오는데 대문 두 짝은 모두 열려 있었고, 화영이 대청에 앉아 왼손에 활을 들고 오른손에 화살을 채워넣고 있었다. 화영이 활을 세워 들고 문 앞에 모여 있는 군사들을 향해 크게 소리질렀다.

"군사들은 들어라. '복수를 하려면 원수를 찾아야 하고, 빚을 받으려면 빚쟁이를 찾아야 한다'고 하지 않았느냐? 유고가 너희를 보냈다고 쓸데없이 나서지 말거라. 너희 새로 온 교두 둘은 나 화영의 무예를 아직 보지 못했을 것이다. 오늘 먼저 너희에게 나 화영의 궁술을 보여줄 테니 유고를 대신해서 나서고 싶은 놈이나 무섭지 않은 놈은 들어오너라! 먼저 대문 왼쪽 문신門神5의 금과金瓜6 대가리를 맞히겠다. 간다!"

화살을 먹이고 힘껏 활시위를 당겨 쏘았다. 화살은 문신이 손에 든 금과의 머리 부분에 정확하게 맞았다. 200명 군사는 모두 깜짝 놀라 입을 떡하니 벌렸다. 화영이 두 번째 화살을 뽑으며 말했다.

"너희는 다시 잘 봐라. 두 번째 화살은 오른쪽 문신의 투구 위에 달린 붉은 술을 쏘겠다!"

핑 소리가 나더니 조금도 빗나감 없이 술에 맞았다. 두 화살은 좌우 두 짝 문 위에 하나씩 꽂혔다. 화영은 세 번째 화살을 꺼내 활에 먹이며 말했다.

5_ 문신門神: 문을 지키는 신. 중국의 옛 습속에 귀신을 쫓기 위해 대문에 무장의 그림을 붙였다.
6_ 금과金瓜: 옛날 무기의 일종. 끝에 황금빛 참외 모양의 철추가 달린 봉이다. 나중에 주로 의장용으로 썼다.

"세 번째 화살은 너희 중에 흰옷 입은 교두의 심장을 뚫을 테니 잘 보도록 하여라!"

흰옷 입은 교두가 '아이고!' 소리를 지르며 몸을 돌려 먼저 달아났다. 나머지 군졸도 소리를 지르며 모두 도망갔다.

화영이 문을 닫고 후당에 들어와 송강을 보살피며 말했다.

"형님이 이렇게 고생하는 것은 모두 제 잘못입니다."

"나는 상관없지만 유고가 자네를 가만히 내버려두지 않을 텐데. 어떻게 해야 할지 걱정이네. 우리도 장기적인 대책을 세워야 하네."

"이까짓 벼슬 던져버리고 유고 놈이랑 한번 붙어봐야겠습니다!"

"저 부인이 은혜를 원수로 갚고 남편을 시켜 나를 이렇게 때리다니. 내가 진짜 성명을 말하려다가 염파석 사건이 들통날까 두려워 운성현에서 온 나그네 장삼이라고 했네. 유고가 무례하게 나를 운성현 장삼이라고 하여 죄수 수레에 가두어 상부 청주 관아에 압송하려고 했는데 어찌할 수 없었다네. 청풍산 두목이 되어 눈 깜짝할 사이에 능지처참을 당할 뻔했네. 동생이 와서 구해주지 않았다면 아무리 말재주가 뛰어나도 벗어날 수 있었겠는가!"

"저는 본래 그놈이 글 읽은 놈이라, 일족이라면 조금이라도 생각해 주리라 하여 '유장'이라고 썼는데 뜻밖에 인정이라곤 전혀 없더군요. 지금 이미 집에 돌아왔으니 어떻게 나오는지 한번 지켜봐야겠습니다."

"동생, 그렇게 간단하지 않다네. 이미 무력으로 사람은 구했지만 모든 일은 신중하게 생각해야 한다네. 자고로 '밥 먹을 때는 목이 멜 것을 생각하고, 길을 걸을 때는 넘어질 것을 대비해야 한다'고 했네. 그놈이 공개적으로 사람을 빼앗기고 다시 빼앗으려고 사람을 보냈는데, 모두 기겁하여 흩어지고 말았다네. 아마도 그놈은 이렇게 포기하지 않고 반드시 문서를 작성하여 상부에 보고할 걸세. 나는 오늘 밤 먼저 청풍산에 올라가 피할 테니, 자네는 내일 그놈에게 뚝 잡아떼면 결국 문무관 사이의 불화로 벌어진 소송이 될 걸세. 만일 내가 다시 잡혀간다면 자네는 그놈에게 아무런 변명도 할 수 없을 것이네."

"저는 힘만 믿는 무인인지라 형님 같은 고명한 견해는 없습니다. 다만 형님께서 부상이 심해서 어떻게 움직일 수 있습니까?"

"괜찮네. 일이 다급하니 망설일 시간이 없네. 나는 산 아래까지만 가면 그만이네."

고약을 붙이고 술과 고기를 먹은 다음 보따리는 모두 화영의 거처에 남겨두었다. 황혼이 질 무렵 군졸 두 명이 청풍채 울타리 밖으로 내보내주자 송강은 밤새 쉬지 않고 걸었다.

한편 군사들이 하나씩 흩어져 돌아와 유고에게 보고했다.

"화영은 정말 용감한 사람이라 누가 감히 화살을 막아낼 수 있겠습니까!"

두 교두도 거들어 말했다.

"화살을 한 대라도 맞는다면 몸에 투명한 구멍이 날 터라 아무도 가까이 갈 수가 없습니다!"

유고는 아무래도 문관이라 계략을 쓰려고 곰곰이 생각했다.

'이렇게 빼앗아가서는 분명히 야음을 틈타 청풍산으로 도망가게 할 텐데. 이렇게 되면 내일 나를 찾아와 잡아뗄 것이 틀림없다. 서로 따지고 다투다가 상급 관아로 가면 문무관 사이의 알력 다툼으로 볼 것이다. 그러면 내가 그를 어떻게 할 수 있겠는가? 오늘 밤 군졸 20~30명을 시켜 청풍산 가는 길목 5리쯤 되는 지점에서 기다리게 해야겠다. 만일 요행으로 사로잡는다면 몰래 집 안에 가두어두고 청주 관아에 알려 군관을 보내 잡아가게 한다면 화영도 모두 함께 없애버릴 수 있다. 그러면 내가 이 청풍채를 독점하고 그놈의 눈치를 볼 일도 없을 것이다!'

그날 밤에 20여 명을 골라 창과 곤봉을 들고 가서 길목을 지키게 했다. 대략 이경에 보냈던 군졸들이 두 손을 등 뒤로 묶은 송강을 데리고 왔다. 유고가 보고 크게 기뻐했다.

"내 생각이 틀림없었구나! 저놈을 후원에 가두고 아무에게도 알리지 말아라."

밤새도록 작성한 공문서를 굳게 밀봉하고, 심복 두 사람을 보내 밤낮을 가리지 않고 청주부에 가서 알리도록 했다. 다음 날 화영은 송강이 청풍산에 올라갔다고 생각하고 집에 앉아 속으로 말했다.

'어쩌는지 한번 지켜보자!'

그러고는 마침내 신경 쓰지 않았다. 유고도 모르는 척하여 둘 다 아무도 이 일을 입에 올리지 않았다.

한편 청주부 지부는 공당에 올라 일을 하고 있었다. 지부의 성은 모용慕容이고 이름은 언달彦達인데 휘종 황제의 귀비인 모용씨의 오빠였다. 여동생의 권세 덕택으로 청주에서 갖은 만행을 부려 백성을 해치고 동료를 기만하여 못하는 짓거리가 없었다. 마침 관아로 돌아가 아침을 먹으려다가 공인들이 도적의 소식과 관련된 유고의 보고서를 가져와 보고했다. 지부가 공문을 받아보고 놀라 말했다.

"화영은 공신의 아들인데 어째서 청풍산의 도적들과 한통속이 되었단 말이냐? 이 범죄는 작은 일이 아니니 먼저 사실 여부부터 알아봐야겠구나."

바로 청주 병마도감을 대청으로 불러 조사하도록 보냈다. 그 도감의 이름은 황신黃信이었다. 황신은 본래 무예 실력이 뛰어나 위세가 청주에 떨쳐서 진삼산鎭三山이라고 불렸다. 청주 지방 관할하에 험악한 산이 세 개 있었다. 첫째가 청풍산이고, 둘째가 이룡산이며, 셋째가 도화산이다. 이 세 곳은 강도와 산적이 출몰하는 지역이다. 황신이 세 산의 도적을 모두 잡을 것이라고 스스로 자랑했기에 사람들은 그를 진삼산이라고 불렀다. 이 병마도감 황신은 대청에 올라가 지부의 분부를 받고 나와 건장한 군졸 50명을 이끌고 갑옷을 입고 말 위에서 상문검喪門劍[7]을 들고 밤새 청풍채로 달려가 유고의 집 앞에 와 말 등에서 내렸다. 유고가 집에서 나와 황신을 맞아 후당으로 데리고 가 예를 마치고 술과 음식을 준비하여 대접하고 군사들에게도 음식을 먹였다. 나중에 송강을 황신 앞에 끌어내왔다.

"이제 더 말할 것도 없다. 이놈을 죄수 싣는 수레에 실어라."

7_ 상문검喪門劍: 상문은 사주를 볼 때 피마披麻(상복을 입는다는 뜻이다), 조객弔客(조문하러 온 사람)과 함께 불길한 신이다. 피마, 조객, 상문은 모두 초상을 치르는 일이다. 이렇게 보면 상문검은 불길한 신이 붙은 검이라 하겠다.

머리에 붉은 보자기를 씌우고 '청풍산 도적 우두머리 운성호 장삼淸風山賊首鄆城虎張三'이라고 쓰인 깃발을 꽂았다. 송강은 변명 한마디 못하고 그들이 하는 대로 따를 수밖에 없었다. 황신이 다시 유고에게 물었다.

"장삼이 붙잡혔다는 것을 화영도 알고 있습니까?"

"제가 밤 이경에 잡아다가 몰래 집 안에 가두어놓았으므로, 화영은 이미 떠난 줄만 알고 집에 편안하게 있을 것입니다."

"그렇다면 어려울 것 없소. 내일 일찍 집 안에 양과 술을 준비하여 공청公廳에 벌여놓고 사방에 30~50명 군졸을 매복시켜놓으시오. 내가 화영의 집에 가서 '모용지부가 당신들 문무 지채 사이에 불화가 생겨 일부러 나를 파견해서 화해시키려고 술을 준비했소'라고 말하겠소. 그놈을 속여 공당에 데려와 내가 잔을 던지는 것을 신호로 붙잡아 둘을 함께 청주로 압송하려 합니다. 이 계책이 어떻소?"

유고가 박수를 치며 말했다.

"역시 상공의 계책은 대단하군요. 독 안에 든 자라를 손으로 잡는 것과 다를 바가 없군요!"

그날 밤 둘은 계책을 세웠다. 다음 날 날이 밝자 먼저 대채 좌우 양쪽 장막 안에 미리 군사를 매복시키고 대청에 형식적으로 술과 음식을 차렸다. 아침 식사 전후에 황신이 말을 타고 하인 2~3명을 데리고 화영의 집 앞에 왔다. 군졸이 안으로 들어가 소식을 알리자 화영이 말했다.

"무엇 하러 왔을까?"

졸개가 대답하며 말했다.

"황 도감이 일부러 찾아왔다는 말만 들었습니다."

화영이 그 말을 듣고 나가 황신을 맞이했다. 황신은 말에서 내려 화영을 따라 대청 안에 들어와 예를 마쳤다.

"도감 상공, 이곳에는 도대체 무슨 일입니까?"

"제가 지부의 부름을 받고 갔더니, 여기 청풍채 문무 두 관원 사이에 불화가 있는데 그 원인은 알 수 없다고 말씀하셨습니다. 지부께서는 두 분이 사사로운 원한으로 공사를 그르칠까 두려워 저를 보내 양과 술을 준비하여 두 사람을 화해시키라고 분부했습니다. 이미 대채 공당 안에 준비해두었으니 말을 타고 함께 가시지요."

화영이 웃으며 말했다.

"화영이 어떻게 감히 유고를 속이겠습니까? 게다가 그는 정지채입니다. 다만 그가 여러 차례 화영의 과실을 찾으려고 했으나 지부를 놀라게 하고 싶지 않았는데, 이렇게 뜻밖에 도감님을 누추한 곳에 왕림하게 했으니 화영이 무엇으로 은혜를 갚겠습니까?"

황신이 화영의 귀에 낮은 소리로 중얼거렸다.

"지부는 당신 편입니다. 만일 군사를 일으킬 일이 생기면 유고 같은 문관을 어디에 써먹겠습니까? 화영님은 저만 따르시면 됩니다."

"도감의 과분한 사랑에 깊이 감사드릴 따름입니다."

황신은 화영을 초청하여 함께 문을 나서 말에 올랐다.

"도감님, 잠시 술이라도 한잔 하고 가시지요."

"화해하고 나서 통쾌하게 마시는 것이 좋지 않겠소?"

화영은 할 수 없이 말을 준비했다.

말 두 마리를 나란히 몰고 바로 대채에 도착하여 말에서 내렸다. 황신이 화영의 손을 잡고 함께 공당에 올라갔다. 유고는 이미 공당에 올라와 있었으므로 세 사람은 서로 인사했다. 황신은 술을 가져오게 했고 하인은 일찍이 화영의 말을 끌고 나가 공당 문을 닫았다. 화영은 계략인지 깨닫지 못하고 황신이 자기와 같은 무관이라 나쁜 의도를 가지지 않았으리라고 생각했다. 황신이 술잔을 들어 먼저 유고에게 권하며 말했다.

"지부께서 두 분 문무관 동료 사이가 화목하지 못하여 많이 걱정하고 있습니다. 오늘 특별히 황신을 파견하여 여러분과 말씀을 나누도록 했습니다. 조정의 은혜에 보답하는 것을 중요하게 생각하시고 일이 생기거든 나중에 다시 상의하시길 바랍니다."

황신의 말이 끝나자 유고가 대답했다.

"유고가 재주가 없으나 예의는 조금 압니다만, 지부님께 이렇게 걱정을 끼쳐드렸군요. 우리 두 사람 사이에 아무런 다툼도 없었는데 남들이 거짓으로 아뢴 것입니다."

황신이 크게 웃으며 말했다.

"좋습니다!"

유고가 먼저 술을 마셨고, 황신은 두 번째 잔을 화영에게 따라주며 말했다.

"유 지채가 이렇게 말씀하시니, 분명 한가한 사람이 헛소리를 해서 이렇게 된 것이 틀림없습니다. 그러니 한잔 드시고 이후부터 두 분이 잘 협력하시기 바랍니다."

화영이 술을 받아 마셨고, 유고는 다른 잔에 술을 따라 황신에게 주며 말했다.

"도감께서 이 누추한 곳까지 오시느라 수고 많으셨으니, 잔에 가득 찬 술을 단숨에 드시기 바랍니다."

황신이 술을 받아 손에 들고 사방을 둘러보자 군졸 10여 명이 떼 지어 대청으로 올라왔다. 술잔을 땅바닥에 내던지며 후당에까지 들리도록 소리를 지르자 양쪽 천막 뒤에서 건장한 군졸 30~50명이 한꺼번에 뛰쳐나오더니 화영을 잡아 대청 앞에 무릎 꿇렸다. 황신이 군졸에게 명령했다.

"묶어라!"

화영이 온 힘을 다하여 소리쳤다.

"내가 무슨 죄가 있다고 이러시오?"

황신이 큰 소리로 웃으며 고함을 질렀다.

"네가 아직도 감히 소리를 지르느냐! 청풍산 강도와 내통하여 함께 조정을 배반한 것은 무슨 죄에 해당되겠느냐. 내가 너와 옛정을 생각하여 너희 가족을 놀라게 하지 않은 것을 다행으로 생각하여라."

"아무리 그래도 증거가 있어야 하지 않겠소!"

"네게 증거를 보여주마! 내가 너를 모함하는 것이 아니고 진짜 장물과 도적을 보여주마. 여봐라, 그놈을 끌고 오너라."

얼마 지나지 않아 죄수를 태우는 수레 한 대가 깃발을 꽂고 죄수 한 명을 태우고 들어왔다. 화영이 보니 송강이라 놀라 두 눈을 크게 뜨며 입을 벌리고 서로 바라보며 아무 소리도 못했다. 황신이 고함을 지르며 말했다.

"이 일은 나와 상관없지만 고소인 유고가 지금 여기에 있다."

"상관없소. 상관없어! 이 사람은 내 친척이오. 이 사람은 확실히 운성현 사람이오. 당신이 억지로 도적이라고 우긴다면 상부에 가서 따져봅시다."

"네 생각이 그렇다면 나는 청주 관아로 압송할 수밖에 없다. 그곳에서 네가 알아서 잘 따져보거라!"

그리고 나서 유고를 불러 청평채 안의 병사 100명을 불러 압송하도록 했다. 화영이 황신에게 말했다.

"도감께서 나를 속여 붙잡았더라도 조정에 도착하거든 유고와 시비를 끝까지 따지겠소. 그리고 도감께서는 나와 같은 무관으로 체면을 보아 내가 관복을 입은 채 수송 수레 안에 앉도록 해주시길 부탁합니다."

"그런 것은 어렵지 않으니 네 뜻대로 해주마. 엉뚱하게 사람 생명을 해치는 일이 생기지 않도록, 유고도 함께 청주 관아에 가서 잘잘못을 명백하게 가리도록 해주마."

황신이 유고와 말에 올라 수레 두 량을 호송했다. 황신이 데려온 군사 30~50명과 청풍채 병사 100명은 수레를 둘러싸고 청주로 향했다.

제 3 3 회

화영과 진명[1]

　황신은 상문검을 가로로 들고 말에 올라탔고, 유고도 몸에 갑옷을 입고 손에 삼지창을 들고 말을 탔다. 140~150명 군졸도 각자 창이나 곤봉을 들고 허리에 단도나 날카로운 검을 찼으며 양쪽에서 북을 치고 징을 두드리며 송강과 화영을 청주로 이송했다. 모두 청풍채를 나와 30~40리를 못 가서 앞에 커다란 숲이 보였다. 바로 산 입구에서 병사가 손으로 가리키며 말했다.
　"숲 안에서 사람들이 우리를 엿보고 있습니다!"

1_ 33장 황신이 청주도에서 큰 소란을 일으키다鎭三山大鬧靑州道. 벽력화가 밤에 폐허가 된 마을로 돌아가다霹靂火夜走瓦礫場.

그 말을 듣고 모두 발길을 멈추었다. 황신이 말 위에서 물었다.

"왜 가지 않고 멈추느냐?"

"앞의 숲속에서 어떤 사람이 우리를 염탐하고 있습니다."

"신경 쓰지 말고 가자!"

점차 숲에 가까워지면서 꽹꽹 소리가 사방팔방에서 일제히 울리기 시작했다. 병사들은 모두 당황하여 달아나려고 했다. 황신이 군졸들에게 고함을 쳤다.

"멈추어라. 모두 진영을 갖추어라! 유 지채, 당신은 수레를 지키시오."

유고가 말 위에서 대답도 못하고 입으로 주문을 외우기 시작했다.

"고난에서 구해주시는 천존天尊2이시여. 아이고. 10만 경전이여. 30단초壇醮3여. 제발 살려주세요!"

놀라서 얼굴이 요괴로 둔갑한 동아4처럼 붉으락푸르락 변했다.

황신은 무관이라 조금도 겁먹지 않고 말을 몰아 앞으로 가서 살펴보았다. 숲속 사방에서 300~500명 졸개가 가지런히 도열하고 있는데 모두 신체가 건장했으며 흉악한 얼굴에 붉은 두건을 머리에 싸맸고 솜저

2_ 천존天尊: 도교에서 신봉하는 신선에 대한 존칭.

3_ 단초壇醮: 도사가 신에게 제사를 지내는 단.

4_ 동아: 박과의 한해살이 덩굴성 식물. 줄기는 굵고 단면이 사각이며 갈색 털이 있다. 잎은 어긋나고 5~7개로 얕게 갈라지며 심장 모양이다. 여름에 노란 종 모양의 꽃이 피고, 열매는 호박 비슷한 긴 타원형이며 익으면 흰 가루가 앉는다. 과육 종자는 약용한다.

고리를 입었으며 허리에 날카로운 검을 차고 손에 창을 들고 일행을 철통같이 에워쌌다. 숲속에서 세 사내가 튀어나왔다. 한 사람은 파란색 옷을 입었으며 다른 사람은 초록색 옷을 입었다. 또 다른 사람은 붉은색을 입었고, 모두 머리에 금실로 만자를 새긴 두건을 쓰고 허리에 요도를 찼으며 박도를 들고 길을 막았다. 가운데는 금모호 장순이었고 위쪽에 왜각호 왕영, 아래쪽에 백면낭군 정천수였다. 세 호걸이 고함을 지르며 말했다.

"이곳을 지나려면 발길을 멈추어라. 통행료 황금 3000냥을 내놓으면 지나가도록 비켜주겠다!"

황신이 말 위에서 고함을 질렀다.

"네 이놈들 무례하구나. 진삼산이 여기 있다!"

세 사람이 두 눈을 부릅뜨고 고함을 질렀다.

"네가 '진삼산'이라도 통행료 황금 3000냥은 내야 한다! 없으면 지나갈 수 없다!"

"나는 상부에서 죄인을 잡으러 온 도감인데 무슨 통행료를 내란 말이냐?"

세 사내가 웃으며 말했다.

"네가 상급 기관에서 온 도감이 아니라 조씨 집안의 황제라도 여기를 지나가려면 통행료 3000관을 지불해야 한다. 만일 없다면 죄인을 여기에 저당잡히고 돈을 가져와 되찾아가거라!"

황신이 발끈하여 욕을 퍼부었다.

"강도들아. 어찌 감히 이렇게 무례하게 구느냐!"

좌우에서 함성을 지르며 북을 두드리고 징을 울렸다. 황신이 칼을 휘두르며 말을 몰아 연순에게 달려들었다. 세 두령이 한꺼번에 박도를 세우고 황신과 싸웠다.

황신은 세 명이 달려드는 것을 보고 말 위에서 있는 힘을 다해 10합을 싸웠으나 세 명을 당할 수는 없었다. 게다가 유고는 혼자 벌벌 떨며 앞으로 나서지도 못했고 형세를 살피며 달아날 궁리만 했다. 황신은 세 두령에게 잡혔다가는 명성을 더럽힐까 두려워, 말을 '퍽' 박치고 왔던 길로 되돌아갔다. 세 두령이 박도를 들고 쫓아갔으나 황신은 뒤도 돌아보지 않고 혼자 날듯이 청풍채로 달아났다.

군사들은 황신이 말 머리를 돌릴 때 이미 소리를 지르며 수레를 버리고 모두 사방으로 흩어졌다. 유고가 혼자 남아 있다가 형세가 좋지 못한 것을 보고 서둘러 말 머리를 돌려 채찍으로 세 번 내려쳤다. 말이 막 달리려고 할 때 졸개 하나가 말의 발을 걸어 넘어뜨리는 밧줄을 당기자 유고의 말이 거꾸러졌다. 졸개들이 일제히 달려들어 유고를 붙잡고 수레를 빼앗아 문을 열었다. 화영은 자기가 탄 수레의 문이 열리자 바로 튀어나와 있는 힘을 다해 밧줄을 끊고 남은 수레를 부수고 송강을 구해냈다. 졸개 몇 명은 이미 유고의 손을 뒤로 결박하여 그가 타던 말을 붙들고, 또 수레를 끌던 말 세 필을 수레에서 떼어냈다. 유고의 옷을 모두 벗겨 송강에게 입히고 말을 태워 먼저 산 위로 보냈다. 세 사내가 화영과 졸개와 함께 유고를 벌거벗긴 채로 밧줄로 묶어 산채로 끌고 올라갔다. 원래 세 두령은 송강의 소식을 몰라 똑똑한 졸개 몇 명을 청풍진에 보냈다가 사람들에게 '도감 황신이 잔을 던지는 것을 신호로 화영과 송강을 사로잡아 압송 수레에 태워 청주로 압송하려 한다'는 말을 들었다. 이에 소식을 들은 세 사내는 졸개를 거느리고 미리 대로를 크게 우회하여 길목을 지키고 있었고, 소로는 사람을 보내 감시하고 있었다. 그리하여 두 사람을 구하고 유고를 사로잡아 산채로 돌아왔다.

그날 밤 이경에 산채로 돌아와 모두 취의청에 모였다. 송강과 화영을 가운데 앉히고 세 두령은 맞은편에 배석하여 앉아 술과 음식으로 대접했다. 연순이 부하들에게 분부했다.

"애들아, 너희도 모두 가서 술을 마셔라."

화영이 취의청에서 세 사내에게 감사하며 말했다.

"세 분 장사께서 형님과 제 목숨을 구해주시고 원수를 갚아주셨으니 이 은혜를 어떻게 갚아야 할지 모르겠습니다. 다만 화영의 가족과 여동생이 아직 청풍채에 있어 황신이 분명히 잡아갔을 텐데 어떻게 해야 구할 수 있을까요?"

"지채는 안심하십시오. 황신이 감히 부인을 잡아가지는 못할 것이라고 생각됩니다. 잡혀가더라도 반드시 이 길로 지나갈 것입니다. 내일 우리 형제 세 사람이 하산하여 부인과 동생을 지채에게 돌려드리겠습니다."

곧바로 졸개를 불러 하산하여 소식을 염탐하도록 했다.

"장사의 크신 은혜에 깊이 감사드립니다."

그때 송강이 끼어들어 말했다.

"이제 유고란 놈을 끌어내야겠소!"

연순이 대답했다.

"기둥에 묶어놓았으니 배를 갈라 심장을 꺼내 형님을 즐겁게 해드리겠소."

화영이 일어나면서 말했다.

"이놈은 내가 해치우겠습니다!"

송강이 유고를 꾸짖으며 말했다.

"너 이놈, 내가 지난날 너와 아무런 원한이 없었고 근래에도 그런 일이 없었는데, 너의 어질지 못한 마누라의 말만 믿고 내게 해를 입혔느냐! 오늘 이렇게 잡혀오니 무슨 할 말이 있느냐?"

"형님도 참, 뭘 그런 것을 물어보시오!"

화영이 송강의 말을 막고 칼로 유고의 심장을 도려내어 송강 앞에 놓았다. 졸개들이 시체를 한쪽으로 끌고 갔다. 송강은 아직 분이 덜 풀려서 말했다.

"오늘 비록 이 더러운 놈은 죽였지만, 그 음란한 년을 아직 죽이지 못했으니 이 분노를 풀 데가 없구나!"

왕왜호가 냉큼 받아서 말했다.

"형님 걱정 마십시오. 내가 내일 산을 내려가 그 부인을 데려올 테니 이번엔 내가 쓰게 해주십시오."

그 말을 듣고 모두 웃었다. 그날 밤 술자리가 끝나고 각자 돌아가 쉬었다. 다음 날 일어나 청풍채를 치는 일을 상의했다. 연순이 나서서 말했다.

"어제 애들이 걷느라 몹시 고생을 해서 오늘은 하루 쉬고 내일 일찍 내려가도 늦지 않을 것입니다."

"맞는 말이오. 사람도 말도 쉬어야 회복이 될 테니 서두르지 맙시다."

산채에서는 군마를 점검하여 청풍채로 출발하려고 준비했다.

한편 도감 황신은 말을 달려 청풍진 대채로 돌아와 군사를 모아 사방 울타리를 지키게 했다. 황신이 보고 문서를 작성하여 군졸의 우두머리 두 명을 보내 모용 지부에게 보고했다. 지부는 사정이 급박하다는 소식을 듣고 놀라 관아로 달려 나갔다. 모용 지부가 황신의 보고 문서를 펼쳤다.

"화영이 조정을 저버리고 청풍산 강도들과 결탁했으므로 청풍채를 보존하기가 쉽지 않습니다. 사정이 다급하니 빨리 장수를 보내어 구해주시기 바랍니다!"

지부가 보고서를 읽고 놀라 사람을 시켜 청주 지휘사 총관5 병마靑州指揮司總官兵馬 진 통제秦統制6를 불러 군사 작전을 논의 하고자 했다. 총관은 산후山後 개주開州 사람으로 진명秦明이라고 불렀다. 성격이 급하고 고함 소리가 우레 같아서 모두 그를 '벽력화霹靂火' 진명이라고 불렀다. 진

5_ 총관總管: 한 지역의 군사 지휘관.
6_ 통제統制: 군사 행동을 지휘하는 지휘관이다. 북송 초기에 통제의 지위는 상당히 높았으나 갈수록 낮아졌다. 진명이 이 직위를 맡았을 때는 정7품 정도의 관직이었다고 한다.

명의 할아버지는 군관 출신으로 낭아봉狼牙棒7을 잘 사용하여 일당백의 용맹이 있었다고 한다. 진명은 지부가 부른다는 말을 듣고 관아로 들어갔다. 서로 예를 마치자 모용 지부가 황신의 긴급 보고서를 진명에게 보여주었다. 진명이 편지를 보고 화를 내며 말했다.

"도적놈들이 감히 이렇게 무례하게 굴다니! 나리는 걱정하실 필요 없습니다. 제가 군사를 데리고 가서 도적을 무찌르지 못한다면 나리를 뵈러 돌아오지 않을 것을 맹세합니다."

"장군이 만일 조금이라도 늦게 도착한다면 이놈들이 청풍채를 공격할 것입니다."

"이 일을 어떻게 감히 늦장을 부릴 수 있겠습니까! 오늘 밤에 군사를 점고하고 내일 일찍 출발하겠습니다."

지부가 크게 기뻐하며 서둘러 술과 고기와 군량을 준비하여 먼저 성 밖에서 기다렸다가 군사들에게 상으로 주기로 했다. 진명은 화영이 조정을 배반했다는 말을 듣고 분노하여 말에 올라 지휘사 안으로 달려가 기병 100명과 보병 400명을 골라 먼저 성 밖으로 나가 집합시키고 출병을 지휘했다.

모용 지부는 먼저 성 밖 사원에서 만두를 찌고 대접을 늘어놓고 술을 데웠다. 군사 1인당 술 세 잔, 만두 2개, 삶은 고기 1근이었다. 준비

7_ 낭아봉狼牙棒: 고대의 무기다. 단단하고 무거운 나무로 봉을 만드는데 길이는 4~5척(1미터 이상)이며, 윗부분은 대추같이 생겼고 못을 박아놓은 모양이 늑대의 이빨 같았다고 한다.

를 모두 마치고 진명이 '병마총관진통제兵馬總管秦統制'라는 깃발을 든 병사를 거느리고 말에 올라 성을 나왔다. 모용 지부가 진명이 모든 갑옷과 무기를 갖추고 성을 나서는 것을 보니 과연 나무랄 데 없는 영웅의 용모였다. 진명은 말을 타고 나오다가 모용 지부가 성 밖에서 군사들을 포상하고 위로하는 것을 보고, 서둘러 군졸에게 무기를 건네주고 말에서 내려 지부에게 달려가 만났다. 예를 마치자 지부가 잔을 들고 총관에게 당부하며 말했다.

"일거에 승리를 거두고 바로 개선하길 바라오!"

격려가 끝나고 신호를 알리는 포가 터지자 진명이 지부와 인사를 마치고 몸을 날려 말에 올라 대오를 정비한 다음 병사들을 재촉하여 의기양양하게 청풍채를 향하여 출발했다. 원래 청풍채는 청주 동남쪽에 있었으므로 정남 방향으로 가면 비교적 가까웠기에 산 북쪽 지름길에 금세 도달할 수 있었다.

청풍산 산채 졸개들은 소식을 자세하게 탐지하여 산에 올라가 보고했다. 산채 안에서 두령들은 청풍산을 치려다가 보고를 받았다.

"진명이 병마를 이끌고 오고 있습니다."

모두 서로 얼굴을 바라보며 놀라는데 화영이 나서서 말했다.

"여러분, 당황하지 마십시오. 자고로 적이 쳐들어오면 반드시 쓰러뜨려야 합니다. 졸개들에게 술과 밥을 먹여 배부르게 해주고 내가 하자는 대로 하시기 바랍니다. 먼저 힘으로 대항한 이후에 지혜를 써서 승리를 취해야 합니다. 이렇게 저렇게 하는 것이 어떻습니까?"

"좋은 계책이네! 바로 그렇게 합시다."

송강이 무릎을 치며 찬성했다. 송강과 화영은 즉시 계책을 정하고 졸개들에게 각자 가서 준비하도록 했다. 화영은 좋은 말과 갑옷을 고르고 활과 화살 그리고 창을 준비하여 때를 기다렸다.

한편 진명은 병사를 거느리고 청풍산 아래 10리 떨어진 곳에 울타리를 만들고 진을 쳤다. 다음 날 오경에 밥을 지어 병사들에게 먹이고 출발 신호를 알리는 포를 쏘아 청풍산으로 향했다. 넓은 공터를 골라 부대를 벌여 배치하고 북과 징을 두드리며 싸움을 걸었다. 산 위에서 징 소리가 천지를 진동하더니 한 무리의 군사들이 달려왔다. 진명이 말고삐를 붙들어 잡고 낭아봉을 가로로 든 채 두 눈을 부릅뜨고 바라보니 소이광 화영이 졸개들을 이끌고 산에서 내려오고 있었다. 산비탈 앞에 이르러 징 소리가 울리더니 전투 대형으로 배열했다. 화영이 말 위에서 철창을 잡고 진명을 향하여 두 손을 모아 인사했다. 진명이 소리를 버럭 지르며 말했다.

"화영, 너는 조상 대대로 장군 가문의 자식이고 조정의 관리다. 청풍채를 다스리도록 지채로 임명하여 나라에서 녹봉을 주며 먹여 살려 너를 섭섭하게 한 적이 있었더냐? 그런데 너는 오히려 도적들과 결탁하여 조정을 배반한단 말이냐! 내가 오늘 특별히 너를 잡으러 왔으니 알아들었으면 말에서 내려 순순히 포박을 받고 내 손에 피비린내 나고 발을 더럽히는 일이 없도록 하여라!"

화영이 얼굴에 웃음을 띠며 말했다.

"총관께 아룁니다. 어째서 화영이 조정을 배반했는지 생각해보셨습니까? 사실은 유고란 놈이 터무니없는 사실을 날조하고 지위를 남용하여 사사로운 원한을 갚아, 화영이 집이 있어도 돌아갈 수 없고 나라가 있어도 의지할 수가 없게 핍박하여 잠시 여기에 피난했습니다. 총관께서 두루 살피고 이해해주시기 바랍니다!"

"네놈이 스스로 말에서 내려와 포박을 받지 않고 무엇을 기다리고 있느냐? 그런 교묘한 말재주로 군심을 선동하려느냐!"

진명이 좌우에 북을 두드리게 명령하고 낭아봉을 돌리며 화영에게 달려들었다. 화영은 큰 소리로 웃으며 말했다.

"진명, 너는 원래 양보해줘도 알아듣지를 못하는구나. 네가 상관이라고 대접해주었더니, 정말로 너를 두려워하는 줄 아느냐!"

창을 잡고 말을 몰아 진명과 싸웠다. 두 사람이 40~50합을 겨루었으나 승부가 나지 않았다. 화영이 한참을 싸우다가 빈틈을 내보이며 말 머리를 틀어 산 아래 작은 길로 달아났다. 진명이 잔뜩 화가 나서 따라왔다. 화영은 창을 말안장 동고리 위에 걸어놓고, 말고삐를 당겨 세운 다음 왼손으로 활을 집어들고 오른손으로 화살을 뽑아 시위를 힘껏 당겼다. 몸을 돌려 진명의 투구 끝을 겨냥하여 쏘니 명중하여 투구 위에 달린 붉은 술이 소식을 전하는 편지처럼 바닥에 떨어졌다. 진명이 놀라 감히 앞으로 쫓아가지 못하고, 갑자기 말 머리를 휙 돌려 졸개들을 쫓으려고 했으나 일찌감치 모두 산 위로 우르르 도망가고 없었다. 화영이 다른 길로 돌아 산채로 올라갔다.

진명은 그들이 모두 도망간 것을 보고 속으로 화가 치밀어올랐다.

"얄미운 도적놈들이 정말 무례하구나!"

징과 북을 울리도록 명령하고 길을 찾아 산으로 올랐다. 병사들이 일제히 함성을 지르고 보군이 먼저 산을 오르기 시작했다. 봉우리 두세 개를 돌아 올라가니 뇌목擂木, 포석炮石8, 회병灰瓶9, 금즙金汁10 등이 험준한 산 위에서 떨어졌다. 전진하던 군사들이 다급하게 뒷걸음치다 30~50명이 피하지 못하고 쓰러지자 산 아래로 물러날 수밖에 없었다. 진명은 화가 머리 꼭대기까지 치솟아 군마를 이끌고 돌아내려와 산으로 오르는 길을 찾기 시작했다. 정오까지 길을 찾고 있는데 서쪽 산에서 징 소리가 울리더니 숲속에서 홍기를 든 군사가 나타났다. 진명이 군사를 이끌고 쫓아가려 했으나, 갑자기 징 소리도 멈추고 붉은 깃발도 보이지 않았다. 진명이 그 길을 보니 큰길이 아니라 나무를 베어내고 만든 여러 갈래 작은 길로 수목과 부러진 나무들이 어지럽게 겹쳐져 입구를 막아 올라갈 수 없었다. 군졸에게 길을 열라고 시켰더니 와서 보고했다.

"동쪽 산에서 징 소리가 울리고 붉은 기를 든 도적들이 나타났습니다."

진명이 부대를 이끌고 나는 듯이 동쪽 산 옆으로 달려가니 징도 울리지 않고 붉은 깃발도 보이지 않았다. 진명이 말을 몰면서 사방으로 길을 찾았으나 사방이 온통 어지럽게 자란 나무와 꺾인 나무들과 베어낸 나무로 막혀 길들이 끊어져 있었다. 초병이 또 와서 보고했다.

8_ 포석炮石: 고대에 포를 이용하여 날려보내던 돌.
9_ 회병灰瓶: 고대의 전쟁 용구. 석회를 담은 병으로 적에게 던져 눈을 뜰 수 없도록 했다.
10_ 금즙金汁: 녹인 액체 금속. 일설에는 똥물이라고 한다.

"서쪽 산에서 또 징 소리가 나고 홍기를 든 도적이 나타났습니다."

말을 채찍질하여 다시 서쪽으로 달려가서 보니, 역시 한 사람도 보이시 잃고 홍기도 보이지 않았다. 진명은 어찌나 화가 나던지 이빨을 뿌득뿌득 갈았다. 서쪽에서 화를 내며 길길이 날뛰고 있는데, 다시 동쪽 산에서 징 소리가 천지를 울리듯이 들려왔다. 급히 부하를 이끌고 동쪽에 왔으나 도적은 하나도 보이지 않았고 홍기도 없었다. 진명이 화가 나 가슴을 쥐어뜯으며 군졸들에게 산에 올라 길을 찾도록 했는데, 서쪽 산에서 함성이 일어났다. 진명은 노기가 충천하여 병사를 몰고 서쪽 산으로 와서 산 위아래를 살펴보았지만 역시 아무도 보이지 않았다. 진명이 군졸들에게 양쪽으로 산에 오르는 길을 찾도록 소리를 지르자, 그중 한 군졸이 아뢰었다.

"이곳은 모두 길이 아닙니다. 동남쪽에 큰길이 하나 있는데 그 길로만 올라갈 수 있습니다. 여기에서 길을 찾아 올라가다가는 잘못될까 두렵습니다."

진명이 듣고 말했다.

"큰길이 있으면 밤을 새서라도 올라가자!"

즉시 군사를 이끌고 동남쪽으로 올라갔다.

날이 점차 저물었고 말과 사람 모두 기진맥진하여 동남쪽 산 아래에 도착하여 야영하며 밥을 지으려고 하는데, 산 위에서 횃불이 어지럽게 비치며 여기저기서 징 소리가 울렸다. 진명이 분노하며 마병 40~50명을 이끌고 산 위로 뛰어 올라갔다. 산 위 숲속에서 화살이 어지럽게 날아와 여러 병사가 맞고 쓰러졌다. 진명은 할 수 없이 말을 돌려 산에서 내려와 병사를 시켜 밥을 짓도록 했다. 막 불을 붙이자마자 산 위에서 80~90개의 횃불이 보이더니 함성이 울려 퍼졌다. 진명이 급히 군사를 이끌고 쫓아가자 횃불이 일시에 꺼져버렸다. 그날 밤 달빛이 비쳤으나 구름에 가려 그다지 밝지 못했다. 진명이 화를 참지 못하고 군사들에게 횃불을 붙여서 나무에 불을 지르라고 했다. 산기슭 끝에서 북소리와 피리 소리가 들리자 진명이 말을 타고 쫓아가 살펴보니 산 꼭대기에 횃불 10여 개가 화영이 송강과 함께 술을 마시는 것을 비쳤다.

진명이 바라보고 마음의 화를 풀 곳이 없어서 말을 몰고 산 아래에 가서 욕을 퍼부었다. 화영이 웃으며 대답했다.

"진 통제, 오늘은 서두르지 말고 돌아가 쉬고 내일 누가 이기는지 죽기 살기로 붙어보자."

진명은 성이 나서 고함을 버럭 질렀다.

"이 역적 놈아! 지금 어서 내려와 300합을 겨루고 나서 그런 얘기를 해라."

"진 통제, 오늘은 당신이 피곤할 테니 내가 이겨봤자 좋은 소리 못 들을 것이다. 오늘은 그냥 돌아가고 내일 다시 오너라."

이런 이야기를 듣자 더욱 화가 난 진명은 산비탈 밑에서 욕을 퍼부었다. 본래 길을 찾아 쫓아 올라가고 싶었으나 화영의 활 솜씨가 두려워 아래에서 욕을 할 수밖에 없었다. 한참 욕을 하고 있는데 아래 본진에 남아 있던 군사들이 고함치는 소리가 들려왔다. 진명이 급히 몸을 돌려 산 아래를 바라보니 그곳 산 위에서 화포와 불화살이 일제히 쏟아져 내렸고 뒤쪽의 20~30명 졸개가 어둠 속에서 활과 노를 쏘고 있었다. 군마들은 고함을 지르며 한꺼번에 그 산 옆 깊은 구덩이 안으로 피했다. 시간은 이미 삼경이었고 군마들은 화살을 피하며 '아이고' 소리를 질렀다. 상류에서 세찬 물살이 흘러 내려와 군마가 모두 개천에 빠져 각자 살려고 발버둥쳤다. 물에서 빠져나온 자들은 졸개들 갈퀴에 사로잡혀 산 위로 끌려갔고, 기어오르지 못한 자들은 모두 개천에 빠져 죽었다. 진명은 이 광경을 보고 분노로 이마가 터질 지경이었는데, 옆에 있는 작은 길이 보였다. 말을 몰아 산 위로 올라가다 30~50보도 가지 못하고 말과 함께 함정에 빠져버렸다. 길 양쪽에 매복해 있던 갈퀴를 든 졸개 50명이 진명을 들어내 옷과 갑옷을 벗겼으며 투구와 무기를 빼앗아 밧줄로 묶고 말도 함정에서 끌어내 구하여 청풍산으로 끌고 갔다. 원래 이 함정은 모두 화영의 계책이었다. 먼저 졸개들을 동쪽에 나타나게 하고 또다시 서쪽에 출몰시켜 진명의 부대를 지치게 하여 계책을 세울 틈을 주지 않았다. 미리 흙포대로 개천의 물을 막고 밤이 깊어지기를 기다려 부대를 개천으로 들어가게 만든 다음 상류의 물을 터서 급류로 병사들을 쓸어버린 것이었다. 진명이 끌고 온 병사가 500명인데 절반 이상이 물에 빠져 죽고 사로잡힌 자가 150~170명이었다. 빼앗은 말이 70~80필이었고, 한 명도 달아나지 못했다. 그다음 진명을 함정에 빠뜨려 사로잡은 것이었다.

 졸개들이 진명을 붙잡아 산채에 도착하니 이미 날이 밝았다. 다섯 사내들은 취의청에 앉아 있었고 졸개들이 포박하여 대청 앞으로 끌고 오니 화영이 보고 교의를 박차고 일어나 진명을 맞이하면서 직접 밧줄을 풀어주고 대청 위로 부축한 다음 땅에 엎드려 절을 했다. 진명이 당황하여 답례하며 말했다.

"나는 사로잡힌 사람이니 여러분이 갈래갈래 찢어 죽여도 할 말이 없는데, 무슨 이유로 나에게 절을 하시오?"

화영이 꿇어앉은 채 말했다.

"졸개들이 위아래를 몰라보고 욕을 보였으니, 삼가 너그럽게 용서해 주시기 바랍니다!"

즉시 비단 옷을 가지고 오게 하여 진명에게 입혔다. 진명이 화영에게 물었다.

"이 두령들은 누구요?"

"이분은 화영의 형님으로 운성현 압사 송강입니다. 이 세 분은 산채의 주인이오. 연순, 왕영, 정천수입니다."

"이 세 분은 나도 아는 사람이오. 이 송 압사는 혹시 산동 급시우라고 불리는 송 공명 아니시오?"

"소인이 바로 송강입니다."

송강이 그 물음에 대답했다.

진명이 황급하게 무릎을 꿇고 절하며 말했다.

"오래전부터 크신 이름을 들어왔습니다. 오늘 뜻밖에 의사를 만나게 되어 무한한 영광입니다!"

송강이 황급하게 답례를 했다. 진명은 송강이 다리를 저는 것을 보고 물었다.

"다리는 어쩌다가 다치셨습니까?"

송강이 운성현에서부터 시작하여 유고에게 잡혀 매를 맞은 경위까지 상세하게 설명했다. 진명이 머리를 좌우로 흔들며 말했다.

"한쪽 말만 들었다가 얼마나 많은 일이 잘못되었는지 모르겠습니다! 진명을 용서하셔서 돌려보내주시면, 모용 지부에게 이 일을 모두 알리겠습니다."

연순이 만류하여 산채에 며칠을 머물도록 붙잡았다. 즉시 양과 말을 잡도록 하고 연회를 준비했다. 산으로 끌려온 군졸들도 모두 산 뒤 방 안에 가두고 술과 음식으로 대접했다.

진명이 술을 몇 잔 마시고 자리에서 일어나 두령들에게 말했다.

"호걸 여러분, 호의를 베풀어 죽이지 않으셨으니 투구와 갑옷, 말과 무기를 제게 돌려주시면 청주로 돌아가겠습니다."

그 말을 듣고 연순이 말했다.

"총관은 뭔가 잘못 알고 계신 것 아니오? 이미 청주에서 데리고 온 500군사를 모두 잃고 어떻게 돌아가겠단 말이오? 모용 지부가 어떻게 당신을 보고 처벌하지 않겠소? 그러느니 이곳이 비록 거칠지만 산채에 잠시 머무르는 것이 차라리 낫지 않겠습니까. 본래 말을 쉴 수 있는 곳은 아니지만 임시로라도 여기에 뿌리를 내리고 같이 재물을 저울에 달아 나누며 온전하게 옷을 입는다면 관료들의 눈치를 보며 사는 것보단 좋지 않겠습니까?"

진명이 모두 듣고 대청 아래에 내려가서 말했다.

"저는 살아서는 대송의 사람이고 죽어서도 대송의 귀신이 될 것입니다! 조정에서 나를 병마총관과 통제사라는 관직을 주어 예우했는데 어찌 강도가 되어 조정을 배반한단 말이오? 여러분께서 나를 죽이려거든 죽이시오!"

화영이 따라 내려가 끌어올리며 말했다.

"형님, 참으시고 제 말 좀 들어보세요. 저도 조정 관리의 아들인데 핍박당하여 어쩔 수 없이 이렇게 되었습니다. 총관께서 산채에 남으시지 않겠다는데 어떻게 따르라고 강요하겠습니까? 잠시 앉아 계시다가 연회가 끝나면 제가 갑옷과 투구, 안장과 말, 무기를 형님께 돌려드리겠습니다."

그래도 앉으려 하지 않자 화영이 다시 권하며 말했다.

"총관께서 하루 낮밤 동안 신경 쓰느라 많은 힘을 소모하셨습니다. 이러면 사람도 견디지 못하는데, 그 말은 오죽하겠습니까? 어떻게 먹이지도 않고 가시려고 합니까?"

진명이 그 말을 듣고 속으로 생각했다.

'그 말도 일리가 있군.'

다시 대청으로 올라와 앉아 술을 마셨다. 다섯 사내가 번갈아가며 술을 권하고 이야기를 나눴다. 진명은 피곤했으나 여러 명이 주는 술을 통쾌하게 받아먹다가 잔뜩 취하여 부축을 받고 방에 들어가 잤다. 다른 사람들은 알아서 볼일을 보았다.

진명이 잠에 빠져 다음 날 진시에야 겨우 깨어 일어나 세수하며 입 안을 가시고 산에서 내려가려고 했다. 두령들이 모두 만류했다.

"총관, 아침밥 먹고 가시지요. 우리가 산 아래까지 배웅해드리겠소."

진명은 성질이 급한 사람이라 바로 하산하려고 했다. 서둘러 술과 음식을 준비하여 대접했으며 투구와 갑옷을 꺼내 진명에게 입혀주고 말을 끌어오고 낭아봉을 가져다가 먼저 산 아래에서 대기시켰다. 다섯 사내가 진명을 배웅하러 하산하여 이별하고 말과 무기를 돌려주었다. 진명이 말에 올라 낭아봉을 들고 날이 밝을 때 청풍산을 떠나 길을 찾아 청주로 달렸다. 10여 리 길을 달려 사시쯤 멀리서 먼지가 어지럽게 일었으나 사람은 하나도 보이지 않았다. 진명이 바라보고 속으로 의심이 생겨 성 밖에 도달하여 보니 원래 수백 명이 살던 마을이 모두 불에 타 평지가 되어 있었다. 폐허가 된 곳에 기와더미가 어지럽게 흩어져 있고 불에 타 죽은 남자와 부인의 수는 헤아릴 수 없었다. 진명이 보고 대경실색하여 말을 채찍질하며 기와더미에서 성벽까지 달려가 문을 열라고 소리를 지르려 하는데 조교弔橋가 올라가 있고 군사들과 깃발, 뇌목, 포석이 늘어져 있었다. 진명이 말을 멈추고 소리쳤다.

"성의 조교를 내려라. 내가 왔다."

성 위에는 일찌감치 사람이 있었는데 진명을 보고 북을 두드리며 함성을 질렀다. 진명이 아무리 생각해도 이상해서 소리를 질렀다.

"나는 진 총관이다. 어째서 나를 성안에 들이지 않느냐?"

모용 지부가 성의 여장에 나타나 소리를 질렀다.

"역적 놈아, 너는 수치도 모르느냐! 어젯밤에 군사를 이끌고 성을 공격하고 허다한 백성을 죽였을 뿐만 아니라, 그 많던 집도 불사르더니 오늘은 우리를 속여 성문을 열려고 하느냐? 조정에서 아직 너를 저버리지 않았는데, 네놈은 도리어 어떻게 이런 짓을 저지른단 말이냐! 이미 조정에 알리러 사람을 보냈다. 조만간에 너를 잡아 능지처참을 하리라!"

진명이 놀라서 소리쳤다.

"상공, 그게 무슨 말씀이십니까! 진명은 싸움에서 져서 졸개들을 모두 잃고 그들에게 잡혀 산속으로 끌려갔다가 방금 풀려났습니다. 그런데 어떻게 어젯밤에 성을 공격하러 나타나겠습니까?"

"내가 어찌 네놈의 말과 갑옷, 무기와 투구를 모른단 말이냐! 성 위의 사람들이 네가 도적들을 지휘하여 사람을 죽이고 불을 지르는 것을 분명히 보았는데 어디서 아니라고 발뺌하느냐. 네가 정말 싸움에서 지고 사로잡혔다면 어떻게 500명 군사 중에 한 명도 도망와서 보고하지 않는단 말이냐? 네가 지금 우리를 속여 성문을 열고, 가족을 데려가려고 하는 것이 아니냐? 네 마누라는 오늘 일찌감치 죽여버렸다! 못 믿겠다면 네게 머리를 줄 테니 잘 보거라!"

군사가 진명 부인의 수급을 창끝에 매달아 진명에게 보였다. 진명은 성질이 급한 사람이라 부인의 머리를 보고 억장이 무너졌지만 변명도 못하고 속으로 억울함만 되뇌었다. 성 위에서 쇠뇌와 화살을 비처럼 퍼부어대니 피할 수밖에 없었다. 온 들판에 아직도 불이 꺼지지 않아 군데군데 연기가 피어올랐다.

진명은 말을 돌려 폐허더미로 돌아와 죽을 곳을 찾지 못한 것을 한탄했다. 속으로 한참을 생각하다가 말을 돌려 왔던 길을 되돌아갔다. 10여 리를 지나지 않아 수풀 속에서 사람과 말 무리가 나왔다. 선두에는 말 다섯 마리가 있었는데, 다름 아닌 송강, 화영, 연순, 왕영, 정천수가 졸개 100~200명을 끌고 나왔다. 송강이 말에서 몸을 굽혀 인사하며 말했다.

"총관, 어째서 청주로 돌아가지 않으시오? 혼자 말을 타고 어디로 가시오?"

진명이 묻는 말을 듣고 화가 나서 말했다.

"하늘도 땅도 용납할 수 없는 어떤 찢어 죽일 도적놈이 나로 변장하고 성을 공격하여 백성의 집을 불사르고 양민을 학살했으며 내 가족을 몰살당하게 만들었느냐! 내가 이제 하늘에 숨으려 해도 길이 없고 땅속에 들어가려 해도 문이 없구나! 내가 만일 그 사람을 찾는다면 이 낭아봉으로 부숴버리겠다!"

송강이 간곡하게 말했다.

"총관님, 잠시 참으십시오. 소인이 생각해둔 것이 있으나 여기서 말씀드리기는 어렵습니다. 산채로 가서 말씀드릴 테니 지금 산채로 가시지요."

진명은 어쩔 수 없이 송강을 따라 청풍산으로 돌아왔다.

돌아오는 길에 누구도 말 한마디 하지 않았고, 산 위 정자 앞에 도착하여 말에서 내리고 다 같이 산채 안으로 들어갔다. 졸개들은 이미 술과 과일, 안주를 취의청에 준비했다. 다섯 사람이 진명에게 대청에 오르기를 청하고 그를 가운데 자리에 앉게 했다. 갑자기 다섯 호걸이 모두 무릎을 꿇자 진명도 서둘러 답례하며 역시 바닥에 무릎을 꿇었다. 송강이 무겁게 입을 열었다.

"총관께서는 너무 책망하지 마십시오. 어제 총관을 붙잡아 산채에 남도록 권했으나 끝까지 마다하셔서 송강이 부득이하게 계책을 냈습니다. 졸개 중에 총관과 모습이 흡사한 자를 골라 총관의 갑옷과 투구를 입히고, 그 말을 타고 낭아봉을 가로로 들고 바로 청주성으로 화적을 이끌고 가서 살인을 했습니다. 연순과 왕왜호는 50여 명을 데리고 가서 싸움을 도우며 총관의 집으로 가서 가족을 데려오려고 했습니다만 뜻대로 되지 않았습니다. 총관께서 집으로 돌아가려고 생각하는 것을 막으려고 했기에 부득이 살인 방화를 했습니다. 결국 사정이 이 지경에 이르렀으니 오늘 우리가 특별히 용서를 구하고자 합니다!"

진명은 모두 듣고 화도 나고 비통하기가 그지없었다. 송강 등과 죽기 살기로 싸우고 싶기도 했지만 오히려 속으로 곰곰이 생각했다. 첫째로 자신이 이렇게 된 것은 하늘이 정한 운명인가 싶기도 하고, 둘째로 그들에게 붙잡혔을 때 예우해준 것에 대하여 고맙기도 하고, 셋째로 무엇보다 싸워서 이길 자신이 없었다. 그래서 분노를 억누를 수밖에 없었다.

"여러 형제가 비록 좋은 뜻으로 나를 붙들려고 했지만 결과적으로 가족을 몰살시킨 것은 내게 몹시 잔인한 짓이지 않습니까!"

송강이 조심스레 말했다.

"형장, 어째서 그렇게 외곬으로 나가려 하시오? 만일 형수님이 없다면 화영에게 어질고 총명한 동생이 있습니다. 화영이 동생을 시집보내겠다고 하니, 즉시 혼수를 갖추고 총관의 배필로 맞으신다면 어떻겠소?"

진명은 사람들이 자기를 이렇게 공경하고 애정을 보이므로 비로소 안심하고 귀순했다. 화영이 송강을 청하여 가운데 앉혀 서열을 바로잡자 진명이 소리를 질러 동의했다.

"좋습니다."

진명과 화영 그리고 세 두령이 순서에 따라 모두 앉자 북 치고 피리를 불며 술을 마시고 청풍채를 공격할 것을 상의했다. 진명이 말했다.

"이것은 아무것도 어려울 것 없으니 형제들이 크게 마음 쓸 것 없습니다. 우선 황신 그 사람은 내 수하입니다. 둘째로 진명이 그에게 무예를 가르쳤습니다. 셋째로 나와 사이가 가장 좋습니다. 내일 내가 먼저 가서 울타리 문을 열게 하고 갖은 말로 항복시켜 끌어들이면 화지채의 가족을 구하고 유고의 여편네를 붙잡아 형님의 복수를 갚고 상견하는 선물로 삼고자 하는데 어떻습니까?"

송강이 기쁜 얼굴로 말했다.

"만일 총관께서 이렇게 흔쾌히 허락하신다면 정말 이보다 더한 다행이 어디에 있겠습니까!"

이날 연회가 끝나고 각자 돌아가서 쉬었다. 다음 날 일찍 일어나 아침을 먹고 각자 갑옷을 입었다. 진명이 말에 올라 낭아봉을 들고 앞서 하산하여 청풍진으로 달려갔다.

한편 황신은 청풍진에 도착한 후 군사와 백성을 모두 동원했고 병사를 배치했으며 밤낮으로 방비하고 울타리 문을 굳건하게 지켰다. 또 감히 나와 싸우지 못하고 빈번하게 사람을 보내 염탐했으나 청주에서 보낸 구원병을 볼 수가 없었다. 이날 군졸이 들어와서 보고했다.

"울타리 밖에서 진 통제라는 분이 혼자 말 타고 와서 울타리 문을 열라고 합니다."

황신이 듣고 말에 올라 나는 듯이 달려가보니 과연 진 통제가 하인 하나도 없이 혼자서 말을 타고 있었다. 황신이 울타리 문을 열게 하고 조교를 내려 진 통제를 맞이하여 나란히 말을 타고 대채 공청 앞까지 왔다. 대청에 올라가 예를 마치고 황신이 물었다.

"총관은 무슨 까닭으로 혼자서 여기에 오셨습니까?"

진명이 먼저 군마를 끌고 와서 싸움에 진 사정을 이야기하고 나중에 또 말했다.

"산동 급시우 송 공명은 재물을 아끼지 않고 의를 중시하는 사람인데, 천하의 호걸들과 사귀기를 좋아하니 누가 그를 흠모하지 않겠는가? 지금 청풍산에서 만나 산채에서 한패가 되었네. 자네는 가족도 없는데 여기서 문관들의 부림을 받지 말고 내 말을 듣고 산채로 올라가서 한패가 되는 것이 어떤가?"

황신이 진명의 말을 듣고 잠시 생각하는 듯했다.

"이미 하늘 같으신 은인께서 그곳에 계신다면 제가 어찌 감히 따르지 않겠습니까? 송 공명이 산 위에 있다는 말은 듣지 못했는데 지금 말씀하신 송 공명이 어디에서 나타났나요?"

진명이 웃으며 말했다.

"자네가 며칠 전에 끌고 가려 했던 운성호 장삼이 바로 그분이네. 진짜 성명을 밝혔다가 자기가 벌인 사건이 들통날까봐 장삼이라고 했다더군."

황신이 듣고 휘청거리며 말했다.

"만일 그 사람이 송 공명인 줄 알았다면 제가 도중에 놓아주었을 것입니다. 순간적으로 두루 살피지 못하고 일방적으로 유고의 말만 들었다가 하마터면 그를 죽일 뻔했군요!"

진명과 황신이 대청에서 출발할 것을 상의하는데 병사가 들어와서 보고했다.
　"두 무리의 군사들이 북 치고 징을 울리며 진을 향하여 몰려오고 있습니다!"
　진명과 황신이 그 말을 듣고 말에 올라 적을 맞으러 나갔다. 울타리 문 앞에 이르러 바라보니 먼지가 천지를 가리고 살기가 하늘까지 뻗친 두 부대를 네 명의 사내가 이끌고 내려오고 있었다.

七 효웅梟雄

제 3 4 회

양산박으로[1]

　진명과 황신 둘이 울타리 문에서 밖을 바라보니 두 갈래 길로 오던 부대가 모두 도착했다. 한쪽은 송강, 화영이었고 다른 쪽은 연순, 왕왜호로 각각 졸개 150여 명을 거느렸다. 황신이 병사를 불러 조교를 내리게 하고 문을 열어 두 부대를 진 안으로 들어오게 했다. 송강이 이미 백성을 해치지 말고 병사도 상하게 하지 말라고 명령을 내렸다. 먼저 남쪽으로 들어가 유고 일가를 모두 죽였다. 왕왜호는 자기가 먼저 들어가 그 부인을 붙잡았다. 졸개들은 재산을 남김없이 챙기고 금은보화를

1_ 34장 석장군이 시골 주점에서 편지를 전달하다石將軍村店寄書. 화영이 양산에서 활을 쏘아 기러기를 떨어뜨리다小李廣梁山射雁.

수레에 실었다. 또한 말, 소, 양을 모두 끌어냈다. 화영은 집으로 돌아가 모든 재물을 수레에 싣고 처자식과 여동생을 이사시켰다. 그중 청풍채에 남고자 하는 사람은 모두 풀어주었다. 많은 사람이 모두 수습을 마치고 청풍채를 떠나 산채로 돌아갔다.

수레와 사람들이 모두 산채에 도착했다. 정천수가 나와 맞이하고 취의청에 모였다. 황신은 두령들과 인사를 마치고 화영의 아랫자리에 앉았다. 송강이 화영의 가족에게 거처를 제공하여 쉬게 하고 유고의 재물을 졸개들에게 나누어주었다. 왕왜호는 유고의 부인을 잡아와 자기의 방 안에 숨겨두었다. 연순이 왕왜호를 보고 물었다.

"유고의 여편네는 지금 어디에 두었느냐?"

"이번에는 반드시 내 부인을 만들어야겠소."

"자네에게 줄 수 있지. 하지만 불러오게. 내가 할 말이 있네."

송강이 옆에서 거들었다.

"나도 꼭 물어볼 말이 있네."

왕왜호는 마지못해 유고의 여편네를 대청 앞으로 불러왔다. 유고의 부인이 소리 높여 울부짖으며 살려달라고 애걸복걸했다. 송강은 분노가 치밀어올랐으나 꾹 참고 물었다.

"너 이 못된 계집년아! 나는 네가 조정 관리의 부인이라고 좋게 보아 구해 하산시켰더니 너는 어째서 은혜를 원수로 갚았단 말이야? 오늘 이렇게 잡혀와서도 뭐라 할 말이 있느냐?"

연순이 벌떡 일어나더니 계집 앞으로 걸어가서 말했다.

"이런 음탕한 계집에게 묻긴 뭘 묻는단 말입니까!"

요도를 빼내더니 한칼에 두 동강을 내버렸다. 왕왜호는 부인이 한칼에 죽는 것을 보고 화가 머리끝까지 치밀어올라 박도를 빼앗아들고 연순과 싸우려고 했다. 송강 둘이 일어나 싸움을 말리며 왕왜호를 달랬다.

"연순이 이 여자를 죽인 것은 잘못한 일이 아니네. 동생, 내가 그렇게 힘을 다해 구하여 내려보냈더니, 부부가 함께 모여 오히려 얼굴을 돌리고 남편을 시켜 나를 해치려 했다네. 동생, 이 여자를 자네 옆에 오래 남겨두었다가는 해만 끼치고 좋은 일은 없을 것이네. 송강이 나중에 따로 좋은 사람을 구해 만족시켜주겠네."

연순이 송강의 뒤를 이어 말했다.

"내 말이 바로 송강 형님의 말과 같다. 지금 죽이지 않으면 나중에 그년에게 당한다니까."

왕왜호는 사람들이 말리자 입을 다물어버렸다. 연순이 졸개들을 불러 시체를 치우고 피를 닦아낸 다음 연회를 준비하여 축하연을 열었다.

다음 날 송강과 황신이 혼례를 주관하고 연순, 왕왜호, 정천수 등이 매파[2]가 되어 화영의 여동생을 진명에게 시집보냈다. 모든 예물은 송강과 연순의 명의로 내놓았다. 3~5일 동안 잔치가 계속되었다. 혼례가 끝난 후 다시 5~7일이 지나고 졸개들이 소식을 염탐하여 산으로 올라

2_ 중국의 혼인은 매파를 통해야 했으며 매파가 없으면 혼인이 이루어지지 않았다. 그러므로 전통적인 혼인 문화에서 매파의 위치는 매우 중요했다. 매파가 없이 남녀 관계가 이루어지면 정실부인이 아니라 첩실이 되었다.

와 보고했다.

"청주 모용 지부가 문서를 중서성中書省3에 보내 화영, 진명, 황신이 조정을 배반했다고 보고를 올려 조정에서 대군을 파견하여 정벌하러 온답니다."

두령들이 모여 보고를 듣고 대책을 의논했다.

"여기 청풍산은 장소가 작아 오래 머물 곳이 아닙니다. 만일 대군이 몰려와 사방을 포위한다면 어떻게 적과 대항하겠습니까?"

송강이 이런 이야기를 듣고 곰곰이 생각하더니 두령들을 바라보며 말했다.

"제게 좋은 계책이 하나 있는데 여러분의 마음에 들지 모르겠습니다."

다른 두령들이 송강을 바라보며 이구동성으로 말했다.

"어떤 계책인지 말씀해보시지요."

"여기에서 남쪽에 양산박이라 부르는 곳은 사방으로 800리 길이고 중간에 완자성과 요아와가 있습니다. 조 천왕 조개가 군사 3000~5000명을 모아 호수를 지키고 있으므로 관군이나 포도 군사들이 눈을 똑바로 뜨고 바라보지도 못합니다. 우리가 군마를 수습하여 그곳에 가서 한패가 되는 것이 어떻겠습니까?"

3_ 중서성中書省: 당송 시대 중서성은 국가의 행정을 담당하는 기관이다. 송대에는 중서성이 행정 대권을 장악했고 추밀원이 군사 대권을 장악했다.

진명이 조금 답답한 어조로 말했다.

"그런 곳이 있다면 더할 나위 없이 좋습니다. 하지만 중간에서 이어줄 사람이 없다면 그들이 어찌 우리를 기꺼이 받아주겠습니까?"

송강이 자신만만한 얼굴로 크게 웃으며 생신강의 금은보화를 빼앗던 일부터 이야기했다.

"유당이 나에게 감사 인사를 하려고 편지와 금을 가지고 왔다가 일이 잘못되었고, 그래서 내가 염파석을 죽이고 강호로 도망다니게 되었습니다."

진명이 듣고 크게 기뻐하며 말했다.

"그렇다면 형님이 저들에게는 큰 은인이겠군요. 일을 조금이라도 늦추어서는 안 되니 즉각 수습하여 서둘러 갑시다."

그날 상의하여 결정하고 수레 수십 량을 준비하여 가족과 금은보화, 의복, 보따리 등을 실었으며 말은 모두 200~300필이나 되었다. 졸개들 중에서 떠나기를 원치 않는 자들은 돈을 나누어주고 마음대로 가고 싶은 곳으로 보냈다. 따라 가기를 원하는 자들은 부대에 편입시켰는데, 진명을 따라온 졸개까지 모두 300~500명이었다. 송강은 무리를 셋으로 나누어 하산하면서 모두 양산박을 소탕하러 가는 관군으로 위장했다. 산 위에서 모든 수습이 끝나 수레에 싣고 산채에 불을 질러 평지로 만들어버렸다. 세 부대로 나누어 산을 내려왔는데, 송강과 화영은 40~50명과 기마부대 30~50기를 이끌고 수레 5~7량에 노인과 아이를 태우고 먼저 출발했다. 진명과 황신은 마병 80~90필과 마차 몇 대를 이끌고 두 번째로 출발했다. 뒤에 연순, 왕왜호, 정천수 세 사람은 말 40~50필에 100~200명을 이끌고 청풍산을 떠나 양산박을 향해 나갔다. 이 많은 부대의 깃발에 '도적을 소탕하러 가는 관군收捕草寇官軍'이라고 쓰여 있었으므로 감히 누구도 길을 막지 않았다. 길을 떠난 지 5~7일이 되자 청주와 멀어졌다.

한편 송강과 화영 두 사람이 말을 타고 맨 앞에 서서 노인과 아이를 태운 수레를 인도하며 가고 있었는데, 뒤의 부대와는 20여 리 거리를 두고 있었다. 한참 가다가 '대영산對影山'이라 불리는 곳에 도착했다. 이곳에는 높은 산이 두 개 있었고 두 산 중간에 역참 대로가 있었다. 화영과 송강이 말을 타고 앞에서 가고 있을 때 앞산에서 북소리와 징 소리가 들리자 화영이 바짝 긴장하며 말했다.

"앞에 반드시 강도가 있을 것이다!"

창을 말안장에 걸고 활과 화살을 꺼내어 잘 준비·점검하고 다시 화살통 안에 넣었다. 기마병을 불러 뒤에 따라오는 두 부대를 빨리 오도록 재촉했고 함께 뒤에서 따라오던 행렬을 멈춰 세웠다. 송강과 화영은 말 탄 졸개 20여 명과 함께 앞으로 달려가 살폈다. 반 리 길쯤 가니 사람 100여 명이 모여 있는데 모두 붉은 옷과 붉은 갑옷을 입고 있었으며, 그중에 붉은 갑옷을 입은 청년 장사가 말을 타고 손에 방천화극을 가로로 들고 산언덕 앞에 서서 크게 소리질렀다.

"오늘 내가 너와 싸워 누가 이기고 누가 지는지 승부를 가르자!"

맞은편 산언덕 뒤에서 100여 명의 부대가 나오는데 모두 흰옷에 흰 갑옷을 입었고, 그중 흰 갑옷을 입은 청년 장사가 역시 방천화극을 휘둘렀다. 이쪽은 모두 하얀 깃발이었고 저쪽은 모두 붉은 깃발이었다.

양쪽에서 각기 홍백의 깃발을 흔들었으며 북소리와 고함 소리가 천지를 뒤흔들었다. 두 장사는 아무 말도 하지 않고 손에 든 화극을 휘두르며 말을 몰고 나와 내로 기 오데에서 30여 합을 싸웠으나 승부가 나지 않았다. 화영과 송강이 말에서 둘이 싸우는 광경을 보고 갈채를 보냈다. 화영이 조금씩 말을 몰아 앞으로 나아가 구경했다. 두 장사는 싸우면서 깊은 계곡 가까이 다가갔다. 한 사람의 극에는 표범 꼬리 모양의 금전을 매달았고 다른 한쪽은 오색 끈을 매달았는데, 서로 치고 박다가 끈이 얽혀버려 풀리지 않았다. 화영이 말 위에서 구경하다가 말을 세운 다음 왼손으로 자루에서 활을 꺼내 잡고 오른손으로 화살통에서 화살을 꺼내 활시위를 걸고 힘껏 당겨 실눈을 뜨고 표범 꼬리 실을 가늠하여 쏘니 '쌩' 하고 날아가 바로 묶였던 끈이 끊어졌다. 두 개의 방천화극이 서로 떨어지자 보고 있던 200여 명의 홍백부대가 일제히 함성을 올렸다.

두 장사는 싸움을 멈추고 모두 말을 몰아 송강과 화영 앞으로 달려와 말 위에서 허리를 살짝 굽혀 예를 취하고 물었다.

"방금 귀신같은 활 솜씨를 보이신 장군은 성함이 어떻게 되십니까!"

화영이 말 위에서 인사에 답례하며 말했다.

"여기 이분은 제 의형으로 운성현 압사 산동 급시우 송 공명이십니다. 저는 청풍채 지채 소이광 화영입니다."

두 장사가 듣고 극을 치우더니 말에서 내려 무릎을 꿇고 절하며 말했다.

"그 이름 이미 오래전부터 들었는데, 오늘 드디어 뵙게 되어 영광입니다."

송강과 화영이 당황하여 말에서 내려 두 장사를 부축하여 일으키고 물었다.

"두 장사의 성함은 어떻게 되십니까?"

붉은 갑옷을 입은 장사가 말했다.

"소인은 여방呂方이고 본적은 담주潭州4입니다. 평소 여포를 좋아하여 방천화극을 익혔습니다. 그래서 사람들은 저를 소온후小溫侯5 여방이라고 부릅니다. 산동에 약재를 팔러 갔다가 본전을 다 까먹고 고향으로 돌아갈 수가 없어 임시로 여기 대영산을 점거하고 강도짓을 했습니다. 근래에 저 장사가 나타나 제 산채를 빼앗으려고 했습니다. 각자 산을 하나씩 차지했으나 저쪽이 만족하지 못하므로 매일 하산하여 싸우고 있습니다. 원래 인연이 정해져서 그런지 몰라도 오늘 이렇게 존안을 뵙게 되었습니다."

송강이 다시 흰옷 입은 장사에게 물었다.

"소인은 곽성郭盛이라고 하며 원적은 사천 가릉嘉陵입니다. 수은을 팔러 다니다가 황하에서 바람에 배가 뒤집혀 고향으로 돌아갈 수가 없었습니다. 원래 고향에서 가릉 병마 장張 제할에게 방천화극을 배웠습니다. 열심히 수련하여 나중에 익숙해지자 사람들은 저를 새인귀賽仁貴6

4_ 담주潭州: 지금의 후난성湖南省 창사長沙.
5_ 소온후小溫侯: 온후는 『삼국연의』에 나오는 여포다. 방천화극을 잘 사용했다.

곽성이라고 불렀습니다. 강호에서 극을 잘 쓰는 장수가 대영산을 근거지로 산채를 꾸리고 있다는 소문을 듣고 솜씨를 겨루려고 달려왔습니다. 10여 일을 계속 싸워도 승부가 나지 않았는데, 오늘 뜻밖에 두 분을 만나게 되었으니 하늘이 내린 행운입니다!"

송강이 이야기를 모두 듣고 둘에게 물었다.

"이렇게 만난 것도 인연인데, 두 분께서 화해하시는 것이 어떻겠습니까?"

두 장사가 기뻐하며 송강의 말대로 따르기로 했다. 뒤에 따라오던 일행이 모두 도착하여 그들과 일일이 인사를 나누었다.

여방이 먼저 산으로 청하여 소와 말을 잡아 연회를 베풀었다. 다음 날 곽성이 술을 준비하여 연회를 열었다. 송강이 일행의 내력을 모두 소개했고, 두 사람을 권하여 함께 양산박의 조개에게 가서 한패가 될 것을 권했다. 둘은 기뻐하며 동의했다. 두 산의 인원을 점검하고 재물을 정리하여 짐을 쌌다. 모든 준비가 거의 끝났을 때 송강이 말했다.

"잠시 멈추시오. 이제 이렇게 몰려가다가는 일이 잘못될 수도 있소. 우리 300~500명이 양산박으로 간다면 그곳 양산박에서도 염탐하는 사람이 사방에서 소식을 염탐할 것이오. 만일 우리가 정말로 그들을 토벌하러 간다고 생각하게 된다면 큰일이 아니겠소. 내가 연순과 먼저

6_ 새인귀賽仁貴: 인귀는 당나라 명장 설인귀薛仁貴를 말한다. 설인귀보다 뛰어나다는 뜻이다. 설인귀도 방천극을 잘 썼다.

가서 알릴 테니 여러분은 뒤따라오시오. 그리고 지난번처럼 셋으로 나누어 출발하시오."

화영과 진명이 말했다.

"형님 말이 옳습니다. 그대로 따르겠습니다. 형님이 한나절 먼저 가시면 우리는 뒤따라 일행을 이끌고 쫓아가겠습니다."

대영산에서 사람들이 출발하기 전에 송강과 연순은 10여 명을 데리고 말을 타 미리 양산박을 향하여 출발했다. 길 떠난 지 이틀째 되던 날 정오에 큰 길가에 주점이 보이자 송강이 말했다.

"졸개들이 피곤할 테니 술이라도 먹이고 계속 가도록 하세."

송강과 연순이 말에서 내려 주점 안으로 들어갔다. 졸개들에게 말의 복대를 느슨하게 풀라 하고 모두 주점 안으로 들어갔다. 송강과 연순이 주점 안으로 들어가서 보니 큰 자리가 3개이고 작은 자리도 몇 개 안 되는데 큰 좌석 하나를 먼저 온 사람이 독차지하고 있었다. 송강이 그 사람을 살펴보니, 머리 뒤에 태원부太原府의 귀한 동고리가 두 개 묶여 있는 두건을 쓰고 있었다. 검은 비단 저고리에 허리에는 하얀 요대를 묶었으며 행전을 차고 미투리를 신었다. 탁자 옆에 짧은 몽둥이를 기대어놓고 끝에 옷 보따리가 걸려 있었다. 키는 대략 8척이 되었고 얼굴색은 누르스름했으며 눈은 날카롭게 빛나고 수염은 전혀 없었다. 송강이 주보를 불러 말했다.

"우리가 일행이 많은데 우리 둘은 안에 들어가서 앉겠다. 나머지 일행은 모여서 같이 술 한잔 하려고 한다. 네가 가서 저 손님에게 다른 자리에 앉고 넓은 자리를 우리에게 양보해달라고 말해보거라."

"알겠습니다."

송강은 연순과 안에 들어가 앉고 먼저 주보를 불러 술을 주문했다.

"먼저 우리 일행에게 한 사람당 큰 잔으로 술 석 잔씩 돌리고 고기도 가져다가 먹을 수 있도록 하게. 그리고 이리 와서 술을 따르게."

주보가 일행이 화로 주변에 잔뜩 모여 서 있는 것을 보고 공인 복장의 그 사람에게 가서 말했다.

"공인 나리, 죄송합니다만 이 좌석을 안에 계신 저 두 관인 일행에게 양보해주시면 안 될까요."

그 사내가 '공인 나리'라는 말이 비위를 건드렸는지 주보를 꾸짖으며 말했다.

"뭐라고? 공인 나리?"

안절부절못하며 얼굴이 붉으락푸르락해서 말했다.

"손님도 먼저 온 사람과 나중에 온 사람이 있는 법이다. 무슨 관인인지 나발인지 일행이라고 자리를 바꿔야 한단 말이냐! 못 바꿔주겠다!"

연순이 그 말을 듣고 말했다.

"형님, 저 사람 좀 무례하지 않습니까?"

"내버려두게. 안 그러면 자네도 똑같은 사람일세."

그렇게 말해서 연순을 진정시켰다. 그 사내가 고개를 돌려 송강과 연순을 보고 싸늘하게 웃음을 띠며 쳐다보았다. 주보가 조심스레 다시 입을 열었다.

"공인 나리, 장사하는 소인의 편의를 보아 자리 좀 바꾸어주시면 안 되겠습니까?"

사내가 화를 버럭 내고 손바닥으로 탁자를 두드리며 말했다.

"너 이 생쥐 같은 놈들이 사람을 무시하느냐! 내가 혼자라고 우습게 보이냐. 자리를 바꾸라고? 황제가 오더라도 내가 너희 같은 놈들하고는 못 바꿔주겠다. 아무리 지껄여도 내 주먹은 눈깔이 없어서 너희를 몰라볼 것이다!"

"제가 뭔 말을 했다고요?"

주보가 볼멘소리를 늘어놓았다.

"너 이놈, 감히 누구한테 그 따위 소리냐!"

연순이 듣고 있다가 참지 못하고 끼어들었다.

"저런 개 같은 자식이, 넌 뭐가 그리 잘났냐! 안 바꿔주면 그만이지 사람을 그렇게 더럽게 접주고 지랄을 떠냐."

그 사내는 벌떡 일어나 몽둥이를 손에 잡고 말했다.

"내가 저놈 욕하겠다는데 너는 왜 끼어들고 지랄이냐! 나는 세상에서 두 사람에게는 양보하겠지만 나머지는 내 발톱에 낀 때만도 못하게 여긴다."

연순이 화가 머리끝까지 치밀어올라 의자를 들고 한바탕 싸움을 벌이려고 다가갔다. 송강은 그 사람의 얘기가 허튼소리 같지 않아 중간에 끼어들어 말리며 말했다.

"두 사람은 잠시 멈추시오. 제가 묻겠습니다. 당신이 천하에서 양보할 수 있는 그 두 사람이 누구입니까?"

"누군지 말해주면 놀랄걸!"

"그 두 호걸이 누군지 들어볼 수 없을까요?"

"한 사람은 창주 황해군 시세종의 후손으로 소선풍이라 불리는 시 대관인이다."

송강이 속으로 고개를 끄덕이며 다시 물었다.

"나머지 한 사람은 누구입니까?"

"이 사람도 대단한 사람이지. 운성현 압사 산동 급시우 호보의 송 공명이다!"

송강이 연순을 보고 몰래 웃으니 연순은 의자를 내려놓았다.

"나는 이 두 사람만 빼고 대송의 황제라도 두렵지 않다!"

"잠깐 한 가지만 물어봅시다. 당신이 말한 두 사람은 모두 내가 아는 사람이오. 당신 그 두 사람을 어디서 만났소?"

"당신이 이미 알고 있다면 내가 거짓말 할 필요는 없지. 3년 전에 시 대관인 댁에서 4개월 정도 머물렀고 송 공명은 본 적이 없다."

"당신 흑삼랑을 보고 싶소?"

"내가 바로 지금 그 사람을 찾고 있소."

"누가 당신더러 그 사람을 찾으라고 했소?"

"그 사람의 친동생 철선자鐵扇子 송청이 내게 편지를 주며 전해달라고 했다."

송강이 듣고 크게 기뻐하며 앞으로 나와 손을 끌며 말했다.

"'인연이 있으면 천 리 밖에서도 서로 만나고, 인연이 없으면 얼굴을 맞대고도 몰라본다' 했습니다. 제가 바로 흑삼랑 송강입니다."

그 사내가 송강의 얼굴을 자세히 쳐다보더니 곧 무릎을 꿇고 말했다.

"하늘이 도와 형님을 이렇게 만났군요! 그냥 지나치고 공 태공 댁까지 헛걸음질할 뻔했습니다."

송강이 그 사내를 끌고 안으로 들어가 물었다.

"우리 집에 별일 없지요?"

"형님, 저는 석용石勇이라고 하는데 원래 북경 대명부 사람입니다. 평소 도박을 하며 살았습니다. 고향에서는 다른 별명이 있는데 석장군石將軍이라고 부릅니다. 전에 도박을 하다가 주먹으로 사람을 때려죽이고 시 대관인 집으로 도망갔었습니다. 강호를 돌아다니며 형님의 명성을 듣고 운성현으로 찾아가 형님에게 의지하려고 했는데, 사단이 나서 다른 곳으로 갔다는 얘기를 들었습니다. 그래서 형님은 뵙지도 못하고 동생만 만났습니다. 제가 시 대관인 댁에서 왔다고 하자 형님이 백호산 공 태공 댁에 계시다고 하더군요. 제가 형님을 찾아가 뵙고자 한다고 했더니 동생 분이 이 편지를 주면서 공 태공 장원에 가서 만나보거든 형님더러 빨리 집으로 돌아오라고 하더군요."

송강이 이야기를 모두 듣고 속으로 의문이 생겨 서둘러 물었다.

"우리 집에 며칠이나 머물렀습니까? 부친은 만나보았습니까?"

"소인은 그곳에서 하룻밤만 머물렀기에 태공은 뵙지 못했습니다."

송강이 양산박에 합세하러 가던 중이라는 것을 석용에게 말했다.

"소인은 시 대관인의 집을 떠나 강호를 떠돌며 송강 형님이 의를 중히 여기고 재물을 아끼지 않으며 가난하고 어려움에 빠진 사람을 도와준다는 명성을 들었습니다. 지금 형님이 그곳에 가서 한패거리가 되겠다고 하시니 저도 꼭 좀 데려가주십시오."

"한 사람쯤이야 더 들어간다고 안 될 것도 없지요! 이리 와서 연순과 인사나 좀 하시오."

주보를 불러 술을 따르게 했다. 술이 세 번 돌고 석용이 가서 보따리를 가져와 쪽지를 꺼내 서둘러 송강에게 건네주었다.

송강이 편지를 받아보니 봉투가 거꾸로 붙여져 나쁜 소식을 전하는 편지였고 '평안'이란 글자도 보이지 않았다. 송강이 속으로 의심이 더욱 커져 서둘러 뜯어 반쯤 읽어 내려가니 다음과 같이 쓰여 있었다.

"……부친께서 올해 정월 초에 병으로 돌아가셨습니다. 지금 집에서 상을 멈추고 형님이 돌아와 장례를 치를 수 있기를 고대하고 있습니다. 제발, 제발! 절대 늦지 않기를! 동생 청이 피눈물로 이 편지를 올립니다."

송강이 편지를 읽고 나서 '아이고' 하고 큰 소리로 곡하며 가슴을 쥐어뜯으면서 말했다.

"어떻게 이런 불효를 저질렀단 말이냐. 늙은 아버지께서 돌아가셨는데 자식의 도리도 다 못했으니 내가 짐승보다 나을 게 무엇이냐. 아이고!"

스스로 머리를 벽에 들이받으며 통곡하기 시작했다. 연순과 석용이 부둥켜안고 말렸다. 송강이 울다가 정신을 잃고 한참 만에 깨어났다. 연순과 석용은 송강을 말리고 달랬다.

"형님, 일이 이미 이 지경에 이르렀으니 너무 괴로워 마십시오."

송강이 눈물을 흘리며 연순에게 분부했다.

"내가 매정해서 그런 것이 아니라 선친 생각밖에 안 했는데 이미 돌아가셨다니 날을 새서라도 돌아가야겠네. 자네들은 알아서 산에 가게."

연순이 당황하며 송강을 붙들고 매달리다시피 하며 말했다.

"형님, 태공은 이미 돌아가셔서 집에 가시더라도 뵐 수 없습니다. 천하에 돌아가시지 않는 부모가 어디 있겠습니까? 마음 편히 갖고 저희 형제를 이끌어주신다면, 제가 형님을 모시고 장례를 치르러 가도 늦지 않을 것입니다. 자고로 '대가리 없는 뱀은 앞으로 가지 못한다'고 했습니다. 만일 형님께서 떠나시면 그곳에서 어떻게 우리를 받아주겠습니까?"

"만일 자네들을 산 위에까지 데리고 올라간다면 시간이 얼마나 지체될지 모르니 그럴 수는 없네. 내가 자세한 내용을 써줄 테니 석용을 데리고 올라가 함께 가입하고 뒤에 오는 나머지는 산에 오를 때까지 기다리게. 내가 이 일을 몰랐다면 그만이지만 하늘이 내게 알렸으니 지금 하루가 1년 같고 눈썹에 불이 붙은 것 같네. 마필도 필요 없고 하인도 없이 혼자 밤새워서라도 돌아가겠네."

연순과 석용은 더 이상 붙잡을 수가 없었다.

송강이 주보에게 붓과 벼루를 빌려 종이를 펼치고 울면서 편지에 정성스럽게 부탁의 말을 썼다. 편지를 다 쓰고 봉투도 붙이지 않고 연순에게 건넸다. 그리고 석용의 미투리를 벗겨 신고 은자를 꺼내 몸에 넣었다. 요도를 차고 석용의 몽둥이를 든 채 술과 음식은 쳐다보지도 않고 문을 나서 떠나려고 했다. 연순이 말을 바꾸어 송강을 달래며 말했다.

"형님, 진 총관과 화 지채 얼굴을 보고 가셔도 늦지 않습니다."

"아닐세, 기다릴 수 없네. 내 편지를 가지고 가면 아무 문제가 없을 것이네. 석용 동생, 자네가 잘 설명해주게나. 내 대신 형제들에게 잘 설명해주게. 초상 치르러 가는 송강을 불쌍하게 여겨 너무 탓하지 말기 바라네."

송강은 한달음에 집에 도달할 수 없음을 한탄하며 날듯이 혼자 떠났다.

연순과 석용이 그 주점에서 술과 간식을 먹고 술값을 지불했다. 석용은 송강이 타던 말을 탔고 하인을 데리고 주점에서 3~5리 떨어진 곳에서 큰 객점을 찾아 쉬면서 일행을 기다렸다. 다음 날 진시에 일행이 모두 도착했다. 연순과 석용은 일행을 맞이하여 송강이 초상 치르러 간 것을 자세하게 말했다. 일행은 한결같이 연순을 원망하며 말했다.

"어째서 붙들지 않았소?"

옆에서 석용이 연순을 거들며 말했다.

"부친께서 돌아가셨다는 말을 듣고 자기도 따라 죽지 못한 것을 한스러워하는데 어떻게 잡을 수 있단 말입니까? 무슨 수를 써서라도 가려고 간절하게 바랐습니다. 여기 편지에 자세한 내용을 적어놓고 우리더러 찾아가라고 하셨습니다. 그곳에서 편지를 보면 아무 문제가 없을 것이라고 하셨습니다."

진명과 화영이 편지를 보고 사람들과 상의했다.

"일이 이미 이 지경에 이르렀으니 진퇴양난입니다. 돌아가려 해도 그럴 수 없고 흩어질 수도 없습니다. 결국 가는 수밖에 없습니다. 편지를 봉해서 산 위에 가지고 가서 보여야겠소. 그곳에서 받아들이지 않는다면 다른 방법을 찾아야겠습니다."

아홉 사내가 한 무리가 되어 300~500명을 거느리고 점차 양산박 가까이에 가서 대로를 찾아 산에 오르려 했다.

일행이 갈대밭을 지나고 있는데 물가에서 징 소리가 울리기 시작했다. 사람들이 바라보니 산과 들이 온통 깃발로 가득 찼다. 호수 안에서는 배 두 척이 빠른 속도로 다가왔다. 맨 앞의 배에 졸개 30~50명이 탔고 뱃머리 중앙에 한 두령이 앉아 있는데 바로 표자두 임충이었다.

그 뒤 순시선에는 30~50명 졸개가 탔고 선두에 앉은 두령은 적발귀 유당이었다. 앞 배에 탄 임충이 소리를 질렀다.

"너희는 누구냐? 어디서 오는 관군이냐? 감히 우리를 잡으러 오다니! 너희를 모두 죽여 한 놈도 남겨두지 않겠다! 네놈들에게 양산박의 명성을 알려주마!"

화영과 진명이 말에서 내려 물가에 서더니 임충에게 대답했다.

"우리는 관군이 아니라 일부러 산채에 한패가 되러 온 사람들입니다. 산동 급시우 송 공명 형님의 서찰이 여기 있습니다."

임충이 그 말을 듣고 태도를 바꾸며 말했다.

"송 공명 형님의 편지가 있다면 앞에 주귀의 주점으로 가시오. 편지는 먼저 이리 주시면 산채에 가지고 가서 전할 테니 나중에 다시 봅시다."

배 위에서 청기를 흔드니 갈대숲 안에서 어부 세 사람이 탄 작은 배 한 척이 노를 저어 다가왔고, 한 사람은 남아 배를 지키고 두 사람은 모두 뭍에 오르며 말했다.

"여러 장군은 저를 따라오십시오."

물 위 배 한 척에서 하얀 깃발을 흔들자 징 소리가 울리더니 두 척 모두 사라졌다. 연순과 일행은 그 모습을 보고 놀라 얼이 빠져 말했다.

"정말로 어느 곳의 관군이 감히 여기에 쳐들어오겠어! 우리가 머물던 산채는 도저히 상대가 안 되는군!"

사람들이 두 어부를 따라 가서 크게 한 바퀴 도니 한지홀률 주귀의 주점이 보였다. 주귀가 나와 사람들을 맞아 황소 두 마리를 잡고 술과 음식을 나누어 돌렸다. 서찰을 받아 보고 정자에서 화살을 맞은편 갈대숲에 쏘니 배 한 척이 재빠르게 저어왔다. 주귀가 졸개를 불러 편지를 가지고 산 위에 올라가 알리도록 했다. 한편 돼지와 양을 잡아 두령 9명을 대접했고 군마를 주막 주변 사방에 흩어 쉬게 했다.

다음 날 진시에 군사 오용이 주막 안에서 사람들을 맞이했다. 한 사람씩 빠짐없이 보고 예를 갖추었고 자세하게 물은 뒤 배 20~30척을 불러 싣고 건너갔다. 오용, 주귀는 9명과 함께 배에 태우고 노인과 어린 아이, 수레와 인마, 사람들도 배로 옮겨 건너편 금사탄에 도착했다. 배에서 내리고 소나무 숲을 지나자 두령들이 조개를 따라 북을 두드리며 맞이했다. 조개를 필두로 아홉 두령과 인사를 하고 맞이하여 말을 타고 가마에 올라 바로 취의청으로 갔다. 서로 마주 앉아 인사를 하고 왼쪽 교의에 조개, 오용, 공손승, 임충, 유당, 완소이, 완소오, 완소칠, 두천, 송만, 주귀, 백승 등이 앉았다. 이때 백일서 백승은 수개월 전에 제주 감옥을 탈출하여 산으로 도망와 도적이 되었는데, 모두 오용이 사람을 시켜 이리저리 돈을 써서 탈출시킨 것이었다. 오른쪽 교의에는 화영, 진명, 황신, 연순, 왕영, 정천수, 여방, 곽성, 석용이 앉았다. 중간에 화로에 향을 살라 맹세했다. 이날 풍악을 울리고 소와 말을 잡아 연회를 열었다. 한편으로 새로 온 일행을 대청으로 불러 참배케 하고 소두목들이 연회에서 대접하도록 했다. 뒷산에 방을 수습하여 가족을 옮겨 자리 잡게 했다. 진명과 화영이 연회에서 송 공명을 칭찬하고 청풍산에서 원한을 갚은 이야기를 하니 두령들이 듣고 기뻐했다. 나중에 여방과 곽성이 방천극을 들고 싸우다가 화영이 활을 쏘아 끈을 잘랐던 일 등을 이야기했다. 조개가 화영의 활 솜씨를 듣고 믿지 못하며 얼버무려 말했다.

"정말로 그렇게 정확하다면 나중에 활 시합 구경이나 한번 합시다."

이날 술이 거나하게 취하고 음식도 여러 차례 나왔을 때 두령들이 말했다.

"잠시 산 앞에서 쉬다가 다시 마십시다."

두령들이 서로 양보하며 계단을 내려와 한가하게 거닐며 산의 경치를 구경했다. 요새의 세 번째 관문 앞에 이르니 공중에서 여러 줄로 나는 기러기의 울음소리가 들렸다. 화영이 보고 생각했다.

'조개는 내가 활로 방천극에 달린 끈을 끊었다는 말을 믿지 못하는 눈치군. 오늘 솜씨를 보여준다면 이후부터 어찌 나를 가볍게 대하겠는가?'

주변을 둘러보니 수행원 중에 활과 화살을 가지고 온 자가 있었다. 화영이 활을 빌려 손에 들고 보니 마음에 드는 금색 작화세궁鵲畫細弓이었다. 서둘러 화살을 끼우고 조개에게 말했다.

"방금 형님께서는 화영이 활을 쏘아 끈을 끊었다는 말을 믿지 않으셨습니다. 하나도 과장 없이 저기 멀리 날아가는 세 번째 기러기 머리를 이 활로 맞히겠습니다. 맞지 않아도 두령님들은 비웃지 마십시오."

화영이 화살을 먹이고 줄을 잔뜩 당겨 정확하게 주시한 뒤 공중을 향하여 화살을 날리니, 과연 세 번째 기러기를 맞춰 떨어뜨리고 군사를 시켜 주워오게 했다. 화영의 말대로 화살은 기러기의 머리를 뚫어버렸다. 조개와 두령들은 모두 보고 놀라 화영을 칭찬하며 '신비장군神臂將軍'이라고 불렀다. 오용이 칭찬하여 말했다.

"장군의 솜씨는 이광李廣과 견줄 만한 것은 말할 것도 없고 양유기養由基도 따라오지 못할 대단한 솜씨요. 정말 앞으로 산채에 얼마나 큰 도움이 될지 모르겠소!"

이때부터 양산박에서 화영을 존경하지 않는 사람이 없었다. 두령들이 다시 취의청에서 연회를 하고 밤에 흩어져 쉬었다.

다음 날 산채에서 다시 연회를 열어 양산박 두령의 서열을 정했다. 원래 진명이 서열상 우위에 있었으나 화영이 진명의 처형이라 모두 화영을 추천하여 임충의 아래 자리 5위에 앉았고 진명이 6위, 유당이 7위, 황신이 8위가 되었고 완씨 삼형제 밑으로 연순, 왕왜호, 여방, 곽성, 정천수, 석용, 두천, 송만, 주귀, 백승 이렇게 모두 21명 두령의 서열이 결정되었다. 축하 연회가 모두 끝나고 산채는 인력을 동원하여 큰 배를 더 건조하고 가옥을 짓고, 수레 등 필요한 물품들을 새로 만들었다. 창, 도 같은 무기 그리고 갑옷과 투구를 새로 장만했으며 깃발과 가벼운 전투 복장, 활과 화살들을 정돈하여 관군을 막아낼 준비를 했다.

한편 송강은 주점을 떠나 쉬지 않고 집으로 돌아갔다. 그날 신시에 마을 입구에서 장 사장張社長7의 주점에 달려가 잠시 쉬었다. 장 사장은 송강의 집과 왕래하며 관계가 좋았다. 장 사장이 송강의 얼굴에 근심이 가득하고 몰래 눈물을 흘리는 것을 보며 물었다.

"압사님, 반년 동안이나 집에 돌아오시지도 못하다가 오늘 기쁘게도 돌아오셨는데, 어째서 얼굴에는 근심이 가득하고 마음도 매우 좋지 않아 보이나요? 사면되셔서 죄도 줄어들었잖아요."

"아저씨 말씀도 맞습니다만, 송사는 나중 일이고 아버지께서 돌아가셨는데 어떻게 근심스럽지 않겠습니까?"

장 사장이 어이없어 하다가 큰 소리로 웃었다.

"압사님, 정말 농담도 잘하시오. 태공께선 방금 여기서 술 마시고 집으로 돌아가신 지 이제 겨우 반 시진 지났는데, 왜 그런 소리를 하시오?"

"아저씨, 저한테 장난치지 마세요."

송강이 편지를 꺼내 장 사장에게 보여주었다.

"동생 송청이 여기에 썼잖아요. '부친께서 금년 정월 초에 돌아가셨으니 빨리 돌아오셔서 초상 치르기를 기다리고 있습니다'라고요."

장 사장이 보고 고개를 절레절레 흔들며 말했다.

7_ 사장社長: 중국 고대사회에서 사社는 기초 지방 조직이었으며 나이 많고 농사일을 잘 아는 사람을 사장이라고 했다.

"거참, 언제 그런 일이 있었다고! 금방 오시에 동촌東村 왕 태공과 여기서 술 마시다 갔는데 내가 왜 거짓말을 하겠소?"

송강이 그 말을 듣고 속으로 의심이 생겼으나 방법이 없었다. 한참을 생각하다가 날이 저물기를 기다려 사장과 이별하고 집으로 달려갔다.

집 안으로 들어가도 아무런 움직임이 없었다. 장객이 송강을 보더니 모두 엎드려 절했다.

"아버지와 동생은 어디 있느냐?"

"태공께선 매일 압사님께서 돌아오길 기다리셨습니다. 오늘 돌아오셨으니 매우 기뻐하실 겁니다. 동촌 왕 사장과 마을 입구에서 술 마시고 돌아오셔서 방 안에서 주무시고 계십니다."

송강이 그 말을 듣고 크게 기뻐하며 몽둥이를 던지고 바로 초당으로 올라갔다. 송청이 형님을 맞으며 절을 하는데 과연 상복을 입지 않아 속으로 부아가 치밀어 손가락질하며 욕을 퍼부었다.

"너 이 불효한 짐승 같은 놈아. 어찌 이럴 수가 있느냐! 부친이 지금 집 안에 계신데 어떻게 편지로 나를 희롱했느냐? 내가 몇 번씩이나 죽고 싶은 심정으로 울다가 혼절하기도 했다. 네가 어찌 이런 불효한 짓을 했느냐!"

송청이 변명을 하려고 하는데 병풍 뒤에서 송 태공이 걸어 나오더니 송강을 불렀다.

"아이고, 내 아들아. 화내지 말아라. 이 일은 네 동생이랑 상관없는 일이다. 내가 매일 네 얼굴을 한 번이라도 보고 싶어서 넷째에게 내가 죽었다고 편지를 쓰면 금방 돌아올 것이라고 시켰다. 또 사람들에게 들으니 백호산에 강도가 많아 네가 속아 넘어가 도적이 되어 불충불효한 사람이 될까 두려웠다. 그래서 급히 편지를 써서 집으로 돌아오도록 부른 것이다. 또 시 대관인 댁에서 석용이 찾아왔기에 편지를 전해달라고 했다. 이 일은 모두 내 생각이고 넷째와는 상관이 없다. 욕하지 말거라. 내가 장 사장 집에서 돌아와 방에서 자다가 네가 돌아왔다는 소리를 들었다."

송강이 듣고 나서 고개를 숙여 태공에게 절을 했으며 기뻐서 함께 이야기를 나누었다. 송강이 다시 아버지에게 말했다.

"송사는 어떻게 되었습니까? 이미 사면이 있어 죄가 줄었다고 장 사장이 그러던데요."

"네 동생 송청이 돌아오기 전에 주동과 뇌횡이 힘을 많이 썼다. 나중에 체포 문서 한 번 돌리고 귀찮은 일은 두번 다시 없었다. 내가 왜 너를 돌아오라고 불렀는지 아느냐? 듣자 하니 근래에 조정에서 황태자를 세우고 이미 사면령을 내려 민간의 모든 대죄를 한 등급 가볍게 판결한다고 하여 각지에서 실행하고 있다. 관가에 자수하면 유배되는 죄만 남고 생명은 해치지 않을 것이다. 나머지는 할 수 없으니 다른 도리가 없다."

"주동과 뇌횡 두 도두는 집에 찾아왔습니까?"

옆에서 듣고 있던 송청이 대답했다.

"두 분은 지금 파견나갔다고 들었습니다. 주동은 동경으로 갔고, 뇌횡은 어디로 갔는지 모르겠습니다. 지금 현에 새로 온 조趙씨 성을 가진 두 교두가 일을 맡고 있습니다."

"우리 아들이 먼 길에 고생했으니 방에 들어가서 잠시 쉬도록 하여라."

송강이 가족을 다시 만나 모두 함께 기뻐했다.

날이 점차 저물더니 동쪽 하늘에 달이 떠올랐다. 대략 일경에 장원 안 사람들이 모두 자고 있는데 앞뒤 문에서 함성이 일어났다. 사방에서 횃불이 비추며 송가장을 철통같이 에워싸고 고함을 질렀다.

"송강을 놓치지 마라!"

송 태공이 이 소리를 듣고 연신 '아이고' 소리를 질렀다.

수호전 3
ⓒ 방영학 송도진

1판 1쇄	2012년 10월 22일
1판 2쇄	2012년 11월 5일

지은이	시내암
옮긴이	방영학 송도진
펴낸이	강성민
편집	이은혜 박민수 김신식
독자모니터링	황치영
마케팅	최현수
온라인마케팅	김희숙 김상만 이원주

펴낸곳 (주)글항아리 | 출판등록 2009년 1월 19일 제406-2009-000002호

주소	413-756 경기도 파주시 문발동 파주출판도시 513-8
전자우편	bookpot@hanmail.net
전화번호	031-955-8891(마케팅) 031-955-2670(편집부)
팩스	031-955-2557

ISBN	978-89-6735-021-5　04900
	978-89-6735-018-5　(세트)

이 책의 판권은 옮긴이와 글항아리에 있습니다.
이 책 내용의 전부 또는 일부를 재사용하려면 반드시 양측의 서면 동의를 받아야 합니다.

이 도서의 국립중앙도서관 출판시도서목록(CIP)은 e-CIP홈페이지(http://www.nl.go.kr/ecip)와 국가자료공동목록시스템(http://www.nl.go.kr/kolisnet)에서 이용하실 수 있습니다. (CIP제어번호: CIP2012004468)